La memoria

1051

Alessandro Robecchi

Torto marcio

Sellerio editore
Palermo

2017 © Sellerio editore via Enzo ed Elvira Sellerio 50 Palermo
e-mail: info@sellerio.it
www.sellerio.it

2017 luglio sesta edizione

Questo volume è stato stampato su carta Palatina prodotta dalle
Cartiere di Fabriano con materie prime provenienti da gestione fore-
stale sostenibile.

Robecchi, Alessandro <1960>

Torto marcio / Alessandro Robecchi. – Palermo : Sellerio, 2017.
(La memoria ; 1051)
EAN 978-88-389-3607-4
853.92 CDD-22

CIP – Biblioteca centrale della Regione siciliana «Alberto Bombace»

Torto marcio

Risparmiatelo! Lasciatelo nella sua solitudine! Lo volete infrangere del tutto? Ha un'incrinatura come un bicchiere in cui si sia versato all'improvviso qualcosa di troppo bollente – ed era un bicchiere così prezioso!

FRIEDRICH NIETZSCHE

Uno

Novembre 2016

Forse avrebbe dovuto piovere.

Francesco lo ha pensato vestendosi, che una giornata così si meritava una luce più adatta, qualcosa che un bravo regista avrebbe studiato a lungo e poi realizzato con cura aspettando il giorno giusto: il cielo grigio, le gocce sottili, l'umidità a mezz'aria che c'è a Milano quando non sai se l'acqua viene da sopra la testa o da sotto i piedi. Invece c'è un sole pallido, di quelli che non scaldano, un sole che fa il minimo sindacale, la sensazione di quelle lampadine ecologiche che stentano a dare potenza appena schiacci l'interruttore, e fanno la luce dei morti.

Chiara l'ha tenuto abbracciato durante la notte, gli ha poggiato la testa su una spalla, anche se a lui dava fastidio, a un certo punto, ma non dormiva e non si è scostato. Ha lasciato che il braccio si addormentasse, sopportando il formicolio, quasi respirando il ciuffo viola dei capelli di lei, odorosi di shampoo.

Poi si è alzato presto e ha fatto quel che doveva.

È sceso in cortile, ha attraversato le aiuole malmesse, ha fiancheggiato i muri scrostati e si è infilato nella piccola porta dell'interno C, ha fatto i quattro piani di scale ed è entrato dalla signora Antonia, la porta era aperta.

Lei era sveglia, sdraiata sul letto. Francesco ha preso da un cassetto una scatolina di plastica con dei piccoli scomparti, ha contato le pastiglie, le ha messe sul tavolo.

«Queste due subito dopo pranzo e subito dopo cena, come al solito, non fare casino, l'altra prima di dormire», ha detto. E anche: «Il latte l'hai già preso?».

La signora Antonia ha fatto sì con la testa.

«Quando devi fare il prelievo?».

«Giovedì. Alle dieci e mezza».

«Va bene, vengo con qualcuno per portarti giù e ti accompagno», ha detto Francesco.

Lei ha tentato un sorriso.

Negli ultimi mesi le scale sono diventate un incubo. Lei incapace quasi di muoversi, niente ascensore, rampe strette, case popolari.

Popolari, pensa Francesco, sì. Vuol dire povere.

Così lui passa con Chiara o con qualcuno del collettivo e la portano in braccio, quando serve. Su e giù, fingendo di non vedere la sua faccia umiliata. La vicina le fa la spesa e controlla che mangi, altri vengono ogni tanto, senza darsi turni, senza pianificare, le facce di sempre, facce del quartiere. Un via vai.

Al piano di sopra c'è una specie di soffitta, però abitabile. Lui e gli altri del collettivo hanno sfondato la porta, si sono procurati reti e materassi. Ci hanno messo una famiglia di siriani. Giovani, lei era incinta, dormivano alla stazione, volevano andare in Germania. Sono arrivati in tre e ora sono in quattro, silenziosi, gentili. Quando lei fa il cous-cous ne porta un piatto alla signora Antonia, dice che le piace, ma sarà solo cortesia. Una volta hanno fatto i fichi caramellati, su in soffitta, un dolce di quei posti là, e ne hanno mangiati tutti, una specie di festicciola.

Birra. Canne. Chiacchiere. Basta così poco, no?

A casa della signora Antonia, Francesco apre la porta di un minuscolo sgabuzzino e getta un'occhiata. La sua scatola è ancora lì, ovvio, non che dubitasse.

«Prendo la macchina», dice, e pesca una chiave da un piatto sulla credenza della cucina.

«Non chiederlo sempre», dice la signora Antonia, «io non la uso di certo».

Ma lui non è che chiede. Avvisa, ecco, perché sa che quella macchina la usano in tanti. Chiamala macchina. Una Golf di più di vent'anni, qualche scheggia di vernice che si ostina a resistere alla ruggine, niente bollo, niente assicurazione, la seconda che non entra, un mulo con le ruote, sfiancato. È un rischio andarci in giro, ma cosa non è un rischio?

È contento di uscire dalla casa della vecchia, da quell'odore di chiuso e di minestrone, dalla sensazione di essere diventato una specie di crocerossina. Che si fotta, la vecchia, pensa. Ma pensa anche che è utile: lì nessuno andrà a cercare niente. Non ci vanno quelli della manutenzione, figurati le guardie. E quando lui e Franco ci avevano portato sei televisori al plasma lei non aveva battuto ciglio. «Caduti da un camion», aveva detto, beffardo, e quella aveva sorriso.

«Quanto ci fate con quella roba?», aveva chiesto. Rincoglionita, ma mica scema. E Franco, che non è un diplomatico, aveva sibilato: «Fatti i cazzi tuoi, nonna».

Lui non aveva apprezzato quella scortesia, ma la signora Antonia non si era offesa. È così, pensa Francesco, è una resa secolare: bastonali per una vita e chiederanno di essere bastonati, tanto vale approfittarne.

Poi Franco erano andati a prenderlo, di mattina presto, con le luci blu e tutto. Le telecamere. Coglione. Ma i sei televisori non li avevano trovati. Coglioni anche loro.

Ora scende le scale e ne risale altre, torna su, a casa. Chiara sta facendo il caffè.

«Vengo anch'io».

«No».

Lei non dice niente, gli si avvicina e lo abbraccia. Francesco si accorge che si è tolta l'anello al sopracciglio. Sa perché. Per lo stesso motivo per cui lui si è messo una camicia e i pantaloni buoni. Sorride. Pensa che il piccolo borghese che è in noi non lo cacceremo mai, nemmeno con le bombe.

Poi lui esce.

Gli hanno detto di essere lì alle undici e sono già le dieci. Quando arriva alla camera ardente dell'ospedale sono le undici meno un quarto. I signori con la macchina grigia dicono:

«Siamo pronti, sale con noi?».

«No, vi seguo».

Un prete senza tonaca gli si avvicina e gli chiede se vuole parlare, lui dice di no, gentile, lo scaccia con un sorriso a cui non c'è risposta. Ci manca solo il prete, cazzo.

Così dopo mezz'ora sono al cimitero.

Francesco pensa che non è come se lo aspettava. Il fornetto è troppo in alto, per metterci dei fiori ogni tanto, se mai lo farà, dovrà usare la scala lunga con le ruote che c'è lì. Un operaio piazza una lastra di pietra a chiudere il buco con due colpi di cazzuola. Per quella definitiva, di marmo, con il nome e la foto ci vorrà qualche giorno. Francesco ringrazia e se ne va.

Pensa che mamma ci ha messo tanto, ad andarsene. Troppo. Insieme hanno aspettato, senza drammi, senza quasi dolore. E poi è successo, ed eccomi qui, pensa.

Solo.

Così raggiunge la macchina, ma non parte subito.

Pensa a tante cose, a come se la sono cavata insieme, agli anni dei turni di notte di lei, e lui che faceva i compiti sul tavolo di cucina. Ai tabelloni della maturità dell'istituto tecnico, che erano andati a vedere insieme, ma solo dopo che un compagno di classe gli aveva detto: «Ma sì che sei passato, qui passano tutti, non lo sai?». A quando avevano guardato il suo primo lavoro di grafica – il volantino di un negozio di detersivi – e lei aveva riso per le bolle accanto alle scritte. Ventiseimila lire, il primo guadagno. Pensa a come erano cambiati quei soldi da quando li aveva ritirati a quando era arrivato a casa, un piccolo orgoglio che si era sciolto come un gelato sul marciapiede. «Saremo sempre questo. Saremo sempre due lire bastarde e spavento», aveva pensato. E negli occhi di lei c'era lo stesso pensiero – lo ricorda come fosse ora –, e però aveva riso e gli aveva fatto festa.

Mamma.

Ma soprattutto pensa a quello che gli ha lasciato.

«La scatola dello zio», l'ha chiamata.

Gli aveva detto dove trovarla poche settimane prima che i medici lo avvertissero che era finita, che mancava poco. Gliel'aveva detto con un filo di voce tenendogli un braccio con le sue mani secche e sottili:

«Leggiti la storia dello zio», aveva detto, «e poi butta tutto e chiudiamola lì».

Lo zio era sempre stato una specie di fantasma tra loro, il fratello tanto amato e finito così male.

Lei non aveva detto più di quel che già si sapeva, che era noto alle cronache, lui non aveva chiesto più di quanto potesse farle male.

Poi aveva letto.

Nella scatola c'era un quaderno con tutta la storia, una storia cominciata prima che lui nascesse, una cintura di pelle con una fibbia fatta a mano, un rotolo di soldi, in lire, un milione e settecentomila, carta straccia, la foto dello zio sorridente insieme a un compagno di cella. Poi altre foto, vecchie cartoline. E sì, anche cose che era meglio far sparire.

Ma Francesco non aveva buttato niente. Aveva portato la scatola a casa. Poi dalla signora Antonia, nell'armadio, un posto sicuro. A casa aveva tenuto solo il quaderno, e lo aveva letto e riletto decine di volte.

E ora è lì, su quel rottame, aspetta un attimo prima di mettere in moto.

Si guarda le mani. Pensa alle cose da fare, come se fosse un giorno normale. Passerà dai calabresi a vedere se è arrivato il Mac nuovo, anche quello «caduto da un camion». Gli serve per lavorare, e ha trovato il modo di pagarlo.

«Cosa ci puoi dare?», aveva chiesto quello alto, che sembrava il capo.

«Questo disegnino», aveva detto lui.

La mappa di un negozio di orologi figo, in corso Buenos Aires. Aveva mostrato, sul disegno, i puntini rossi, le telecamere, e gli spazi ombreggiati – quelli dove il raggio delle telecamere non arriva, come un percorso sicuro, una passerella sulla palude. I puntini verdi erano i sensori di movimento, facili da aggirare, se sai dove sono. E lui lo sa.

Un buon pagamento, come un assegno.

«Vieni martedì», aveva detto il calabrese alto.

E oggi è martedì, e Francesco mette in moto e si sposta da lì. Poi, mentre il rottame della vecchia stantuffa nel traffico, prende il telefono e fa un numero, parla con una signorina che si sforza di essere gentile.

«La chiamo per una fattura... sì... Francesco Girardi... sì, aspetto».

«Ci vorrà ancora qualche giorno, signor Girardi, forse un paio di settimane».

«È una fattura di giugno, cazzo, siamo a novembre... mille euro eh, non un milione, porca troia!».

«Ha ragione, signor Girardi, ma sa...».

«So, so. So che era urgente, il lavoro, ma il pagamento no, vero?...», ora è incazzato sul serio, chiude la telefonata, butta il cellulare sul sedile del passeggero, dove la gommapiuma si affaccia dalle cuciture per vedere il mondo.

E questo è il lavoro onesto, pensa. Ma vaffanculo.

Stasera avrà il suo Mac nuovo e tra qualche giorno qualche orologio omaggio, se il disegnino con i puntini rossi e verdi era preciso. Se i calabresi non fanno gli stronzi. Se.

Ma io mica mi mangio gli orologi, pensa, e venderli subito è rischioso.

Quando entra in casa Chiara non c'è.

Non è nemmeno l'una e la giornata è già spazzatura, si butta sul letto e apre il quaderno.

Certo scriveva male, lo zio.

Che fine. Povero stronzo.

Due

La telefonata è arrivata alle 23.41, come da tabulati del 113. Una che portava fuori il cane, in via Angelo Mauri, e che non la finiva più di parlare, anche se non aveva niente da dire. Solo che aveva sentito un botto, forte, e che era andata a vedere, vincendo la paura. Vedere cosa? Niente, all'inizio. Ma poi, grazie anche al cane – «Questi setter hanno un fiuto che...» – aveva visto il corpo.

«Il signore», l'aveva chiamato così.

Sembrava volere una medaglia, e si dannava l'anima per far notare come lei, e solo lei, avesse chiamato la polizia.

In realtà le chiamate erano state sette, tra le 23.41 e le 23.46, quando la prima volante era arrivata e aveva bloccato la via. Poi erano arrivate altre tre pattuglie, una da piazza Settimio Severo e due da via Giovio, imboccando via Mauri contromano, sgommando e rombando e inchiodando i freni.

Riverso tra le ruote delle macchine in sosta e il marciapiede, all'altezza del civico numero 6, a pochi metri dal portone, c'era, appunto, «il signore».

Gli abitanti della zona, i condomini dei palazzi borghesi della via, avevano confermato il botto e l'ora. Il custode della scuola media al civico 10 aveva sentito pure lui, ma aveva pensato a quel cancello che sbatte sempre, che lui chiede da mesi di sistemarlo, e la preside è d'accordo, ovvio, ma il provveditorato, il ministero...

Il botto, sì. Un rumore forte. «Come di uno sparo», aveva detto un tizio vestito alla perfezione, ma in ciabatte, sceso a guardare quando già le volanti illuminavano di azzurro tutta la via, e questo annuendo convinto, dopo aver saputo dal chiacchiericcio lì intorno che era stato uno sparo, ovvio.

«Proprio uno sparo, anzi due», aveva detto una signora bruna, prima di portare via due ragazzini, scesi anche loro a vedere lo spettacolo, ma ora forse pentiti, perché come ipnotizzati, congelati con gli occhi fissi sul morto.

Non un bello spettacolo, se non l'avete mai visto dal vero.

A mezzanotte e dieci è arrivata una macchina grigia, anche lei sgommando, e ne è sceso il sovrintendente Carella, che ha salutato con il mento quelli delle volanti in semicerchio intorno al morto, ha scambiato due parole con il capo della prima macchina giunta sul posto e ha sibilato qualche ordine veloce.

Così quelli in divisa si sono messi a disperdere la gente e, disperdendola, a chiedere chi era sceso subito, chi dopo, chi magari fosse stato già lì per la strada – quella con il setter si sentiva Greta Garbo, nel suo ruolo di ritrovatrice di cadaveri –, insomma, a dividere i curiosi da quelli che potevano sapere qualcosa.

Nessuno sapeva niente. A parte i colpi – uno? due? – e le solite frasi nervose, quelle dettate dalla paura e dalla paura di aver paura.

Poi, routine. Le foto con il flash, le misure, il gesso bianco, i cartellini gialli dove erano caduti i bossoli – due in effetti.

Carella si è chinato sul morto prima di lasciarlo al medico e a quelli della scientifica. A prima vista due buchi, belli grossi, uno allo stomaco e uno in testa, non una diagnosi difficile, perché mezza testa non c'era più. L'altra metà diceva di un tizio sui sessanta, forse più, forse meno, pochi capelli, una giacca e un soprabito, roba buona, una borsa di pelle vecchia lì vicino. Il solito odore di sangue e merda che hanno i morti ammazzati.

Ma poi.

Sul petto del cadavere, appoggiato apparentemente con qualche cura, un sasso.

Un sasso bianco, liscio, grande come una pallina da golf, rotondo anche lui, ma non così regolare. Un sasso di quelli da lanciare, perfetto per stare in un pugno. Un sasso che già sarebbe stato incongruo in una via del centro di Milano, una via senza lavori in corso, senza scavi, senza cantieri. Ma messo così, appoggiato sul petto del morto, ancora più astruso, fuori luogo. Carella non lo ha toccato, ovvio, ma ha chiamato un fotografo dicendogli qualcosa. Quello ha annuito come dire:

21

«Già fatto», ma per prudenza, o zelo, si è chinato e ha scattato altre foto, girando intorno al morto. Il sovrintendente Carella è meglio non farlo incazzare in generale, di notte in particolare, e mentre ha un cadavere in mezzo alle palle meno che mai, lo sanno tutti, in questura.

Alle tre e un quarto via Angelo Mauri era tranquilla e di nuovo deserta, solo con qualche finestra illuminata più del solito, perché non tutti erano pronti ad andare a dormire dopo aver visto il sangue sotto casa. E dove siamo, eh? A Napoli? A Bogotà? Il custode della scuola aveva chiesto se poteva lavare il marciapiede, che domani, i ragazzini... Carella aveva detto sì e quello era uscito con un tubo verde.

Tre ore dopo l'omicidio non c'erano più tracce, né segni, nemmeno quelli col gesso, spariti dopo quel violento lavaggio.

Cancellare. Dimenticare in fretta. Sbrigarsi.

Milano.

Poi il circo si era spostato in questura.

Carella, un metodico, aveva allineato su un tavolo le cose del morto, aveva tirato giù dal letto il suo braccio destro, Selvi, che era entrato nella stanza con due bicchierini di caffè, accolto da un cenno.

Carella aveva già cominciato.

Fabrizio Gotti, nato a Castrovillari, 6 settembre 1957, imprenditore, residente a Milano, via Giovio 13.

Dal posto dove lo hanno ammazzato sono due passi, letteralmente dietro l'angolo.

Patente. Carta d'identità. Due carte di credito. Una tessera del bancomat. La foto di un ragazzino in bicicletta, sui dodici anni. Qualche biglietto da visita, non suo, quasi tutti ristoranti o supermercati. Centosessanta euro. Spiccioli nelle tasche dei pantaloni. Un telefono, nella tasca della giacca, un Samsung di quelli con lo schermo grande che dice due chiamate non risposte, sembra un numero estero. I tecnici ci capiranno qualcosa.

Nella borsa: carte varie, contratti di lavoro, fogli excel con dei numeri, un'agenda scritta fitta, due penne, una d'oro. Due mazzi di chiavi più quelle della macchina, Mercedes. La ricevuta di un grande magazzino di elettronica, pinzata alla fattura, per un paio di cuffie Bose, duecentottanta euro. Mica male, ha pensato Carella.

Nient'altro, tranne una busta di plastica trasparente con dentro un sasso.

Carella la indica con un cenno del mento.

«La rogna vera è quella lì», dice.

«Sì», dice Selvi, e intende: vai avanti. Sa quando deve giocare di sponda.

«Non vorrei che fosse quello che è, ma lo è».

«Sì», ancora Selvi, «una firma».

Intanto sta davanti al computer, apre e chiude pagine web, e parla:

«Macellaio. Grosso. Sei o sette negozi a Milano, altri fuori, Rho, Baranzate, Arese... da noi niente, incensurato, pulito, niente furti subiti, niente denunce recenti... un bravo cittadino».

«I bravi cittadini non li ammazzano a pistolettate», dice Carella.

Selvi sta zitto e prende la giacca, Carella è già sulla porta che scalpita e sibila:

«Dai, andiamo».

«Gregori?».

Selvi intende il capo, il vicequestore, quello che domani batterà i pugni sul tavolo e darà fuori di matto, perché un omicidio nella sua città tende a considerarlo un affronto personale, un poderoso moltiplicatore di seccature, i media tra le palle e le telefonate dei sottosegretari.

«L'ho svegliato», dice Carella, «facciamo il punto su da lui alle otto, vediamo di avere più cose possibili, dai».

Mentre vanno in via Giovio non incrociano quasi nessuno. Sono le cinque del mattino e Milano è deserta come nei film di zombie quando lo spettatore riprende fiato. Carella guida veloce ma composto, senza fare numeri strani, senza sgommate, e si ferma ai semafori rossi.

«Un sasso?», chiede.

«Sembrerebbe roba di mafia, ma...».

«Di mafia dei film», dice Carella.

«Quindi cerchiamo uno che ha visto *Il Padrino*».

«Ti vedo in forma, Selvi, cos'è, il morto ammazzato ti mette allegria?».

«No... Però sono curioso di sapere chi va in giro ad ammazzare i macellai».

Poi stanno zitti.

Per fortuna sul citofono c'è il nome, suonano ma non risponde nessuno. Allora Carella prova nella serratura del portone qualche chiave dei due mazzi trovati nella borsa del morto.

«Dai, saliamo», dice.

Selvi sa che da qualche parte nel regolamento c'è scritto che non si potrebbe, ma non fa una piega, spera solo che ci sia la targhetta col nome sulla porta dell'appartamento, se no dovranno svegliare qualcuno.

Invece c'è. L'attico. Gotti, in corsivo su un ovale di ottone lucidissimo.

Entrano, accendono le luci, si guardano in giro.

Selvi comincia metodico, entra in ogni stanza e butta un'occhiata. Carella va dritto in salotto, come se conoscesse la casa. Un salone grande, arredato bene, senza pezzi preziosi, ma... armonico, elegante senza ostentazione. Carella lo cataloga subito: buona borghesia milanese, commercio, soldi, solidità costruita negli anni.

Si siede su una poltrona di pelle marrone, vecchia, comoda, vissuta. È chiaro che è la poltrona del padrone di casa, se non fosse così bassa e morbida potrebbe essere un trono e forse lo è stato, in altri tempi. Ma quella è la casa di uno che vive da solo, e che ci vive poco. Carella chiude un po' gli occhi e unisce le punte delle dita. Parla piano.

«Dai, signor Gotti, dicci qualcosa, non fare lo stronzo, tanto ormai...».

Selvi si affaccia alla porta del salotto e sta per parlare, ma si ferma. Conosce il sovrintendente Carella, per continuare a lavorare con lui ha persino rinunciato a qualche scatto di carriera. Eppure quello spettacolo che vede lo sorprende sempre, un po' lo spaventa.

Lo spettacolo del lupo che comincia la caccia.

Tre

«Qui di nuovo stasera, alle 20», ha detto Gregori. Che è un passo avanti, perché di solito dice: fuori dai coglioni, andate a lavorare.

Nella stanza c'erano Carella e Selvi, ovvio, più l'agente scelto Sannucci, il vicesovrintendente Ghezzi e qualcun altro. L'agente Olga Senesi, facente funzione di segreteria, andava e veniva con dei fogli in mano, agitando la coda di cavallo ad ogni passaggio. Il sostituto procuratore è arrivato alle otto e mezza, si è seduto, ha raccomandato a tutti massima riservatezza sulle indagini. Si è comportato come fanno quelli lì, finta familiarità con i poliziotti, come un architetto con i muratori, ma sottolineando che lui è un'altra cosa. Loro sono la legge, e lui è la giustizia, come si vede dalla camicia stirata, le scarpe lucide, lo sguardo attento dietro gli occhiali, mentre gli altri sono accartocciati dalla notte in bianco, dai caffè, dalle sigarette.

Gregori ha spiegato di andarci piano. Da quello che sanno, anche se è presto per dire, il morto non è uno qualsiasi, nel senso: non uno di quelli che finiscono a quel modo e lo mettono in conto, non uno che se lo aspettava. Un esponente della società civile, non un pezzo grosso, ma uno di cui si trovano foto in rete e piccoli articoli sui giornali. Lui con il capo della Confcommercio, lui a un convegno sulla grande distribuzione. Una piccola polemica coi vegetariani, ovvio, un macellaio... Ma insomma, piedi di piombo.

Un figlio lavora all'estero, a Londra, e sta tornando. L'altra è a studiare in Svizzera, torna pure lei, ma gliel'hanno fatto dire dal fratello, perché è una ragazzina... La moglie è morta da anni.

Il sostituto procuratore firma al volo il mandato per entrare in casa del morto, non sa che Carella ci è già andato, e Gregori non glielo dirà di certo. Rispettoso delle istituzioni e corretto nelle procedure, va bene, ma non al punto da diventare fesso del tutto e mettere nei guai i suoi uomini.

Si fanno firmare un modulo anche per perquisire l'ufficio della vittima.

Nella notte, scesi dall'appartamento del Gotti, Carella e Selvi hanno trovato la macchina, la Mercedes, modello lusso, né vecchia né nuova, parcheggiata in via Mauri, a cinquanta metri da dove era steso il cadavere. Pulita, niente carte, niente di niente a parte il libretto, gli occhiali da sole, cose così. Era bastato affacciarsi alla via e schiacciare il pulsante di apertura delle chiavi, e la macchina del morto aveva lanciato i suoi segnali aranciони con le frecce come per dire: ok, sono qui, non era mica una caccia al tesoro.

Poi è cominciato il rosario dei perché e dei percome.

«Ghezzi, vieni giù con noi», dice Carella.

«Certo».

E ora sono nella stanza di Carella. Selvi in piedi, Sannucci e Ghezzi seduti sulle sedie malmesse, quelle dove di solito siedono gli interrogati, i testimoni, gente che suda e dice: «Chi, io, commissario?», le persone informate dei fatti.

Loro invece non sono informati per niente, non ancora.

«Dai», dice Ghezzi guardando Carella, «parla, che idea ti sei fatto?».

Selvi e Carella si lanciano un'occhiata. Ghezzi è un vecchio del mestiere, uno che sa il fatto suo, se è ancora vicesovrintendente è solo perché sta sul cazzo a Gregori e ha qualche problema con le gerarchie, ma è uno che chiude i casi, che non molla. Così basta un'occhiata per dirsi che lì dentro non ci sono campioni e gregari.

Carella si alza e apre la finestra, guarda fuori per un attimo e tace. C'è questa primavera che spinge e questo tardo inverno che resiste, che cede terreno con ritrosia, ma già le giornate si allungano e persino la luce delle nove di mattina è così chiara che fa strizzare gli occhi. Poi torna alla scrivania e si accende una sigaretta. Gli altri, zitti. Così comincia.

«Sembra tutto semplice. Lui posteggia in via Mauri e si avvia verso casa, saranno trecento metri, una volta arrivato in via Giovio deve girare a sinistra ed è fatta... in quel quartiere è un buon parcheggio, quasi sotto casa... però gli fanno fare solo qualche metro e gli sparano. Prima nello stomaco, dico io, poi in testa...

se avessero sparato subito alla testa non c'era bisogno del secondo colpo e di notte in una via tranquilla due botti così sono peggio di uno...».

«Un professionista sparava subito alla testa, vuoi dire questo?», dice Ghezzi.

Carella annuisce.

«Poteva essere a piedi, ma come sapeva che il Gotti sarebbe passato di lì? Oppure in macchina o in moto, e lo seguiva. Ma non gli ha sparato dalla macchina, è sceso. Ce lo dice il sasso».

Il sasso.

È una parola che rimane lì, sospesa a mezz'aria come le mosche sotto i lampadari nei bar d'estate. Tutti nella stanza sanno che il punto è quello. Una firma. Ma perché una firma? Firmi qualcosa quando vuoi che qualcun altro sappia. Ma sappia cosa? E chi?

«È presto», sospira Carella, «non ne sappiamo un cazzo».

«Vai a dormire», dice Ghezzi, «qualche ora. Qui ci penso io, vediamoci verso le sei, prima di andare da Gregori, magari ne sapremo di più, di certo 'sto Gotti aveva una domestica, bisogna parlare coi figli, quando arrivano... prenditi qualche ora, che ci servi vivo».

Carella fa una smorfia che dice: sì, dormire, figurati. Ghezzi fa un sorriso storto che dice: lo sapevo, ma era giusto provarci.

Ora parla Selvi, operativo:

«Io e Sannucci ricostruiamo le ultime ore del Gotti, vediamo se c'è qualcosa, che ne so, magari ha litigato per il parcheggio». Lo dice senza crederci nemmeno per un secondo, ma con l'aria di uno che sa che bisogna pensare anche a quello.

Ghezzi si alza e dice:

«Qui alle 18, allora?».

Un minuto dopo la stanza è vuota.

Quattro

«Che bel signore, Katia! È il tuo fidanzato?».

Katia Sironi alza gli occhi al cielo, dove però c'è solo il soffitto, e va avanti e indietro in un salotto di design anni Sessanta che dovrebbe essere esposto al MoMa. Tutto lucido, perfetto, tornito. Carlo Monterossi, che sta in piedi, vicino alla grande porta a vetri, per niente a suo agio, se volete saperlo, riconosce una lampada di Mangiarotti e altri pezzi famosi. Milano è un posto dove non basta farsi belli con l'annata del vino, devi sapere anche quella del mobilio.

Katia Sironi percorre in su e in giù quella piazza d'armi – il tavolo grande è un Eames originale, 1964, o '65, Carlo è quasi sicuro – e siccome peserà due tonnellate, lei, non il tavolo, più l'incazzatura, più quei passi nervosi, c'è da temere per la statica del palazzo.

«Ma come cazzo hai fatto a fare entrare uno! Uno sconosciuto! Ma dove hai la testa!».

Questa – questa qui della testa – pare a Carlo la questione centrale.

Perché la signora Adele Bellini vedova Sironi – la madre di Katia, la destinataria della scenata – sembra in effetti un po' intermittente, come certe lampadine che vanno e vengono. Lucidissima, persino ironica, tagliente. Una bella vecchia, come si dice, impaginata alla perfezione, persino citazionista nei suoi pantaloni larghi un po' fricchetton-chic. Insomma, avrà ottant'anni la befana, ma è secca e scattante, e dà l'impressione che sui cento metri piani potrebbe dire la sua.

Poi se ne esce con quelle cose tipo: «Che bel signore, Katia...».

Carlo ride, ma decide anche che quella definizione, quel «bel signore», ma sì, gli va bene, non la trova fuori posto, anzi, anche se viene da una signora... in età, ecco. Uno specchio antico in quel salotto moderno gli rimanda l'immagine di un tizio sul metro e ottanta, uno che non ha bisogno di tirar dentro la pancia quando passa una signorina. Essendo ancora umidi di doccia, i capelli scuri non vanno proprio dove vogliono loro come succede di solito, e anche se si sforza di mantenere un'aria grave, adatta alla situazione, l'angolo destro delle labbra sottili guarda un po' in su, così la faccia sembra sempre avere un tono beffardo, o triste, o indispettito per qualcosa, insomma, mai neutro, anche se i tratti sono regolari, ordinari anzi, solo un po' complicati da un naso importante e da due occhi scuri capaci, all'occorrenza, di guardare in profondità. Gli occhi del «bel signore», s'intende.

Che ora ridono di quella caricatura di vanità e rimirano la signora.

Siede su una poltrona scura, i braccioli in legno, le

gambe accavallate, le dita lunghissime che disegnano eleganti traiettorie nell'aria a sottolineare...

«Non facciamola tanto lunga, ho fatto una scemenza, su, non muore nessuno».

Ma si vede che non è convinta, che sta mascherando un'acidula delusione di se stessa: si è fatta fregare da un truffatore nella sua veste di anziana, categoria sociale dei perduti, e questo lo legge come l'inizio della fine, e non lo manderà giù mai.

Carlo se ne accorge e si intenerisce.

Katia no, Katia si incazza:

«Poteva ammazzarti!».

Insomma era andata così: alle nove e mezza di mattina, praticamente l'alba, Katia aveva svegliato Carlo con una delle sue telefonate telluriche. Il suo agente, la sua fatina dei contratti, la stratega della sua carriera, quella specie di rinoceronte burbero e schietto, solitamente calma come un baro nel saloon, stava veleggiando verso l'isteria. Non l'ideale per uno appena sveglio.

Ma, al dunque: poteva andare lì? E quel suo amico investigatore, potrebbe fare un salto anche lui?

«Ma chi?», aveva balbettato Carlo.

«Ma quello là, quell'Oscar comecazzo si chiama!».

Investigatore? E dove siamo qui, sul Sunset Boulevard? Marlowe? Il tenente Colombo? Carlo non ha mai pensato a Oscar Falcone come a un investigatore privato, ma insomma, qualche storia strana l'hanno attraversata insieme e pensa che sì, in effetti...

«Segnati l'indirizzo, corso Magenta 12, intanto avverti quell'altro, poi ti spiego», dice Katia.

Così il carrarmato di Carlo è emerso trionfante dalla rampa dei box, diretto verso corso Magenta, un posto dove i milanesi sono ricchi da quando il Manzoni studiava le tabelline.

È curioso, sì, ma soprattutto sorpreso. A Katia Sironi, cui deve davvero moltissimo, lo lega un rapporto professionale, con tanto di soldi, tariffe, liti sulle strategie e sui desideri di Carlo, opposti alla logica acuminata di lei, al suo cinismo commerciale. Ora che lui sta finalmente per lasciare *Crazy Love*, il mefitico programma condotto da Flora De Pisis, è lei che gli pianifica l'uscita e cerca nuovi contratti. L'amicizia non dovrebbe infilarsi in queste cose, ma insomma, Carlo considera Katia una specie di alleato per la vita, e se quella gli dice vieni qui con l'emergenza in gola, lui va lì senza discutere.

Con Oscar, è diverso, è un'altra cosa. Un po' cronista di nera, un po' procacciatore di informazioni, segugio, ficcanaso. E ora Katia che dice: investigatore. Ma va'. Sì, Oscar ha una straordinaria capacità di fiutare certe storie – il che è bene – e la pessima abitudine di buttarcisi dentro per fare giustizia tipo Zorro – il che è male e porta guai. Però Oscar lo ha anche salvato, e aiutato in più di un'occasione, uno di quegli amici con cui si può stare in silenzio senza provare imbarazzo, e questo conta. A Carlo, Oscar pare un randagio, sempre solo, senza orari, sempre qualcosa di misterioso in ballo. Carlo chiude questi pensieri, sempre, con un definitivo: «Oscar Falcone va bene così, non mi serve sapere altro».

Al telefono, quando l'ha avvertito e gli ha dato l'indirizzo, quello ha detto solo: «Sì», e ha riagganciato.

E ora eccoli: Katia che percorre la stanza sempre più imbufalita, la signora Adele seduta come la principessa Bourbon-Corbé: «Madame, vanno a fuoco le scuderie!». «Oh, che seccatura». E poi ci sono Carlo, sempre in piedi, e Oscar che è arrivato per ultimo, si è seduto su un piccolo divano ed è pronto a sentire la storia.

«Ancora!», protesta la signora Bellini vedova Sironi, ma si vede che lo fa volentieri. Nella delusione di appartenere alla categoria vecchi-truffati-in-casa, si prende almeno la rivincita di essere al centro della scena.

E dunque è andata così, che suonano alla porta, saranno state le 19, strano, perché vuol dire che il portone giù era aperto, e opportune rappresaglie per la servitù sono già state valutate e soppesate. Ma comunque sia, questo che suonava il campanello era un tipo sui quaranta, ben messo, vestito bene ma non a suo agio, tanto che la signora Adele lo aveva subito catalogato: «elegante recente», nel senso che al vestito mancava solo il cartellino del prezzo e poi era perfetto.

Ma lui l'aveva spiazzata. Gentile, con uno sguardo fresco:

«Mi scusi il disturbo, posso farle una domanda, signora?».

Una domanda, perché no?

«Avrebbe voglia di parlare di Dio?».

Lei lo sapeva che a quel punto avrebbe dovuto chiudere la porta e chiamare il custode, di sotto, per lamentarsi. E invece aveva detto così, d'istinto:

«Eh, ne avrei da dirgliene, sempre se esiste!».

E questo aveva sbloccato la situazione. Il tipo aveva sorriso, aveva detto qualcosa di appropriato, persino spiritoso, e lei, che si annoiava e voleva giocare come il gatto col topo, lo aveva fatto entrare.

Eh, parlare di Dio, a quell'età... e da dove cominciamo, giovanotto, dall'omicidio Kennedy? O da Hiroshima? O stiamo perdendo tempo perché 'sto Dio che lei dice non c'è? Oppure diciamo che c'è, ma solo così, per ipotesi, per amor di discussione, e passiamo un'oretta spensierata: Hegel l'abbiamo letto, vero? E anche Sartre, che se non abbiamo le basi meglio lasciar perdere, vero?

Quello l'aveva seguita, non così in profondità da citare filosofi e pensatori, ma nemmeno troppo superficiale, cioè, non aveva attaccato subito con le fregnacce che siccome ci sono gli uccellini, le albe, i tramonti e le cascate, allora c'è anche uno che li ha fatti con le sue mani.

No, era stato più bravo.

Lei aveva preparato i drink, due gin tonic belli tosti, e lui si era imbarcato in un assurdo toboga di «intelligenza creatrice» e «disegni superiori», a cui lei aveva risposto con Auschwitz, Treblinka e tutto il campionario delle volte che quel tipo là, l'«intelligenza creatrice», si era voltato dall'altra parte.

Ma tutto cordiale, quasi ironico.

Lui non sembrava volerla convincere e lei non voleva convincere lui, due che si salutano da pianeti diversi. Lui dava l'impressione di divertirsi, e lei, la signora Adele, aveva pensato che dopo tante beghine e baciapile, incontrare una come lei, stare lì seduto in un salotto a bere gin tonic e chiacchierare, poteva essere una boccata d'aria fresca. Dal suo punto di vista, probabilmente, una prova dell'esistenza di Dio.

Katia Sironi, che sente la storia per la centesima volta, non si trattiene:

«Cerchiamo di capirci: ti sei data al gin tonic con un mistico della truffa!».

La signora va avanti imperterrita. Sembra una sacerdotessa della Quinta Strada che ha scoperto la beat generation stamattina ed è ancora un po' scossa.

Carlo e Oscar hanno la faccia che dice: e poi?

Poi niente. Poi si era svegliata – ormai era notte fonda – aveva un mal di testa pazzesco e il tipo non c'era più. Non c'erano più nemmeno i contanti che teneva nello scrittoio dell'ingresso, duemila e qualcosa, né la scatola dei gioielli – quella stava in camera da letto. Niente danni, niente vandalismi inutili, se ha aperto qualche cassetto l'ha richiuso lasciando in ordine, la cassaforte non l'ha nemmeno cercata, con tutto che è aperta e quasi in bella vista, dietro uno specchio che sembra dire: «Ehi, voi! Qui c'è una cassaforte!».

Ora tutti si guardano. Duemila euro? Qualche gioiello? Davvero poteva andare peggio, alla signora. Carlo capisce l'ira di Katia, che non riguarda la refurtiva, ma tutto un mondo a venire fatto di badanti, istituti lussuosi per vecchi squinternati, assistenza, perdita di autonomia... Giusto, vero, ma ora dovrebbe prevalere il sollievo, no?

La polizia è arrivata quasi subito, ci mancherebbe, in quel quartiere di patrimoni antichi e poteri forti avranno battuto i tacchi. Hanno detto che in effetti il bicchiere della vecchia, cioè della signora Bellini vedova Sironi, «sapeva di strano», e che niente di più facile che quello, il truffatore, anzi il rapinatore a dirla tutta, ci avesse messo qualcosa per farla dormire. Un gioco da ragazzi.

Ora restano sul campo la tacita autocommiserazione della signora e la rabbia sorda della figlia, che ha quasi il respiro corto, il che genera il bradisismo delle enormi tette piantate su un corpo che ricorda i baobab della Namibia.

«E poi c'è l'anello», dice la signora Adele.

Carlo e Oscar si guardano come a dire: ah, ecco che arriva il bello.

Katia lancia una specie di gemito e finalmente si siede su una poltrona di pelle azzurra.

Questo anello, si scopre, sarebbe un gioiello preziosissimo e raro, che da qualche secolo si trasmettono di madre in figlia in quella schiatta di alta borghesia milanese. Oh, sì, anche il suo Giovanni, buonanima, il padre di Katia, le aveva regalato gioielli notevoli, ma quello era... una cosa sua, una specie di testimone passato in via matrilineare tra le donne della famiglia, un oggettino per cui qualche anno prima aveva fatto un'offerta Sotheby's, per dire, e che ogni tanto musei e mostre chiedevano in prestito, per esporlo qui e là, da Tokyo a Montréal. Arte orafa, intaglio di pietre, valore storico, origini nobiliari, risalente secondo le perizie alla metà del Settecento francese, ma di fattura italiana, possibile che abbia fatto qualche vacanza a Versailles, ecco. Capito, l'anellino?

«Quello lo rivoglio», dice la signora Adele.

Non lo dice come una richiesta, o come una speranza, no, no, lo dice proprio come se dicesse: «Sellatemi il cavallo», oppure: «Ancora gardenie? Uff, mettetele là».

Ora tocca a Katia.

«La polizia ha preso dati e deposizioni eccetera, ma ovviamente non mi aspetto nulla. Mi chiedevo se Oscar, qui, potrebbe...».

Carlo fa per parlare, come se dovesse avere una parte da regista oltre che da spettatore, ma Oscar non fa una piega e chiede:

«Assicurazione?».

«Certo, per un valore di un milione e mezzo, ma a patto che l'anello stesse in una cassetta di sicurezza, oppure in una cassaforte del tipo indicato nella polizza...».

Carlo fa per parlare ancora, ma Oscar lo precede di nuovo:

«Posso dare un'occhiata?», dice indicando vagamente un corridoio che porta chissà dove in quella casa da rivista patinata per gente che una casa così non l'avrà mai.

Poi, all'assenso di Katia, si alza e sparisce.

La signora Adele tenta un'ultima disperata difesa davanti al furore della figlia:

«Che gusto c'è ad avere un anello in banca, eh!», chiede. Ma nessuno risponde.

Carlo pensa alla signora Adele che va dal parrucchiere, o alle presentazioni dei libri, o ai vernissage, portandosi al dito un pezzo di storia dell'arte. Tipo andare a far la spesa in macchina con la Gioconda nel bagagliaio.

Poi Katia e Oscar parlottano più piano, lui in qualche modo accetta l'incarico, il che consiste in questo momento in una stretta di mano e un rotolo di banconote che cambia padrone, «per le prime spese». Katia gli consegna una foto del famoso anello, quella fatta a suo tempo dai periti dell'assicurazione, che ovviamente si periterà di non pagare.

Carlo aspetta che abbiano finito, ne approfitta per guardarsi in giro, per consolare come può la signora Adele, per giocare all'uomo di mondo. A una parete, tra le due grandi finestre che danno sul terrazzo, è appeso un piccolo quadro di Balla, Carlo ricorda di conoscerne il titolo, anche se ora non gli viene in mente. L'ha visto a una mostra, sapete dove c'è scritto «collezione privata»? Ecco.

Poi si salutano. Carlo si stupisce di stringere la mano alla vedova Sironi accennando un piccolo inchino. Con Katia invece basta un «Chiama quando vuoi».

41

Poi scivolano giù per le scale in un trotto leggero, lui e Oscar, è quasi l'una, sotto il tergicristalli brilla una multa per divieto di sosta, ovvio, Carlo dice:

«Mangiamo?».

In un bistrò di Porta Venezia Carlo decide di rompere il silenzio:

«Investigatore Oscar Falcone, suona bene. Ce l'hai l'impermeabile? O sei di quelli moderni?».

Oscar fa una smorfia così, che significa: non dire cazzate.

«Ma ci vuole la licenza come in America? Se faccio il bravo, ti prego, mi dici elementare, Watson?».

«Piantala», dice Oscar. Ma poi sa che se si vuol passare ad altro non può fare la parte del muto.

«Ma quale investigatore! Hanno perso una cosa, io gliela ritrovo... se si riesce, perché detta così non è una storia facile».

«E come te la dovevano dire?».

Oscar alza gli occhi dal branzino in crosta e guarda Carlo negli occhi.

«Hai visto il Balla in salotto?».

«Sì».

«Beh, di là, in camera da letto ce n'è un altro. E anche un piccolo Warhol, nello studio grande. Perché c'è anche uno studio piccolo, sai? E lì ci sono dei disegni a matita. Depero, 1925».

Carlo alza gli occhi anche lui, ma Oscar non lo lascia parlare e continua:

«... E nella cassaforte aperta ci sono titoli e certificati al portatore che chiunque potrebbe cambiare in banca più facilmente di un assegno».

«E quindi?», dice Carlo

«E quindi o è un furto su commissione travestito da rapina di uno scalzacani, oppure è proprio la rapina di uno scalzacani... andiamo, il Balla in salotto no, ma i disegni di Depero, i titoli al portatore... sono cose che stanno in una borsa. Volendo cominciare a rubare, là dentro, il tizio non ha nemmeno iniziato il lavoro. Invece se ne va via con duemila euro per le piccole spese e una manciata di gioielli presi dal portagioie... Non lo trovi strano?».

Carlo chiede: «E quindi?», ma non con la bocca, no, come fa lui che chiede senza chiedere.

«L'unica speranza è che sia un ladro di livello basso e che non sappia cos'ha rubato, magari tenta di venderlo. Se invece il mandante è un collezionista del Kuwait, o di Montecarlo, quell'anello lì non te lo ritrova nemmeno la Madonna».

«E tu che fai?», chiede Carlo.

«E io guardo in giro, no?». Lo dice come se fosse ovvio, ma anche come se fosse un po' seccato che Carlo scopra i suoi traffici, che conosca i suoi movimenti, che venga a sapere, insomma, qualcosa di lui.

Il misterioso Oscar, ma tu pensa.

Poi parlano d'altro. Cioè parla Carlo, perché Oscar non dirà niente di sé, come al solito.

Dice del periodo strano che sta attraversando, dell'attesa che finisca la stagione di *Crazy Love* e che scada il suo contratto con la diva Flora De Pisis, che ora sta trasformando il programma da passerella di amorazzi banalmente indecenti a tribuna del popolo offeso e minacciato dalla criminalità.

Se la cronaca nera tira più del sesso e dell'intrigo amoroso siamo messi male, pensa Carlo. Ma lo pensa come vedendo una nave che lascia il porto, non più una sua creatura o una sua proprietà.

Ma insomma, per ore e ore di diretta è tutto un signore e ragazze e signori e ragazzi in lacrime, parenti delle vittime, derubati vari, minacciati di ogni specie. Tutti in gramaglie, sospesi tra indignazione e spasimo, tutti a chiedere giustizia o almeno, se di quella non ce n'è più, a volere una passerella nella tivù del dolore e della sfiga, con tanto di cachet, contrattini, liberatorie, istruzioni per piangere meglio, «e poi il vestito che le diamo per la diretta lo può tenere, signora».

Carlo ne parla in modo quasi neutro, come se la cosa non lo riguardasse, come se lui, pur essendo la prima firma di quel delirio, non c'entrasse più niente.

Ma un conto era giocare con quelle ridicole fregnacce dell'amore, consolare l'impiegata di Belluno, svelare le corna del capufficio di Ostia Lido. Va bene. Farlo con i delitti... mah.

«Quante puntate ancora?», chiede Oscar.

«Quattro, un mese», dice Carlo.

«Resisti».

Lo ha detto con il tono che si usa coi compagni di cella in galera: resisti, stringi i denti, non fare gesti inconsulti, un mese passa in fretta.

«E altro?», Oscar vuole un rapporto dettagliato, evidentemente.

«Altro, niente», dice Carlo.

María non torna e non tornerà, Carlo, che pure è un tipo sensibile all'illusione, ne è ormai certo. Si accorge ogni tanto di cercare di mettere a fuoco i dettagli di quel viso ambrato, e si sgomenta di non ricordarlo quasi, di perdere particolari e sfumature. E anche il rombo sordo della mancanza, che è sempre in sottofondo, si affievolisce piano, come se la lama fosse sempre meno tagliente e bastasse non fare movimenti bruschi con il cuore. È una cosa di cui si sente in colpa e che al tempo stesso gli dà un piccolo sollievo, la differenza tra una ferita che brucia e un dolore leggero e costante, che non passerà mai ma si sopporta, ci si convive.

«E poi ho cominciato a scrivere», dice. E intende quel saggetto su Bob Dylan che meditava da tempo, che nella sua mente ha già scritto e cancellato mille volte. La poetica dylaniana, il senso delle cose, il posto dell'uomo nell'universo, l'uso dell'armonica in *Desolation Row*, l'amore, la grande canzone americana, la frontiera, il blues rubato a Charley Patton giù nel Delta e le ragazze che se ne vanno.

You're a big girl, now.

Poi quello ha vinto il Nobel, roba da matti, e Carlo ha temuto che tutto il suo studio raffinato venisse lordato dalle masse, polverizzato nella banalità giornalistica, tritato e digerito. Invece niente. Il gran rifiuto, il cafone, l'ingrato, il chi-si-crede-di-essere avevano riempito il vuoto. Del corpo dell'opera, della complessa cosmogonia dylaniana, non si era occupato quasi nessuno, e lui aveva sospirato di sollievo: il saggetto doveva proprio scriverlo. Anche con accenni alla psicopatologia di Bob Dylan, ovviamente, il che voleva dire – dannazione – occuparsi anche un po' della sua.

Dice tutto questo infilzando svogliatamente due foglie d'insalata, una specie di confessione.

Oscar alza il sopracciglio destro. Carlo lo ringrazia in silenzio di risparmiargli qualche battuta acida sull'argomento.

Un uomo deve avere qualcosa di sacro, no?

Poi Oscar se ne va senza salutare, come suo solito, e fa solo il gesto del mignolo e del pollice tipo telefono per dire: ci sentiamo. Carlo paga il conto ed esce nel sole incerto, sul marciapiede di via Palazzi.

Guarda il suo amico avviarsi alla caccia.

Lui torna verso casa, con la macchina che ronfa piano, il finestrino aperto. Un mese, sì. Un mese passa in fretta, certo, come no.

Cinque

Il vicesovrintendente Tarcisio Ghezzi guarda fisso nel bicchierino di plastica bianca. Sospeso sulla schiuma marroncina del caffè della macchinetta c'è un puntino nero che si dibatte cercando di non affogare. Ghezzi scuote la testa e infila un'altra moneta nel distributore.

Le cose si mettono in moto, pensa, ma...

«Ah, sov, sta qua!», dice l'agente scelto Sannucci che sgroppa in giro con dei fogli in mano.

«Ciao Sannucci, ti ho preso il caffè», dice Ghezzi porgendogli il bicchierino. Ha un ghigno da ragazzino, anche se lì dentro è un vecchio.

«Uh, grazie, sov, che gentile... ho delle cose della banca di quello là, il morto, poi le vediamo».

Ghezzi annuisce. Sannucci è un bravo diavolo, basta non farlo pensare troppo. Ci vuole cervello, sì, e magari qualche intuizione, e pure culo, certo, ma qualcuno che faccia il lavoro duro, certosino, di controllare, di cercare documenti, di contattare direttori di banca, e avvocati, e soci in affari serve sempre, e Sannucci è in gamba.

Basta che non pensi, perché a pensare siamo già in troppi, si dice Ghezzi. E sa che questo sarà un problema, con Carella, o almeno una cosa da chiarire.

«Buono, ci voleva, sov», dice Sannucci buttando la plastica nel cestino della carta, e va via sempre rapido, una natura morta in movimento: scarponi d'ordinanza su linoleum triste.

Poi tutto accelera. Carella piomba in corridoio col suo passo urgente, dalla giacca sembra che abbia avuto un incidente aereo, la camicia è mezza dentro e mezza fuori dai pantaloni, quasi corre.

«Vieni, Ghezzi?», dice passando, senza neanche guardare.

Sono le sei meno dieci, Milano aspetta il suo tramonto con l'aria di dire dai, su, sbrigati, tutti sono tornati alla base e si può cominciare.

Ghezzi ha sentito il figlio del morto, Edoardo Gotti, trentadue anni, bancario, o banchiere, non si è ben capito, venuto da Londra, si occupa di materie prime, *future*, quotazioni. Un bell'uomo, molto turbato dall'omicidio del padre, che non sa spiegarsi in nessun modo.

«Ma insomma, lei, quando ha saputo, non ha pensato, anche d'istinto, anche incongruamente, così, senza motivo o senza riflettere, a qualcuno che avrebbe potuto volerlo morto?».

«No, nel modo più assoluto».

Ecco, fuori uno.

Alla fine, Ghezzi si è fatto questa idea, che il giovane Gotti non avesse intenzione per niente di fare il re dei macellai, e che magari sì, era andato a studiare a Londra per modernizzare l'impresa di papà – che papà modernizzava benissimo da solo – ma poi si era fatto la sua strada e stava benone lì. Quel padre imprenditore di talento e di successo che gli avrebbe lasciato un impero di bistecche sembrava una cosa un po' lontana, si vedevano alle feste comandate, ma Pasqua no, Natale non sempre... Insomma, lui aveva una famiglia, a Londra, e papà lavorava molto... lui pure...

Però almeno gli aveva dato un'idea delle dimensioni del regno. Le macellerie di famiglia erano diventate due, poi quattro. Ora era una catena con otto grandi negozi a Milano, categoria lusso, gioiellerie del filetto, e un'altra decina sparse per la Lombardia. E poi c'è l'import, l'export, le grosse forniture ai supermercati, la carne in scatola e tutta una girandola di partecipazioni e alleanze e contatti e intrecci che il Ghezzi non avrebbe saputo districare nemmeno in un anno. Comunque da scavare, tra soci, fornitori e clienti, ce n'era eccome. L'azienda andava bene, il morto aveva dichiarato, l'anno precedente, un reddito sopra il milione, il giro d'affari era di quasi sedici milioni, fatti con l'ingrosso, e non c'erano particolari condizioni di sofferenza.

Dunque il figlio della vittima confermava il capo contabile della GottiMeat sentito poco prima:

«Data la congiuntura e la flessione dei consumi, non ci lamentiamo», aveva detto con l'aria del gatto che ha appena mangiato.

«Del morto che idea ti sei fatto?», chiede Carella.

È seduto dietro la scrivania, stropicciato, nervoso. Gli altri, Selvi e Sannucci, stanno su sedie spaiate e ascoltano.

Ghezzi sospira. Sa cosa intende Carella: vuole sapere se era uno che meritava due colpi di pistola di notte, sul marciapiede.

«Mah, vedovo, i figli lontani... Vive benone, intendo tenore di vita, la casa di Milano è una specie di base operativa, se no sta nella villa in Brianza, media col-
lina, in ufficio non ci va mai, è come se si rendesse conto che l'azienda cammina alla grande senza che lui stia
lì a fare il capo. Nessun nemico dichiarato, niente affari loschi, per adesso, certo, magari poi salta fuori chissà cosa, ma...», Ghezzi esita un secondo, «... non sembrerebbe il tipo. Amministrazione personale e dell'a-
zienda completamente separate, una specie di cittadino modello, in regola col fisco, tanti soldi, tante tasse... avercene, di gente così».

Selvi si alza e prende un taccuino da una scrivania
piccola che sta in un angolo della stanza.

«La domestica conferma», dice, e va avanti: «La signora era molto amica della moglie e quando la moglie
è morta lui non se l'è sentita di mandarla via. È una
specie di governante, custode, vive lì accanto, al piano di sotto, entra ed esce da casa Gotti come e quando vuole. Dice che sì, il signor Fabrizio aveva soffer-
to molto per la scomparsa della signora, ma poi si era
ripreso, se ne stava solo volentieri, qualche amico, un
po' di caccia quand'era stagione – i cani stanno là, alla villa – e qualche serata di poker in casa come massimo della trasgressione. Non beveva, niente droghe,
colesterolo alto, niente nemici noti».

Una vita in discesa, pensa Carella, tutto fatto per bene, tutto sistemato, soldi, figli, quarti di bue, ora un po' di relax, sempre se non ti sparano... Scambia un'occhiata con Ghezzi, che ha capito e annuisce: il morto non era uno di quelli che di solito muore così.

Sannucci fa rapporto anche lui: il direttore della banca, l'avvocato, quelli dell'ufficio.

«Tutti sconvolti e tutti stupiti. L'infarto sì, magari se lo aspettavano, ma le pistolettate no, qualcuno ha parlato di uno scambio di persona, tanto gli sembrava impossibile... Comunque ho dato tutte le cose tecniche della banca ai ragionieri». Intende gli esperti della questura, reati finanziari, spulciatori di estratti conto.

«E ieri?», chiede Ghezzi.

Sannucci guarda un taccuino.

«Aveva dormito in villa, là dalle parti di Carate, poi ha pranzato a Milano con il direttore dei supermercati... Unes, ha fatto un salto in ufficio, ma è uscito subito. È andato in un negozio di elettronica e ha comprato quella cuffia, lo scontrino dice quindici e trenta, l'ora, intendo, la cuffia era in casa, ancora confezionata...».

Carella ricorda di aver guardato tra i dischi, là, nel salotto del morto. Un po' di classica, jazz di consumo facile, qualche album italiano. Non un maniaco, forse la cuffia era un regalo, non era per lui... Intanto Sannucci va avanti.

«... Poi è andato a casa, qui a Milano, fino a ora di cena... da solo, sul tardi, dalle parti di corso Lodi, un posto di pesce caro appestato... questo ce l'ha detto la carta di credito, ed è tornato a casa che saranno state le undici, undici e mezza, insomma, quando l'hanno ammazzato».

Ora tocca a Carella. Si alza, si avvicina alla finestra e accende una sigaretta.

Lui ha sentito la figlia. Una ragazzina spaventata e intimorita, diciottenne tra pochi giorni, che vive in Svizzera coi nonni materni, frequenta un collegio esclusivo. Una principessina, a dispetto dell'anello al naso e degli anfibi slacciati. Anche lì niente, se non la comprensibile paura del futuro.

«E adesso?», aveva detto con un sibilo nell'aria, più a se stessa che a Carella.

«E adesso lo troviamo, Greta, stai tranquilla».

«No, dico... e adesso, io?».

Erano cose che a Carella si infilavano dentro come spilli. Si era fatto l'idea che col fratello non ci fossero buoni rapporti, che lei si sentisse veramente abbandonata, lassù come Heidi, irrimediabilmente sola, elvetica forever, una croce sopra, bianca in campo rosso, cioccolato e finanza, indicata dalle compagne di collegio come «quella a cui hanno ammazzato il padre». Sola.

Benvenuta nel club, aveva pensato Carella, che non voleva intenerirsi.

Ma insomma, niente.

Ora però si fa preciso, perché arriva la parte tecnica:

«Due proiettili calibro nove parabellum, il che vuol dire un'infinità di tipi di pistole, un catalogo intero.

Hanno cercato lì intorno, tombini, cestini della spazzatura, ma niente, non l'ha mollata in zona. Quelli della scientifica dicono che può essere un ferrovecchio, sui bossoli ci sono striature... insomma, che la manutenzione dell'arma fa schifo, poco oliata, non roba comprata ieri, ecco, ma magari ci dicono di più, stanno controllando se risulta che abbia già sparato, se abbiamo qualcosa in archivio, ma ci credo poco».

C'è un silenzio teso. Carella spegne la sigaretta sul davanzale e torna a sedersi.

«Telefono. Stiamo controllando tutti i contatti, ma a prima vista solo lavoro, anche le mail. Le chiamate non risposte erano del figlio, ordinaria amministrazione. Un cerchio di amicizie ristretto, pochi scambi di messaggi registrati in memoria, niente da segnalare, ma magari ne sapremo di più. L'agenda invece, precisa al millimetro, ma tutta routine. Tranne il cardiologo, e un tizio che voleva vendergli un cane, ma poi non l'ha preso...».

Ora appoggia una mano sul tavolo e dice:

«In sostanza non abbiamo un cazzo di niente, a meno che non venga fuori qualcosa dagli affari...».

Tutti si guardano in faccia. Ci hanno girato intorno e sanno che prima o poi bisogna arrivare lì. La domanda la fa Sannucci:

«E il sasso?».

«Peggio che andar di notte. Sassi in bocca, sì, per gli infami, ma questo solo se vogliamo fare archeologia e letteratura, poi tutte le simbologie criminali sui sassi, ma è fuffa, mi pare... siamo lontani».

«Lasciamo perdere il sasso», dice Ghezzi, pragmatico.

Poi tira fuori due fogli di quaderno a quadretti con linee a penna, spazi chiari e spazi scuri.

«Ho fatto un salto là, in via Mauri. La scuola ha due telecamere, una è rotta, poi c'è un negozio di vestiti per bambini di lusso che ha le telecamere anche lui, ho chiesto tutte le registrazioni, ma non mi farei illusioni perché...», si alza dalla sedia, poggia il suo foglio disegnato a mano libera sulla scrivania, davanti a Carella, e spiega: «Le zone chiare sono quelle che le telecamere possono vedere, le zone scure sono quelle senza sorveglianza visiva».

Risulta che via Mauri è abbastanza «illuminata», tranne il marciapiede sulla sinistra che va verso via Giovio e un rettangolo di qualche metro, dove gli occhi delle telecamere non arrivano.

In quel rettangolo, proprio lì, è stato ammazzato il Gotti.

Dei filmati per ora hanno solo i pochi frame dell'ora del delitto e Ghezzi li ha visti. Una sagoma entra di spalle nel cono d'ombra, ma non esce dall'altra parte, aspetta che in quel buio senza controllo entri anche il Gotti. Poi, la stessa sagoma, sempre di spalle, veloce, un po' ingobbita, raggiunge in linea retta, attraversando la strada, il cono d'ombra successivo. Sul foglio che Ghezzi mostra a Carella il tragitto dell'assassino è una linea tratteggiata che va da una zona d'ombra all'altra, che si espone il meno possibile alle telecamere. Immagini che non servono a niente, se non a far venire il sospetto che quello conoscesse la posizione degli occhi elettronici.

Carella guarda il disegno e dice:

«Che culo!».

«Eh, se è culo», dice Ghezzi. «Perché se non è fortuna sfacciata, allora è abilità, e sono cazzi».

Carella lo guarda e fa una smorfia.

«Vediamo se capisco cosa non ti torna, Ghezzi... tu mi stai dicendo che l'assassino è abbastanza esperto da conoscere i coni d'ombra delle telecamere, e però non è così esperto da sparare un colpo in testa e via. Professionista e dilettante insieme, è questo?».

«È questo», dice Ghezzi, che rende la smorfia con un piccolo inchino della testa. Carella è uno in gamba e lui, modestamente, pure, quindi in qualche modo si intenderanno, gli altri ascoltano in silenzio e Selvi pensa che è uno spettacolo vedere quei due che ragionano.

Poi Carella manda via tutti:

«Ci vediamo tra mezz'ora su da Gregori», ma con un'occhiata dice a Ghezzi di fermarsi, e quindi adesso sono loro due.

Giusto, pensa Ghezzi. Lui è uno che ama lavorare da solo, e Carella lo sa. Anche Carella è uno che ha i suoi metodi, e Ghezzi lo sa. Quindi ora il problema è di avere due mufloni nella stessa stalla, e tutti e due sanno che non deve finire a cornate.

«Dai, dimmi», dice Carella.

Ghezzi gli ha dato una grossa mano, di recente, e si può dire che insieme hanno preso un cattivo vero, anzi due. Ma non sono favori che si rendono, quindi niente sconti, se Ghezzi lavora nella squadra deve aver chiaro chi comanda. Però sa che il Ghezzi è indisciplinato e irregolare, come certi giocatori di genio, e soprattutto sa che non gli va che ci siano in giro stronzi che sparano alla gente. I fantasisti bisogna lasciarli liberi, perché rendano il massimo.

Ghezzi capisce al volo.

Carella è uno che parla chiaro, è uno che non molla finché non ha capito tutto di un caso, magari un po' intollerante ai regolamenti e alle procedure, e in questo sono simili. Carella, però, è incattivito, per lui sembra sempre una questione di vita o di morte, tiene alta la tensione, capace che non dorme per un mese... e questo può complicare tutto, se l'indagine è lunga, mentre lui è più paziente, più... ma sì, più vecchio, più riflessivo.

Poi il vicesovrintendente Tarcisio Ghezzi si decide a parlare.

«Ti dico due cose, Carella, poi fai tu. La prima è sul caso, qualcosa mi dice che non ci si ferma qui. Il sasso... mah, forse ha senso se ci saranno altri sassi...».

Carella alza una mano per dire, eh, che cazzo!, ma Ghezzi va avanti:

«Solo un'idea, d'accordo. E poi...», non sa come dirlo, come entrare diretto nella questione, così quell'altro lo precede:

«Fai quello che vuoi, Ghezzi, basta che mi avverti e che facciamo il punto spesso. Selvi e Sannucci ce li dividiamo, e noi due andiamo avanti a cercare. Avremo bisogno di un po' di gente, ma quelli sono cazzi di Gregori. Però voglio sapere cosa stai facendo e perché, non per... controllo, eh! Solo per non pestarci i piedi e seguire la stessa pista».

«Benissimo, Carella, grazie, volevo proprio...».

«Lo so».

Ora che i due mufloni hanno segnato il territorio, possono concedersi dieci minuti a ruota libera, e allora parte Ghezzi:

«Verrà fuori qualcosa di sicuro, ma insomma, al momento abbiamo un ricco milanese senza nemici e senza tensioni ammazzato per la strada. Ammazzato da qualcuno che non uccide per mestiere, direi, perché il colpo allo stomaco è proprio... da principiante, ecco... Però abile con le telecamere, se non era solo fortuna... e che aveva di sicuro seguito e sorvegliato la vittima negli ultimi tempi...».

«Senza movente è difficile, cazzo».

«Sì, ma per ammazzare uno un motivo ci deve essere...».

«Con una pistola che non spara da anni...», dice Carella a bassa voce.

«Sì, questa va capita meglio, aspettiamo gli scienziati della balistica...».

Poi Carella si alza, mette il telefono in tasca, si sistema la camicia nei pantaloni:

57

«Andiamo su da Gregori, sarà incazzato».

«Ha tenuto buoni quelli dei giornali per tutto il giorno», dice Ghezzi come per scusare il capo, «... e noi non è che gli portiamo il panettone, eh!».

«Eh, no, noi non gli portiamo proprio un cazzo».

Così salgono insieme le scale, Carella di corsa e Ghezzi dietro, più lento. E quando arrivano all'anticamera del vicequestore Gregori, dove di solito regna un silenzio di piombo, notano una strana agitazione.

«Carella, stavo per chiamarti», dice l'agente Olga Senesi che si fa incontro ai due. È agitata, veloce.

«Si era detto alle otto, no? Siamo in orario...».

«Sì, ma abbiamo un altro morto».

Ghezzi si ferma come un bracco che ha visto un fagiano. Carella, fa solo la faccia che chiede.

«Dieci minuti fa, via Sofocle», dice lei, che sta già andando via per il corridoio.

«Che sta dove?».

«Dietro viale Cassiodoro, là, la vecchia fiera, dove fanno i grattacieli storti».

Sì, pensa Ghezzi, capito.

«Ah, Carella», la Senesi si è girata come se si fosse dimenticata qualcosa, «sul morto c'è un sasso».

Ghezzi fa il sorrisino stronzo del «lo sapevo». Carella è già via che corre.

Sei

Quando rientra è tardi ma non tardissimo. I ragazzi di Mafuz sono ancora giù al portone che fanno la loro ronda, e dal cortile si vedono tante finestre accese. Nemmeno le undici. Chiara sta lavorando al Mac nuovo, un volantino per una faccenda dell'università, lui si china a baciarle il collo e dice:

«Bello, ma... tutto quel viola?».

«Troppo, vero?».

«Boh...».

Poi lei, una mano sul mouse e una in grembo, stacca gli occhi dallo schermo:

«Guarda che Fili era incazzato. Ha detto che puoi prenderla quando vuoi, la moto, ma se lo avverti è meglio...».

«Ma se gliel'ho detto! Vabbè, dai, domani gli chiedo scusa, ma mi sembrava di averglielo detto... poi lui mica la può guidare, no? Ti ha fatto una scenata?».

«Non proprio, ma insomma... oh, a me non me ne frega niente, eh, ma qui ci sono già tante tensioni, se litighiamo anche per 'ste cazzate...».

Francesco si toglie i vestiti, li mette in un sacco di plastica, apre la doccia e si infila sotto il getto. Il bagno dà sulla camera – anche il cucinino, se è per questo, sta tutto lì – così lei gli parla alzando solo un po' la voce.

«Ti hanno cercato i calabresi».

«Quale?».

«Quello basso».

Quindi questioni di case, pensa Francesco.

I calabresi si occupano di tanti traffici, lì dentro, ma il business principale è quello degli alloggi. Sanno quali sono vuoti e quali si possono liberare con piccole innocue minacce. Buttano giù porte e procurano chiavistelli nuovi. Per cinquemila euro puoi avere la tua casa popolare, un prezzo onesto se pensi che spesso è gente che ne ha spesi altrettanti per attraversare il mare su un canotto del cazzo. Scampati ai negrieri, arrivano qui e trovano due fratelli che sembrano usciti dritti dal neorealismo, che li rapinano per la casa. Ma almeno dormono in un letto, per la prima volta dopo chissà quanto tempo.

Francesco non è mai riuscito a tracciare un confine certo tra ingiustizie della vita e gente che se ne approfitta. Tra racket degli alloggi e gente con un bambino in braccio che ti dice «non so dove dormire».

E comunque, no, i calabresi non sono benefattori, questo lo sa.

«Hanno i loro cazzi, adesso», dice Chiara.

È una cosa che lo lascia sempre di sasso: pare che lei sappia cosa sta pensando, lo segue, lo tallona, poi quando dice qualcosa sembra che lui abbia pensato ad alta voce... È una cosa che gli piace e che gli fa un po' paura.

Stasera poi...

Ma sì, sa cosa vuol dire Chiara. Adesso c'è un'altra banda, nordafricani, non si sa di dove, esattamente. Hanno cominciato piazzando due famiglie alla scala F, ora chiedono altri posti per amici loro. Mafuz, che è l'altro potentato dei palazzi, ha deciso di abbozzare, non interverrà perché non vuole casini, i calabresi non hanno più il monopolio, ma questo pare turbare solo i calabresi. Giustamente.

«E che voleva?».

«Parlare. Faranno un incontro, Mafuz, loro due della Calabria Saudita e questi qui nuovi, che pare siano anche cattivi un bel po'. Vorrebbe che qualcuno del collettivo fosse presente, credo così... per avere testimoni del patto».

Francesco Girardi sorride, si asciuga con un vecchio telo da mare, mette un paio di pantaloni corti e una maglietta della Mano Negra, antiquariato puro.

«Cioè, adesso il collettivo per il diritto alla casa diventa una specie di sensale per gli accordi mafiosi?», dice.

Lei alza le spalle:

«Ma sì, lo sai... dice che può venire fuori qualcosa per noi, che Mafuz vuole solo che non ci sia casino, così i suoi ragazzi possono vendere la loro merda senza problemi, ma vogliono un accordo preciso... hanno paura che quelli nuovi si allarghino... e noi abbiamo Giovanna e Illa da piazzare, lo sai, no?».

Politica, pensa Francesco.

Trattative, accordi, compromessi, dare, avere, buoni rapporti con i cattivi... Ma lì dentro i buoni dove sono? Ah, già, saremmo noi, pensa Francesco, che ridere.

E Giovanna e Illa, poi, una storia assurda. Perché le due – Giovanna istruttrice di kick boxing e Illa maestra elementare – avevano occupato alla vecchia maniera. Cioè avvertendo i vicini, scegliendo un alloggio sfitto – dichiarato inagibile per muffa e infiltrazioni d'acqua –, entrando, mettendo un po' a posto, ed eccole nel club degli abusivi regolari. Insieme al collettivo avevano fatto i volantini con le foto delle pareti imbiancate di fresco e le scritte: «Gli abusivi ristrutturano, l'Aler no», e anche: «La casa è di chi ci vive! Sanatoria subito!». Non avevano scelto il silenzio prudente degli occupanti, la diffidenza, la clandestinità nelle pieghe delle graduatorie e dei controlli. No, avevano rivendicato l'atto politico di prendersi una casa vuota.

Insomma, cacciarle con l'ufficiale giudiziario e la polizia sarebbe stato difficile, perché le due erano diventate una bandiera del collettivo e in qualche modo – due lesbiche così, una che pare Muhammad Alì che limona in strada con uno scricciolo biondo alto come un tavolino del bar – erano popolari nel quartiere.

Ma poi erano andate via qualche giorno, a Berlino o non si sa dove, e quando erano tornate avevano trovato in casa una famiglia di tunisini, lui, lei e tre ragazzini, tutti in quaranta metri quadri, quarto piano senza ascensore e la muffa che tornava fuori come nei film dell'orrore. Mica si poteva cacciare una famiglia, certo, anche il collettivo l'aveva escluso, ma loro due? Due che occupano una casa, cosa fanno se qualcuno gli occupa la casa? Chiaro che non possono andare alla polizia. Ora vivono dal padre di Illa, a Corsico, ma passano spesso di lì e sono presenti a tutte le riunioni del collettivo, come un ammonimento fisso: e noi? Noi non abbiamo diritto alla casa?

Qualcuno ne aveva riso, sì. Ma non c'era niente da ridere. Per Francesco quella guerra sorda e continua tra disperati, quella lotta senza esclusione di colpi, quella furbizia al posto dell'intelligenza, è un elastico che si sta tendendo troppo.

Da anni, pensa. Da sempre.

Prende una sedia e si siede di fianco a Chiara.

«Aumenta il font in basso, quello con la data e l'ora, così si fa fatica a leggere», le dice.

Lei muove il mouse, le lettere diventano più grandi.

«Così?».

«Sì, meglio».

Comunque, se i calabresi vogliono che qualcuno di loro sia presente all'incontro può essere una buona notizia, ma anche cattiva. Significa che cercano un accordo duraturo, e magari mollare al collettivo due o tre degli appartamenti occupabili, tra quelli sfitti. Oppure significa che la situazione è così tesa che non si fidano a incontrare da soli quegli altri, i nuovi arrivati, gli africani. Insomma, dalle strette di mano alla coltellata ci può scappare di tutto. Che palle.

«Mi chiedo perché cercano te e non Fili, o Andrea», dice Chiara.

Lui non risponde.

Lo sa perché.

Perché lui coi calabresi ha qualche affare in ballo. Gli orologi, tre, li ha venduti, ci ha fatto millecinquecento euro, probabilmente valevano dieci volte tanto, ma non importa, può stare tranquillo qualche settimana. Chiara, comunque, è meglio che non lo sappia.

«Non lo sai?», dice lui. «Mi chiamano il Kissinger della Caserma...».

Lei ride e diventa bellissima, o almeno così pare a lui. La Caserma è quel labirinto di palazzi stanchi, luridi, invecchiati male, scrostati, che circonda piazza Selinunte, zona San Siro, avamposto della marmaglia urbana, caldo d'estate, freddo d'inverno, scale che sanno di broccoli e di curry, quando va bene.

Ora lui si alza dalla sedia e cammina per la stanza. Cammina... parole grosse, perché lì dentro quando hai fatto tre passi incontri il muro e devi tornare indietro. È nervoso, agitato, ma anche in un certo senso placato, sazio.

«Tu? Tutto bene?», dice lei che ora si è levata gli occhiali e lo guarda come fanno le mogli. Con dolcezza, però.

Francesco si sforza di sorridere.

«Sì, dovevo finire un lavoro».

«Uh, uomo misterioso!».

Lui ride.

«E l'hai finito, 'sto lavoro?».

«Finito, sì».

«Dai, vai a letto, Kissinger della Caserma, chiudo qui e arrivo».

Sette

Katrina ha la faccia offesa che fanno quelli accusati di rubare le offerte in chiesa.

Si appoggia a un mobile della cucina di casa Monterossi, lustro come se dovesse venire in visita il re del Belgio, e guarda Carlo che si sta versando da bere. Ha scelto un Sauvignon blanc dal piccolo armadio-cantina che contiene decine di bottiglie, alcune dal nome nobile, altre rare come francobolli antichi.

«Katrina ha mai lasciato signor Carlo senza cena?».

Lo ha detto né astiosa né polemica, solo un po' stupita.

In effetti no, pensa Carlo, che ora deve recuperare e chiedere perdono senza chiederlo veramente. In fondo le ha solo detto che tra poco si farà vivo Oscar, che hanno delle cose da raccontarsi e che vorrebbero cenare. Ma si sa com'è con quella virago delle pianure: tutto può essere messo in discussione, tranne i superpoteri della Madonna di Medjugorje e la sua efficienza di governante, cuoca, addetta ai vettovagliamenti e all'economia domestica. Senza contare – Carlo ce l'ha ben stampato in mente – il ruolo di voce amica, inascoltata consigliera in fatto di questioni amorose, semmai ne capitassero, avvocato difensore e bocca della verità. Tutto spigoloso ascendente burbero e made in Moldavia.

Katrina lancia un'occhiata alla sua amica attaccata al frigo in forma di calamita – sempre la Madonna dell'Est che appare e scompare agli occhi dei fedeli come la luna dietro le nuvole – e sospira aprendo la porta di quel magazzino di cibarie dalla doppia porta, un frigorifero che potrebbe contenere scorte per l'armata rossa, sufficienti per andare da Stalingrado a Berlino senza farsi mancare nulla. Gamberi alla catalana, burrata di Puglia, arrosto di vitello, spiedini di pesce, alette di pollo piccanti, guacamole e aspic di frutta per dolce.

«Signor Carlo può scegliere. Se deve scaldare usa microonde. Per favore non mangia scampi, che Katrina domani fa sugo di pesce».

Fine delle comunicazioni.

Anzi no, perché Katrina non sa trattenersi e usa tutta la confidenza che lui le concede in quanto impareggiabile Mary Poppins di casa Monterossi.

«Tutte le volte che signor Carlo vede signor Oscar arriva guai. Ancora questa volta o è solo cena di amici?».

Carlo ride. È vero, Oscar e i guai sono due cose che vanno parecchio d'accordo, e Katrina ha assistito più volte a faccende intricate che potevano finire male.

«Ma no, Katrina, due chiacchiere e qualche bicchiere, non preoccuparti».

Lei alza gli occhi al cielo come dire: non crederò a una sola parola, si sfila il grembiule e saluta. Torna giù, nella sua guardiola, ai suoi altarini, alle sue preghiere solitarie inframmezzate dagli sceneggiati tivù, perché

67

è, incidentalmente, la custode del palazzo, anche se passa quasi tutto il suo tempo ad accudire quel Monterossi che sì, le sta simpatico, certo, è gentile, ma è un tale disastro...

Così Carlo si versa dell'altro vino e aspetta. Poi non aspetta più, perché Oscar entra come fosse il capo, si siede su uno dei divani bianchi e si versa da bere anche lui, senza dire una parola.

«Beh?», dice Carlo.

Oscar è uguale a sempre, imperscrutabile e misterioso, ma con un sorrisino che gli attraversa la faccia, come se dicesse: ah, sapessi!

A Carlo basterebbe anche meno.

«Vuoi parlare o siamo sposati da dieci anni?».

Per tutta risposta, Oscar si alza e va in cucina, apre il frigo e comincia l'esplorazione di quell'Eldorado di colori e profumi ordinato sui ripiani come in attesa di un'ispezione. Poi prende un enorme piatto di scampi crudi che urlano mangiami e lo appoggia sul tavolo della cucina. In meno di due minuti ha preparato una salsina con olio e limone, si è seduto e ha attaccato a mangiare.

«Buoni», dice.

«Fai come se fossi a casa tua», dice Carlo.

«A casa mia nel frigo ci sono le ragnatele».

«Allora?», dice Carlo che si siede e prende un piatto anche lui.

«Allora io, allora il mondo, o allora tutti e due?».

Niente da fare, non resiste, il mistero è il suo mestiere, ma poi, siccome Carlo non cede alla provocazione, si decide a parlare.

«Se Katia pensa che la polizia corra dietro al truffatore della madre si sbaglia di grosso», dice. «Ieri c'è stato un morto ammazzato e la questura è come un formicaio impazzito, non sanno dove sbattere la testa e i balordi che rapinano le vecchiette sono l'ultimo dei loro pensieri».

Carlo annuisce, in qualche modo lo sapeva, anche del morto, perché là, al lavoro, gli occhi di Flora De Pisis si sono illuminati come per una proposta galante. Un morto ammazzato, perfetto, ottimo, è il Signore che lo manda, e già aveva sguinzagliato autori e collaboratori in cerca di parenti della vittima, amici, nemici, amanti, donne in gramaglie, chiunque sia disposto a versare qualche lacrima in diretta, o ad accusare, o a recriminare, a dolersi della scomparsa, a parlare bene o male del morto, ma meglio male, che la curva vuole sangue e rancore. Spettacolo, punti di audience, pubblicità. Insomma, la tivù, perché la Grande Fabbrica della Merda non dorme mai.

«Allora?», dice Carlo, di nuovo.

Sa che quello gioca come il gatto col topo, e non vuole dargli soddisfazione.

«Allora puntiamo tutto sul ladro sfigato che non sa cos'ha rubato. Quindi piccoli ricettatori, o mediatori, gente che gli darà due lire e poi venderà l'anello della madre di Katia all'estero, probabilmente nel circuito dei collezionisti. Ne vediamo uno stasera, che magari può dirci qualcosa».

«Vediamo?», chiede Carlo, come se fosse stato invitato a scassinare un ufficio postale. E poi: «Senti, io non ci voglio entrare... cioè... sono contento se aiuti Katia, ma...».

«Non è che andiamo a uno scontro a fuoco, eh! Devo solo parlare con un tipo, ma mi serve qualcuno che se ne stia lì zitto e magari un po' minaccioso, tanto per fargli capire che facciamo sul serio, non preoccuparti».

A questo punto Carlo si è alzato, ha acceso lo stereo a un volume minimo, ha portato i bicchieri nel grande salone e aperto la porta finestra che dà sul terrazzo. Entra un'aria frizzantina da sera di marzo a Milano, che ora si mischia ai clacson lontani e alla voce di Dylan che scatarra qualcosa sul fatto di essere rimasto in Mississippi un giorno di troppo. Errore.

Errore anche mio, pensa Carlo. Mettesse in fila le volte che ha giurato a se stesso di non assecondare Oscar nelle sue stupide avventure, si ritroverebbe con un trenino di decine di vagoni. E intanto vede il suo «manco morto» sfumare in un «ci manca solo questo», e poi virare a un «figurati» e infine, quando arriva al «perché no, dopotutto?», sa che è fatta: seguirà il suo amico, pur dandosi amichevolmente del coglione.

«Alle due, abbiamo tempo», dice Oscar Falcone, che è passato ai gamberi alla catalana e ha portato il piatto in salotto.

Così parlano del più e del meno.

Il che significa che Oscar non dice niente e Carlo racconta della diva Flora De Pisis e della sua recente fregola per la cronaca nera, che ritiene più stimolante degli amorazzi fedifraghi della buona e brava gente della Nazione, che non è buona e brava per niente, ovvio. Sa che ora la star di *Crazy Love*, l'odiata creatura dai miracolosi ascolti, che lui ha ideato e di cui si vergogna, si butterà a pesce su quel misterioso omicidio, e già vede la poderosa macchina del cinismo mettersi in moto.

«Ancora quattro puntate e poi sono libero».

All'una e un quarto Oscar dice che devono andare.

«Cambiati».

«Eh?».

Cos'è, ora c'è un dress code per incontrare i delinquenti?

Oscar raccoglie tutta la pazienza che ha, che è notoriamente poca, briciole, e gli spiega parlando lentamente come si fa coi bambini scemi:

«Carlo, stiamo andando a parlare con uno che frequenta ladri e rapinatori, che già è dubbioso e prudente, mica posso presentarmi con un dandy in giacca e cravatta, che dici? O ci tatuiamo sulla fronte "dilettanti"? Dai, sbrigati, che voglio arrivare là un po' prima».

E così mentre Carlo guida verso «là», indossa un giubbotto di pelle, una maglietta girocollo e vecchi jeans consunti. Quando era tornato in salotto dalla sua cabina armadio grande come la provincia di Sondrio, Oscar aveva scosso la testa: sembrava esattamente un borghese in gita nei bassifondi, non uno abituato a viverci, ma non è che si può chiedere troppo.

E ora posteggiano davanti a un bar di via Mac Mahon, dalle parti di piazza Prealpi, dove passano solo guardie giurate in ritardo e prostitute in anticipo.

Il tizio che aspettano arriva alle due e dieci, lo vedono scendere da una Mercedes lunga come un tram, guardarsi in giro circospetto e spingere la porta del locale.

Dentro ci sono solo loro, il gestore che pulisce il bancone e una ragazzina poco vestita che aspetta qualcuno. Assistente sociale in minigonna, reparto solventi.

Il tizio si siede. Ha una faccia scavata, il colorito giallognolo, i baffi, e una cravatta da pappone.

«Il signore chi è?», chiede per prima cosa indicando Carlo.

«Gente mia», risponde Oscar.

Carlo non fa una piega, come suppone debbano fare i killer professionisti. Le istruzioni sono che non deve dire niente, fare niente, esserci e basta, perché quello deve credere di trovarsi di fronte a una specie di organizzazione, e non a Oscar Falcone che gioca a fare Marlowe.

Ora c'è silenzio. Il barista porta un whisky al tizio appena arrivato, come se già sapesse, come se fosse «il solito», e probabilmente è così. Roba industriale, di un colore giallo malato, che fa pensare a Carlo: incredibile con che cosa si rovina il fegato la gente. Lui e Oscar hanno davanti solo due tazzine, perché in un posto come quello, vai a sapere dove può infilarsi la salmonella.

Fuori dal bar si ferma una macchina, ne scende un tipo con la camicia sbottonata fino all'ombelico e un giubbotto di jeans, apre la porta abbastanza per infilarci la testa e schiocca le dita. La ragazza scende dallo sgabello vicino alle macchinette che rovinano la gente già rovinata e lo segue.

Al lavoro, signorina.

L'uomo coi baffi si decide a parlare:

«Per quanto ne so io, il tipo che cercate non è un genio», dice.

Oscar non dice niente, Carlo mantiene la sua aria indifferente, come se stesse valutando se spargli lì o aspettare ancora cinque minuti. Quello, tutt'altro che intimorito, va avanti:

«Se ne va in giro per Milano offrendo quell'anello come se fosse una mediaglietta della prima comunione. Due che conosco hanno detto no, grazie, perché quella merce lì è una cosa che sta sui cataloghi dei musei e sì, possono farci dei bei soldi e a lui dare due lire, ma il rischio è grosso. Però c'è un altro che ci sta pensando. È uno che ha buoni canali all'estero e potrebbe fare l'affare, ma non si fida, pensa anche lui che il tipo è un balordo che se la canterebbe alla prima sberla, in questura. A quanto ne so io devono risentirsi, boh... magari vedersi...».

Carlo ora fatica a mascherare l'eccitazione. Vedersi? Quando? Dove? Ma Oscar sembra pensare ad altro, come se quelle notizie fossero il minimo sindacale e lui si aspettasse di meglio. Così c'è un piccolo stallo, che l'altro decide di interrompere:

«Questo qui, questo che pensa di comprare, non è un cretino, prende tempo, sa che quell'anello non è facile da vendere e conta sul bisogno di contanti del tipo. Offrirà venti, trentamila, per una cosa che può rivendere a un milione tra due o tre anni, ma vuole comunque tirare sul prezzo. Ha una gioielleria in corso XXII Marzo, che si chiama Scintille d'oro, una copertura, naturalmente».

«Per duemila euro non mi dai molto», dice Oscar.

«Cosa vuoi, un pompino?».

«Ora no, grazie, ma tu capisci che io non posso andare da uno a dirgli: senti amico, hai per le mani un affare da un milione, ma ora ci rinunci perché io sono un tipo simpatico, vero? Ho bisogno di qualcosa per convincerlo».

«Così costa più caro».

«Più caro quanto?».

«Facciamo che si raddoppia. Quattromila e ti do una tenaglia per tenerlo per le palle».

«Caro, 'sto pompino».

«Sì, ma è il migliore che puoi trovare».

«Va bene, ma solo se mi convinci».

Carlo assiste alla scena sforzandosi di rimanere impassibile, freddo, distante e silenziosamente minaccioso. Con tutto che lui non saprebbe minacciare nessuno, ma questo il tizio non può saperlo.

Il baffo beve un sorso di quella benzina gialla e parla:

«Ti ricordi la rapina Biraghi?».

«Sì», dice Oscar, «hanno recuperato tutto».

«Sì, tutto quello denunciato, ma nel malloppo c'era anche una parure di diamanti non denunciata perché... insomma... la provenienza...».

«Stai dicendo che il cavalier Biraghi regalava alla moglie gioielli rubati?».

«Non è che perché sei ricco e cavaliere sei per forza una brava persona, eh».

«E?».

«E quella parure l'ha trattata lui, questo finto gioielliere di corso XXII Marzo, e ci ha fatto mezzo milione pagandola settantamila euro a una banda di tossici del Giambellino che aveva fatto il colpo. Sicuro come l'oro, fonte certa. Forse è una cosa che può impressionarlo, se gli dici che sai tutto e che potresti fartelo scappare con la polizia... o peggio col cavalier Biraghi, che certe cose le sa sistemare...».

Ora Oscar mette una mano in tasca e tira fuori un rotolo di banconote. Ne toglie qualcuna e dà quel che rimane al tizio, che le mette in tasca senza contarle.

«Quattromila», dice Oscar.

«Bene».

«Se mi hai detto una cazzata, il mio amico qui», indica Carlo con un cenno del mento, «viene a cercarti. Sembra una brava persona, è il suo segreto».

«Non c'è bisogno di minacciare».

«È vero, non c'è bisogno, ma non si sa mai», dice Oscar, che si è già alzato e va verso la porta del bar.

«Paga le consumazioni, che adesso sei ricco», dice al tipo coi baffi.

Carlo si alza anche lui, fa un piccolo inchino al tipo, poi, con un lampo divertito negli occhi, gli fa il segno della pistola con l'indice e il pollice, e segue il suo amico sul marciapiede.

La ragazzina di prima presidia un angolo della strada, triste come un labrador senza pallina.

Quando sono in macchina, Carlo vorrebbe commentare, ma vede che Oscar sta pensando e quindi non dice niente.

Risalgono Mac Mahon, costeggiano il cimitero Monumentale, attraversano via Farini e si buttano in viale Tunisia, non c'è traffico perché sono quasi le tre, solo macchine dei caramba, qualche volante della polizia e gente che torna dalla movida, clienti e camerieri stanchi che guidano come ubriachi.

«Scendo qui», dice Oscar.

Carlo accosta e non fa in tempo a cercare una battuta che quello è scomparso nel labirinto del Lazzaretto. Così riparte piano e armeggia con il telefono collegato alla radio della macchina. Sceglie un Dylan di quelli più shakerati e lo fa partire a volume basso.

Go get me my pistol, babe
*Honey, I can't tell right from wrong.**

Il rigonfiamento sotto il giubbotto – un bicchiere che Oscar gli ha infilato nella tasca interna prima di uscire – ha fatto il suo dovere. Basta così poco?, si chiede Carlo. Poi si guarda nello specchietto retrovisore, allungando il collo. Vuole vedere se ha l'aria del delin-

---

* Bob Dylan, *Baby, stop crying*: «Vammi a prendere la pistola, piccola / Dolcezza, non riesco a capire cosa è giusto e cosa no».

quente dal grilletto facile, ma vede la solita faccia di sempre. L'angolo destro del labbro si alza in una piccola smorfia di derisione gentile, anche le sopracciglia folte si inarcano un po', perché Carlo è un tipo autocritico, certe volte.

Così mette la macchina nel box e sale a casa.

Meglio andare a dormire. Lo fanno anche i killer, ogni tanto, no?

Otto

Il vicequestore Gregori cinguetta nel telefono, un bi-grigio Sip con la rotella che era già malmesso ai tempi dei Sumeri:

«Certo, dottore, ci mancherebbe, quando vuole, mi trova qui».

Poi butta la cornetta sulla forcella e tuona:

«Ma vaffanculo, deficiente, dove cazzo vuoi che va-da con due morti stecchiti sul groppone!».

Era il sostituto procuratore, quello azzimato dell'al-tro giorno, il titolare dell'indagine, quello che scherza-va coi poliziotti come il latifondista coi mezzadri. Tut-ti i presenti scelgono un angolino della stanza e lo guardano come se fosse un Rembrandt, giusto per non fare incazzare Gregori ancora di più e aspettare che pas-si la tempesta. Però vedono anche i vantaggi della si-tuazione. Se il sostituto non può venire, perché ha una riunione in procura, loro possono parlare più liberamen-te, come si fa tra sbirri. La legge, non la giustizia. Tra l'altro, il morto nuovo – Gregori l'ha chiamato così – minaccia di essere una rogna grossa.

«Carella!», grida ora.

Che significa: Carella, di' subito cosa abbiamo, fai

rapporto, sintesi e conclusione, ma sbrigati, che qui ci mettono in croce.

Il vicesovrintendente Ghezzi si mette comodo. Con quello che hanno raccolto non andranno lontano, ma qualcosa c'è, e anche lui avrebbe da dire la sua, anche se intervenire ora sarebbe come spegnere il fuoco col kerosene.

Carella, in piedi, appoggiato a uno schedario, comincia la litania, parla come si fa quando, parlando, si pensa pure. Non a cosa dire, ma a come interpretarlo.

«Cesare Crisanti lo conoscono tutti», dice. «Questa volta un colpo solo, in testa. L'altra volta, per il Gotti, i proiettili erano vecchi di quarant'anni, stavolta abbiamo un 7,65 che ne ha trentacinque, la balistica lo ha capito dai codici sui bossoli, chiunque abbia sparato ha armi vecchie e maltenute... Il sasso era addosso alla vittima, esattamente come per il Gotti...».

«Chi la sa 'sta cosa dei sassi?», chiede Gregori.

Carella allarga le braccia:

«Noi, il sostituto, i suoi assistenti, il che significa mezzo tribunale, quindi praticamente tutti, poi quelli della scientifica e ovviamente quelli che hanno trovato i corpi e ci hanno chiamato, la signora col cane in via Mauri e la colf filippina del Crisanti lì in via Sofocle, a cento metri dalla casa della vittima».

Gregori rilascia un sospiro che pare un gemito e fa un gesto per dire: avanti.

«'Sto Crisanti era uno in vista, ma non in primo piano. Architetto, anzi urbanista. Dentro più o meno tutti gli affari immobiliari di Milano, cambi di destinazione d'uso in provincia, passaggi di casermoni per uffici tra speculatori. In politica a destra, poi centro, poi ancora destra, poi sinistra, a seconda di chi comanda. Ora figurava democratico doc, di quelli che insistono per il verde pubblico, e poi, in corso d'opera, i parchi diventano tre alberelli del cazzo. Uno che sapeva gli affari di tutti e a ogni passaggio, autorizzazione, urbanizzazione, ristrutturazione, faceva dei bei soldi. La casa parla chiaro, un posto notevole, attico, undici stanze, quattro bagni, roba grossa, lì all'ombra dei grattacieli nuovi e delle case fighe dell'ex zona Fiera».

Gregori sbuffa perché queste cose le sa. Ha già ricevuto la telefonata del sindaco, del prefetto, del sottosegretario che annunciava quella del ministro e poi quella del ministro che annunciava morte e dannazione se non si fosse trovato subito l'assassino di un tale gentiluomo, garante e magnaccia di ogni mattone messo su un altro mattone in città. E qui se ne mettono parecchi. Se muore uno sfigato della Bovisa mica ti telefonano dal Viminale, al massimo ti caga il cazzo la moglie.

Carella continua:

«Una notizia buona e una cattiva, allora. La cattiva è che se cerchiamo tra i nemici del Crisanti non finiamo più: tra immobiliaristi perdenti e imprese che vincono gare disegnate su misura... ogni volta che uno fa un affare ce ne sono dieci che te la giurano, questo si sa... E anche in famiglia il Crisanti aveva le sue rogne. Un'ex moglie ancora incazzata, due figli grandi, una moglie nuova, più giovane, e un figlio piccolo di due anni. Più una sequela infinita di parenti che adesso si azzanneranno per l'eredità, il patrimonio è notevole, a parte la casa lì in zona Fiera, villa in montagna, fuori Cortina, al mare, in Sardegna, barca, persino la Ferrari, d'epoca, era uno di quelli che vanno ai raduni...».

«Dimmi quella buona, Carella», e questo è ancora Gregori, che adesso ha la faccia del piccione sotto la macchina.

«Il sasso, ovvio. Non ne sappiamo niente, ma ci dà una pista, no? Ci dice che se troviamo il legame tra il Gotti e il Crisanti possiamo cercare un movente».

E vabbè, lì c'erano arrivati tutti.

«Ma quello che possiamo dire per adesso», continua Carella, «è che è una cosa che viene dal passato. Con un paio di incroci veloci, niente di definitivo, abbiamo capito che tra i due non c'erano contatti, non recenti, almeno. Non figurano incontri pubblici, attività in comune, convegni, vicinanze di nessun tipo, due mondi lontani».

Gregori lascia cadere le braccia sulla scrivania, un gesto di impotenza.

Sannucci fa il suo rapportino per dire che hanno chiesto i conti alle banche, convocato il commercialista del morto, le solite cose. L'avvocato, invece, si è fatto vivo lui, subito dopo aver saputo la notizia, in apparenza con l'intenzione di mettersi a disposizione per le indagini, in realtà, dice Sannucci che si sta facendo furbo, per capire cosa avevano scoperto.

Ghezzi sorride: il ragazzo migliora.

Selvi ha sentito le signore, intende le mogli. Carella gli ha passato quella seccatura perché è convinto che, data la faccenda dei sassi, non è un omicidio in famiglia, ma comunque è bene sapere tutto quel che c'è da sapere.

«La titolare, quella giovane, sui trentacinque, forse quaranta, bella donna, elegante, in lacrime, ha detto che negli ultimi due giorni il marito era molto agitato, ma lei pensava che fossero le solite questioni di affari, che c'era uno scontro in corso e...».

«Che scontro?», chiede Gregori.

«Una faccenda di accordi non rispettati su certe torri di uffici venute su dal niente in zona Roserio, vuote ovviamente, che dovevano generare certi crediti dalle banche, le quali banche però avevano fatto marameo e adesso stavano litigando».

«Non sono cose che si risolvono a pistolettate», dice Gregori, «non a Milano».

«Già», dice Selvi. «Ma la signora non ha saputo spiegare la valigia».

Qui interviene Carella:

«Oltre alla borsa con i documenti, il morto aveva una piccola valigia con dentro il necessario per star fuori qualche giorno, fatta in fretta, si direbbe, perché dentro c'era roba messa alla rinfusa, non piegata per bene...».

«Magari era solo un tipo così... disordinato», dice Gregori.

«Magari. Però dal telefono risulta che aveva prenotato un albergo, a Milano, un tre stelle in zona Navigli, non il genere di albergo che frequenta quella gente lì, nemmeno dovesse andarci con qualche donna... e la moglie non ne sapeva niente... Ha tutta l'aria di uno che non voleva dormire a casa, ma la signora nega qualunque lite o cose così... Insomma, se hai quel pezzo di reggia non è che vai a dormire in una topaia, eh! Suona un po' strano».

Selvi si riprende la scena:

«Anzi, quando le ho detto della valigia, la signora era davvero stupita, dice che lui era teso e preoccupato... da martedì, per la precisione, ma che non c'erano crisi tra loro, anzi, avevano appena festeggiato l'anniversario di matrimonio e...».

«Lunedì sera hanno ammazzato il Gotti, forse era quello... aveva capito qualcosa», dice Sannucci.

«Beato lui, perché noi non ci stiamo capendo un cazzo», dice Gregori.

Il fatto che si dica «beato lui» di uno morto stecchito con un buco di 7,65 nella nuca non fa ridere nessuno, così Selvi continua:

«L'altra moglie, invece, non è né bella né elegante e soprattutto non molto dispiaciuta. Quando l'abbiamo convocata è arrivata con l'avvocato, e ha fatto più domande lui che io. Voleva sapere del patrimonio, se è stato trovato un testamento, insomma, solita storia, la roba. I rapporti con la nuova moglie non erano certo amichevoli e i figli sono schierati con la signora... la prima signora, intendo, nemmeno una parola buona per il padre cadavere».

Le gioie della famiglia, pensa Ghezzi. Ora tocca a lui.

«Il nostro amico migliora», dice. «Per il Gotti ha dovuto sparare due volte, per il Crisanti è bastata una, a bruciapelo, da dietro, e perdipiù alle sette e mezza di sera. Vero che via Sofocle è una via tranquilla e senza traffico, ma a quell'ora qualcuno può passare. Comunque oltre ai sassi c'è un altro punto in comune. Lì le telecamere, tra cancelli e cortili delle ville, non mancano. Ora me ne occuperò meglio, ma da quel che ho capito il Crisanti è stato beccato in un cono d'ombra tra una camera e l'altra, sette, dieci metri di spazio non sorvegliato, proprio lì, non può essere culo. Una volta va bene, ma due è troppo».

Gregori ascolta a intermittenza. Sa che ora gli salteranno addosso come cani da polpaccio. Un ricco commerciante ammazzato per la strada è già una cosa che crea allarme, due sono una maledizione del Signore che manco le cavallette. Già sul Gotti la stampa ha messo giù un canaio che metà bastava, senza contare le solite cazzate sulla sicurezza, più telecamere, più pattuglie nelle strade, dove andremo a finire e tutto il repertorio. Ora sono davanti alla solita scelta: tenere i due casi separati – almeno per la stampa – col risultato di fargli scrivere che c'è una straordinaria ondata di delitti e delinquenza, oppure ammettere che i due omicidi sono collegati, creando la psicosi. È come scegliere tra l'ulcera e una frattura al femore.

«Bisogna scavare», dice Ghezzi.

Ha pensato ad alta voce dicendo quello che stanno pensando tutti.

Lo sguardo interrogativo di Gregori gli dice di continuare.

«Allora, il macellaio all'ingrosso e il traffichino di immobili non hanno niente in comune, uno se ne sbatteva della politica e l'altro ci stava dentro fino al collo. Anche le due case ci dicono che lo stile era tutto diverso, un bravo borghese e un filibustiere dei piani alti, probabilmente se si fossero incrociati si sarebbero detestati... Eppure a meno che non ci sia uno che va in giro ad ammazzare la gente senza nessun criterio e a mettergli un sasso addosso, sappiamo che qualcosa li lega, o li legava. Non oggi, non ieri, bisogna cercare più indietro, forse dobbiamo aspettarci altri sassi».

Gregori annuisce, Carella sta immobile, perché quell'intuizione di Ghezzi sul fatto che sarebbero arrivati altri sassi l'aveva già sottovalutata, e adesso non vuole fare lo stesso errore.

E a questo punto succedono due cose, in rapida successione.

Nella stanza entra, dopo aver bussato, un agente in divisa, che si presenta con una specie di saluto militare. È uno delle pattuglie di strada, non è abituato a quelle riunioni di cervelli.

«Agente Saverio Favieri», dice. «Abbiamo trovato questa, vicino al posto dell'omicidio», e mette sul tavolo di Gregori una pistola avvolta in uno straccio giallo ancora umido.

«Dove?», chiede Carella, come morso dalla tarantola.

«Nella fontana di piazza Giulio Cesare, ce l'ha segnalata uno che portava fuori il cane».

Controllassimo il territorio come quelli che fanno pisciare il cane, pensa Ghezzi, saremmo già più avanti.

Carella si avvicina alla scrivania, cava dalla tasca della giacca un paio di guanti di lattice e li mette in venti secondi. Poi prende in mano la pistola e la guarda da tutti i lati.

«Browning 7,65... Bella pistola, roba tedesca, ma questa è fuori produzione da cinquant'anni...», dice mentre estrae il caricatore.

«Cinque proiettili, ne mancano tre, scommetto che uno sta nella testa del Crisanti».

E poi, all'agente: «L'hai toccata?».

«No», dice quello. Fermo, un po' offeso.

«Bene, portala giù agli scienziati, impronte e tutto, e poi alla balistica, digli che è per il morto di oggi, precedenza assoluta, di non fare gli stronzi».

A questo punto Gregori dovrebbe dire che in quella stanza, almeno in quella stanza, gli ordini li dà lui, ma lascia perdere perché questo fatto che forse hanno in mano qualcosa lo distrae. E anche perché, mentre l'agente Favieri esce, entra come una furia l'agente scelto Olga Senesi, con la faccia di chi porta notizie bruttissime e due fogli in mano, li passa a Gregori, che sbianca.

«Ma porca di quella troia!».

Ghezzi e Carella hanno capito al volo, Selvi e Sannucci hanno una mezza idea. I due fogli sono le stampate delle home page di *Repubblica* e *Corriere della Sera* e dicono rispettivamente: «Milano, il killer dei sassi» e «Un sasso come firma, mafia o serial killer?». Seguono sommari quasi uguali che parlano di «feroci esecuzioni», «delitti firmati», «indagini in corso». Per i commenti è presto, perché la notizia è comparsa sulle edizioni online da pochi minuti, ma il danno è fatto.

Ora nella stanza stanno tutti zitti, perché hanno capito che non potranno lavorare in pace, che ogni minimo progresso nelle indagini sarà sezionato e rivelato. Sanno anche che è impossibile incazzarsi con qualcuno, perché il dettaglio non è stato protetto e sono tutti sicuri che la dritta ai giornali viene dalla procura, non certo da loro. Questo lo sa anche Gregori, che sta per dare fuori di matto ed è frenato solo dal telefono.

«Pronto!», ruggisce nella cornetta.

È il sostituto procuratore, questo lo si capisce da come Gregori cerca di frenarsi.

«Non è uscita certo da qui, dottore!... Non ho detto questo, ma... Va bene. Alle 16, dove? Sarebbe meglio qui, almeno non perdiamo troppo tempo... certo... come vuole, dottore... no, lascerei in pace gli agenti operativi... ovvio...».

Poi sbatte la cornetta sul telefono e comincia a tirare giù tutti i santi come se fosse il tiro al piccione.

«Ci mancava la conferenza stampa, cazzo!», dice per concludere il rosario.

«Forse è meglio così, capo», dice Carella, «almeno se li fa tutti insieme e non uno a uno». Intende i cronisti.

E poi con quel «se li fa», intende che parlare con la stampa, tenerla buona e dire le solite fregnacce di «seguiamo tutte le piste» e «stiamo lavorando» sono cose che spettano a Gregori, che lui si terrà alla larga.

«Via, fuori!», strilla ora il vicequestore, e quelli non se lo fanno ripetere, prima che comincino a volare le cose che ha sulla scrivania.

Già nel corridoio Carella comincia a stabilire priorità e dare ordini. Selvi cerchi di capire qualcosa di più su questa faccenda dei palazzi per uffici e delle banche, in particolare se c'è dentro qualche gruppo già indagato o sospettato di infiltrazioni mafiose, gente che potrebbe sparare invece di fare accordi politici; Sannucci metta un po' di pepe al culo a quelli che stanno studiando le carte delle banche. Gli dice di cercare qualcosa che stona, versamenti sospetti, bonifici in entrata che non si incastrano con l'attività normale, e vedere se ci sono conti all'estero o cose così. Soprattutto di incrociare tutti i conti delle due vittime per vedere se si sono scambiati dei soldi, non si sa mai. Poi gli viene un'idea:

«Sannucci, dov'è 'sta barca?».

«Stintino, sov, un dodici metri».

«Chiama i colleghi di là e digli di fare una perquisizione, magari il Crisanti ci teneva qualcosa, lo stesso per la casa al mare e quella in montagna. Digli di fare presto, ma se leggono i giornali già sanno che qui c'è una tempesta di merda».

«Bene, sov».

Poi Carella si rivolge a Ghezzi:

«Tu vieni con me».

Così ora la scena è questa: Pasquale Carella e Tarcisio Ghezzi che trottano per via Fatebenefratelli in direzione del Castello, uno alto, sottile e nervoso, l'altro che cerca di tenere il passo. In via Pontaccio Carella va come se sapesse dove andare e fosse in ritardo per un appuntamento, urtando gli altri pedoni sul marciapiede stretto, Ghezzi dietro. Poi di colpo, all'altezza del Piccolo Teatro, Carella rallenta e Ghezzi lo affianca. Camminano ancora un po' in silenzio, a passo normale, ora, attraversano Foro Bonaparte e sono nei giardini lungo le mura del Castello.

Carella si siede su una panchina, e Ghezzi pure lui.

«Ho un problema», dice Carella.

«Sì, lo abbiamo tutti e due», dice Ghezzi.

«No, io di più».

Ghezzi tace e allora quell'altro continua:

«Non mi fanno pena, né l'uno né l'altro. Il macellaio ricco e lo stronzo della politica. Non voglio dire che se lo meritavano... Oddio, magari il Crisanti sì... ma insomma, c'è qualcosa che non mi torna e questo non va bene per niente».

Poi dice:

«Parlami, Ghezzi».

Il vicesovrintendente Ghezzi fa un sorriso storto. Lo sapeva che Carella era strano, ma così strano no, e comunque ognuno ha i suoi metodi, e si vede che quello è uno che si mette in mezzo, che di un'indagine fa una cosa personale, e che questa volta non ci riesce, e si chiede perché. Anzi, lo chiede a lui, e questo è folle davvero.

Però parla. Parla piano, come per rassicurare il collega, ma anche perché sta mettendo insieme qualcosa che non sa nemmeno lui cos'è. Le sensazioni non contano niente, quello che conta sono i fatti, lo dice sempre a Sannucci. Però non può negare che in quella cosa dei sassi c'è qualcosa di... non gli viene la parola ma comincia a parlare lo stesso.

«Allora, mettiamola così. I due morti hanno qualcosa in comune. O sanno, o hanno saputo, o hanno fatto qualcosa insieme. Quando? Tanto tempo fa. Trent'anni? Venticinque? Quaranta? Non si sa, ma possiamo saperlo. Possiamo ricostruire le vite passo passo, sarà più facile per il Crisanti, certo, ma anche per il Gotti... dobbiamo cercare gli amici, quelli che li hanno visti crescere, i compagni di scuola, le vecchie fidanzate... il Gotti aveva sessant'anni e il Crisanti quanti? Cinquantanove? Ecco, da qualche parte si sono incrociati, questo è poco ma sicuro».

Carella si accende una sigaretta.

«Vai avanti».

«Vado avanti. Il Crisanti legge dell'omicidio del Gotti e si caga sotto. Forse capisce la cosa del sasso, forse gli basta il nome del morto, ma insomma... ha troppi affari in ballo per cambiare aria del tutto... oddio, forse a una bella gita in barca ci ha pensato, via da Milano, ma invece prenota un alberghetto anonimo in città, non disdice impegni e riunioni... ha paura, ma è una paura che non è ancora terrore... fosse stato una brava persona penserei che lo faceva per proteggere la moglie... quella nuova, e il figlio piccolo, ma non mi suona, sembra un bel figlio di puttana».

«Vai avanti».

«Sì. Se davvero il Crisanti e il Gotti avevano avuto qualche storia in comune... storia brutta direi da come gli è andata a finire... perché il sasso? Voglio dire, per avvertire uno bastava il cadavere dell'altro, no? E infatti del sasso sul corpo del Gotti non si sapeva ancora, quindi dobbiamo pensare che il Crisanti... non era il sasso la notizia spaventosa, era che qualcuno aveva sparato al Gotti, mi segui?».

«Vai».

«Lo stesso vale nel caso ci sia ancora qualcuno da ammazzare: se è qualcuno che aveva avuto a che fare coi due morti ora sta scappando o prendendo precauzioni... i sassi sono per qualcun altro o...», Ghezzi si ferma perché ha un'intuizione ma non l'ha ancora messa a fuoco.

Carella tace, e il discorso resta sospeso per un attimo, finché Ghezzi continua:

«Il sasso serve all'assassino. Non è una firma, se no avremmo avuto anche qualche rivendicazione, qualche telefonata anonima... no. Il sasso è una specie di didascalia... una spiegazione, ma non diretta a qualcuno... se c'è qualcuno da avvertire già sa, gli bastano i nomi dei morti... il sasso è una cosa... non mi viene la parola... naïf, ecco, forse mi spiego male».

«No», dice Carella, «ho capito cosa intendi, però... è una cosa molto labile».

«Questo è poco ma sicuro, Carella, labilissima, anzi, probabilmente è una cazzata, ma abbiamo qualcosa di meglio? E poi si incastra con i due colpi al Gotti e quella faccenda del dilettante, ecco, secondo me un professionista non si ferma a mettere un sasso sulla vittima, chi deve sapere sa, niente cazzate, simboli o cose del genere».

Carella tace, e allora Ghezzi finisce il ragionamento.

«E non dobbiamo cercare solo contatti antichi tra due persone, ma almeno tra tre, come minimo».

Questa volta Carella si fa più attento, accende un'altra sigaretta e si volta verso il vicesovrintendente.

«Ma sì», continua Ghezzi, «se siamo davanti a due esecuzioni, vuol dire che faceva parte del gioco in qualche modo, in passato, anche l'esecutore. Come minimo sa cose che noi non sappiamo. E fanno tre. Due hanno pagato e uno li ha fatti pagare, sempre che si fermi a due e che non vada avanti con la mattanza».

«Trent'anni fa, se il ragionamento corre, il Gotti apriva le prime macellerie strafighe e il Crisanti era un gattino cieco della politica, non ancora quel traffichino di adesso, faceva l'architetto, non può essere roba di affari».

«No, è qualcos'altro... oppure di altri affari che non sappiamo».

«Bene», dice Carella, e poi aggiunge: «Grazie», e questo Ghezzi proprio non se l'aspettava. Poi si alza.

«Torno in questura», dice Carella, che è già due passi lontano.

«Io faccio una cosa», dice Ghezzi.

Ma lo dice a nessuno, perché quello è già andato.

Così il vicesovrintendente di polizia Tarcisio Ghezzi, la giacca blu che svolazza nel pomeriggio primaverile, lascia la panchina e si mette in marcia, sono le cinque, gli è venuta un'idea e ha tutto il tempo che vuole. Percorre via Dante, passa piazza Cordusio finché gli si para davanti il Duomo, illuminato da un sole stanco che fatica persino a disegnare le ombre davanti all'Arengario. Scende le scale, mostra il tesserino e arriva al binario della linea gialla della metro, direzione San Donato, ma fa solo una fermata. Risale in superficie e cammina ancora, fino a corso Italia. Questa volta si guarda in giro, le vetrine, le scritte sui negozi. Finché la vede: un'insegna rossa finto-antica con la scritta *Gotti – La carne a Milano dal 1964*, spinge la porta a vetri ed entra.

Nove

«Ma Tarcisio, ma sei matto?».

La signora Rosa Ghezzi guarda il marito come se seduto in cucina ci fosse un serial killer cannibale dell'Alabama con il mento ancora sporco di sangue.

Lui la guarda senza capire. Cioè, capisce che ha fatto qualcosa di sbagliato, ma non saprebbe dire cosa. Qualcosa di grave, comunque, perché lei si accascia su una sedia e scuote la testa come quando il dottore ti dice una cosa brutta.

Siccome si conoscono da una vita, lui vorrebbe velocizzare.

«Prima dimmi cos'ho fatto, la scenata me la fai dopo».

Eppure andava tutto bene.

Lui è entrato in casa che saranno state le sei e mezza, cosa rarissima, perché prima delle nove non torna mai, e se ha un caso tra le mani pure dopo, o non torna, o chi lo sa.

Non si può dire che fosse di buonumore, ma insomma, entrare in casa ancora con la luce fuori era strano anche per lui, per cui ha messo su un'aria di festa e ha detto:

«Non hai mica già cucinato, vero?».

«No, Tarcisio, non sono ancora le sette, potevi avvertire, no?».

«Ma che avvertire!», aveva detto lui con l'aria di chi è fiero di un'iniziativa che gli sembra geniale. «Ho fatto io la spesa», e ha messo sul tavolo una busta rossa dall'aria elegante.

La signora Rosa, un golfino girocollo color crema su una gonna blu notte, ha guardato nel sacchetto, ha storto la bocca come se vedesse un cane morto, poi ha preso in mano lo scontrino e ha assunto il colore delle pareti della cucina, ma non ora, no, quando le avevano appena imbiancate.

«Ma Tarcisio, ma sei matto? Hai comprato una bistecca da novantadue euro?».

«Eh, ma questa è speciale, è una fiorentina da un chilo e passa... perché, quanto costa una bistecca?», aveva detto lui prima di rendersi conto che stava aggiungendo disastro a disastro.

Poi lei aveva sgranato gli occhi, sempre fissi sullo scontrino, e aveva lanciato un gemito da capretto al macello:

«Hai pagato quattordici euro per tre pomodori? Tarcisio!».

Sì, questo lo aveva notato anche lui. Ma lì, in quella gioielleria del fu Gotti buonanima, trattato come un principe, circondato da signore che sembravano vestite da sera anche se dicevano «me le faccia sottili, Franco, mi raccomando», parlando di fettine diafane come Desdemona già strangolata, non aveva resistito. Aveva visto quei pomodori cuore di bue, grossi come i pugni di un peso massimo, così assurdamente fuori stagione che sembravano buonissimi, ne aveva avuto voglia, li aveva davvero bramati, ecco. E ora non sa far altro che balbettare come gli imputati che interroga lui:

«Vengono dalla Spagna».

«Tarcisio, per costare così ci sono venuti in taxi, dalla Spagna!».

Ora lui sa qual è il gioco delle parti: deve passare al contrattacco, se no saranno giorni e giorni di muso, mezze frasi, silenzi.

«E dai, Rosa, per una volta trattiamoci bene, no?».

Ma questo aveva peggiorato le cose, e aperto, ma no, spalancato, peggio, mandato in frantumi, il vaso di Pandora.

«Tarcisio, centocinque euro per una bistecca e tre pomodori di serra che sono maturati sul camion... e io che sto qui a fare i salti mortali per mettere insieme il pranzo con la cena... ma lo sai che io faccio anche tre chilometri a piedi, tutti i giorni, per correre dietro alle offerte? Lo sai che è da gennaio che batto i mercati per comprarmi le scarpe e rimando, rimando, perché sono care?».

Ora, lo vedete anche voi il conflitto interiore del vicesovrintendente Ghezzi seduto al tavolo della cucina, pover'uomo. Da un lato la tentazione di attivare la modalità «orecchie da marito», con le parole di lei che entrano ed escono senza lasciare traccia; dall'altro lato la volontà di difendersi e giustificarsi, mentre vede sfumare lo scenario che aveva immaginato: mangiare quella carne d'oro zecchino con la sua signora, per una volta a un'ora decente, aprire una bottiglia, gustare piano quei pomodori che dovrebbero stare in un caveau, un filo d'olio e...

Ma intanto gli cade addosso un senso di gloriosa impotenza, un flusso di delusione. No, non per adesso, ma per la vita intera, dalle elementari in poi, perché a quella lì, a quella rompiballe che ora scuote la testa come davanti a un caso disperato, ha regalato una vita di attese notturne e di esplorazioni tra le offerte speciali, e forse non è quello che avevano immaginato. E pensa che forse sarebbe bastato abbozzare, qualche volta, cedere a Gregori, rispettare regole assurde, annuire quando non era d'accordo, e oggi avrebbe un grado più decente, un ufficio migliore, e Rosa le sue scarpe, magari comprate in un negozio del centro...

«È quasi il dieci per cento dello stipendio, Tarcisio! Ma ti rendi conto?».

Ma cosa deve fare, ora? Accettare lo scontro? Farsi piccolo?

«Forse se la taglio e la congelo...», dice la signora Rosa studiando quel triangolo rosso con l'osso e il perimetro bianco di grasso che lui già sentiva sciogliersi in bocca...

Un delitto, pensa il vicesovrintendente Ghezzi, un vero delitto.

Con tutto che quello là, il vecchio della macelleria Gotti, gli aveva spiegato per filo e per segno che il taglio è tutto, e lo aveva fatto come se fosse il Bernini che limava una scultura... Sta per dire qualcosa, qualunque cosa pur di uscire da quell'angolo di rimproveri e recriminazioni, ma viene salvato dal telefono che gli squilla nella tasca dei pantaloni.

Così si alza dalla sedia e va verso il piccolo salotto, e non fa in tempo a dire «Pronto», che sente la voce di Carella:

«Ghezzi, novità».

«Anch'io, volevo chiamarti ma ho pensato che eri preso».

«Dobbiamo parlare».

Come vengono le idee? Sono solo un lampo che saetta all'improvviso? O se ne stavano lì accucciate dietro una porta per saltare fuori all'improvviso e stupire e spaventare tutti? Beh, insomma...

«Perché non vieni qui, Carella? Ci mangiamo qualcosa e parliamo per bene...».

Quello esita un secondo, poi dice:

«Va bene».

Ghezzi gli dà l'indirizzo e l'altro mette giù senza salutare. E ora, con quell'imprevisto salvagente intorno alla vita, il tono del vicesovrintendente Ghezzi si fa imperioso e operativo.

«Su, Rosa, litighiamo dopo, adesso prepara che abbiamo gente a cena, tu fai la tavola e il resto, alla carne ci penso io».

È un contropiede micidiale, una manovra fulminea che nemmeno l'offensiva del Têt, una cosa che getta le truppe nemiche nello sconforto e nell'agitazione suprema. Ghezzi vede sul viso della sua signora, conosciuta venticinque anni prima, sposata dopo due anni di fidanzamento e poi costretta a una vita di risparmi e conti al millimetro, lo sconcerto del generale che stava vincendo e ora batte in ritirata.

Gente a cena? Qui? E quanti? E deve dare una sciacquata al servizio buono, ora. E la tovaglia? Mette quella che usano a Natale, quella buona che le ha lasciato mamma? E il tavolo, bisogna spostare il tavolo in salotto, che così contro il muro non va bene, Tarcisio.

Ed ecco: mentre lei si affanna e corre intorno come lo scoiattolo che vede il lupo, lui accende il forno e cerca di mettere a punto le istruzioni che gli ha dato quello là, il decano dei macellai Gotti, carne a Milano dal 1964.

Quando Carella entra nel piccolo appartamento, casa Ghezzi dal 1995, un mutuo che travalica generazioni per sessanta metri trasformati dalla signora Rosa in un monumento al decoro piccolo borghese, ha la faccia di quello che non dorme da due anni. I piccoli convenevoli sono tutti per la signora, perché a Ghezzi Carella lancia solo un cenno. Ha una bottiglia in mano, avvolta in una carta velina bianca col nome del negozio: anche lui si è lasciato andare, pensa Ghezzi.

La tavola imbandita per tre, sei bicchieri di cristallo, le posate buone, i piatti bianchissimi con piccoli fregi azzurri, la tovaglia delle grandi occasioni... tutte cose che stonano in quel tinello minuscolo, come un Rolex nella vetrina di un discount, ma Carella non se ne accorge, anzi, per quanto burbero butta lì un complimento alla signora:

«Che bella casa, Ghezzi, tu hai un angelo qua, che ti cura, eh!».

E questo basta, forse, ad archiviare lo scandalo della bistecca da un milione di dollari, ma solo per il momento, perché Ghezzi sa che quella faccenda tornerà fuori come una bomba inesplosa in un cantiere della metro al prossimo litigio per futili motivi. Con tutto che centocinque euro non sono tanto futili, e questo, ora, lo pensa anche lui, e si dà del cretino.

«Prima io o prima tu?», chiede Ghezzi quando sono seduti a tavola.

I pomodori sono tagliati alla perfezione e impilati in una specie di struttura razionalista che sarebbe piaciuta a Le Corbusier, perché la signora Rosa ha passato ore e ore davanti a tre tizi vestiti da cuochi, alla tivù, che urlavano in faccia ad ambiziosi poveretti: «L'impiattamento! L'impiattamento!».

La fu bistecca è cotta alla perfezione, scura fuori, rossa dentro, sezionata in piccole fette spruzzate di sale grosso, pepe e olio extravergine – a proposito di lusso – e li guarda da un piatto da portata ellittico e perfetto.

Carella, la bocca piena e una smorfia di godimento sulla faccia, non aspetta la risposta e comincia a parlare.

«Ci hanno tolto il caso».

«Eh?», fa Ghezzi con la delusione sul volto che sta già diventando rabbia.

«Aspetta a incazzarti, Ghezzi, ti spiego».

E così racconta.

Alla conferenza stampa i cronisti sembravano impazziti. Due morti importanti, la questione dei sassi, il vicequestore e il sostituto procuratore a disposizione, i capiredattori che sbraitavano al telefono le misure dei pezzi da scrivere al volo... mezza pagina, anzi una... anzi due... i sassi, fatevi dare le foto dei sassi!

Così per prima cosa Gregori aveva parlato dei progressi nell'indagine, il ritrovamento dell'arma di uno dei due omicidi, le piste aperte, le ipotesi di lavoro, il potenziamento della squadra e il solito invito alla stampa a tenere un comportamento serio e responsabile... Ma quelli, figurati.

Poi aveva parlato il sostituto, dicendo che veniva dritto dritto da una riunione col prefetto e i vertici del Viminale. Riunione che aveva deciso quanto segue: le indagini passano a una squadra mandata da Roma, Digos, esperti di terrorismo, un profiler israeliano convocato come consulente...

La signora Rosa sgrana gli occhi, perché essendo una consumatrice di telefilm americani sa bene cos'è un profiler. Ghezzi, invece, scuote la testa.

«Insomma, la cosa diventa politica», dice Carella, «soprattutto a causa del Crisanti che aveva le mani in pasta con i capataz del Comune, della Regione e del ministero dei Lavori Pubblici...».

Ma a farla breve: priorità assoluta, allarme nazionale, le solite belle frasi sul fatto che lo Stato non si farà intimidire da pochi delinquenti, la tenuta delle istituzioni, la difesa dell'ordine democratico, e anche le agenzie che rilanciavano le dichiarazioni del ministro, tanto per non farsi mancare niente.

«E Gregori?», chiede Ghezzi.

«Gregori bolliva... aspetta».

Ghezzi aspetta, anche se fa fatica, e Carella va avanti nel racconto.

«Quelli di Roma si sono presi due stanze e hanno cominciato a fare i padroni, il profiler israeliano è uno con una faccia da coglione che pare un prete, era in vacanza coi figli per vedere il Colosseo e l'hanno reclutato al volo, per fare un po' di scena. Ha detto che deve esaminare tutto quello che abbiamo scoperto finora, ma è già partito con le solite stronzate, tipo che gli assassini hanno una personalità complessa...».

«Ma va'?», dice Ghezzi.

«Sì, ma aspetta...».

Ghezzi freme e si mette in bocca una fetta di pomodoro bellissima, tornita, rosa e verde, che non sa di niente.

Carella beve un sorso di vino e continua.

«Finita la tempesta, Gregori mi ha convocato e mi ha detto a brutto muso: adesso tu e la tua squadra ve ne andate in vacanza, fuori dal cazzo, sospesi dal servizio. Date tutto quello che avete raccolto fin qui ai geni del ministero e a quel deficiente del profiler e sparite dalla circolazione. Non voglio più vedervi, fate le vostre indagini senza farvi beccare. Quelli pensano che i due morti sono un complotto pluto-sa-il-cazzo per destabilizzare il paese, ma io non ci credo nemmeno per un secondo, quindi lavorate da soli, di nascosto, in silenzio, e fate rapporto solo a me».

Ghezzi è davvero stupito. Gregori non è uno che scantona dalle procedure, è arrivato fino a lì perché è bravo, certo, ma anche perché è uno che dice sì quando un superiore gli ordina di dirlo, non è un lupo solitario, non è un...

Carella capisce cosa sta pensando il vicesovrintendente.

«Sì, è vero, sono stupito anch'io, ma c'è da capirlo, Gregori. Un'indagine appena partita e già gliela strappano di mano... È come dirgli, su, su, ragazzino, lasciaci lavorare... mettici anche che gli mancano due anni alla pensione, questore non lo diventa più, vede il capolinea là in fondo e questa non la manda giù».

Sì, ci sta, pensa Ghezzi.

«Quindi siamo io e te... e Selvi? E Sannucci?».

«Stanno con noi... tutti in ferie», dice Carella.

Ghezzi pensa.

In fondo potrebbe non essere male. Dopotutto significa lavorare senza rotture di palle, rapporti scritti, scartoffie. Sa che Gregori ora vuole una cosa sola: prendere quelli che hanno ammazzato il Gotti e il Crisanti, non solo per assicurare l'assassino alla giustizia, ma anche per metterlo nel culo a quelli là... la motivazione è tutto. Però Ghezzi cerca anche i punti deboli del piano, perché è abituato a fare così, e davanti a un'opportunità la prima cosa che si dice è: dov'è la fregatura?

«Ma avremo bisogno della struttura... la scientifica, quelli dei reati finanziari... vuol dire che in questura tra due giorni tutti sapranno che non siamo in vacanza, che stiamo lavorando al caso».

«Sì, ci ho pensato. Gregori ha detto che vedremo, che ci penserà lui, che in qualche modo... Vabbè, questa è la notizia, ora siamo una squadretta piccola che può lavorare senza pressioni e senza troppe regole...».

La signora Rosa, che ha ascoltato tutto sforzandosi di non dare consigli presi dalle puntate di *Csi*, porta via i piatti con gesti fermi ma misurati. Ghezzi sorride perché sa che se le dovesse cadere una di quelle porcellane del corredo si butterebbe dalla finestra all'istante.

Poi lei rientra in salotto con altri piattini, sempre bianchissimi coi fregi azzurri, e coppette perfettamente coordinate, anche quelle del servizio buono. Gelato alla frutta.

«E questo da dove viene?», chiede Ghezzi, che non trattiene lo stupore.

«Tu mi sottovaluti sempre, eh, Tarcisio?», ma lo dice in modo affettuoso, mentre lancia un'occhiata a Carella che intende: sa com'è, è così distratto dal lavoro...

«Dai, racconta», dice Carella che sta già pescando il gelato con un cucchiaino d'argento.

Così tocca al vicesovrintendente Ghezzi.

Quando si sono lasciati, là al Castello, ha pensato a quello che si erano detti, che bisognava scavare nel passato delle vittime, e ha deciso di fare un salto alla macelleria, la numero uno, la capostipite dell'impero, che sta in corso Italia. E lì in effetti aveva trovato questo signor Angelo, avvolto in un camice bianco pulitissimo, che non tagliava carne e non serviva ostie di carpaccio al pubblico, ma supervisionava tutto con aria severa e affabile, come un cerimoniere alla corte del Re Sole.

Ghezzi si era presentato, senza mostrare il tesserino, che tanto lì dentro sembrava un intruso a tutti... Ma insomma, aveva fatto una chiacchierata con questo decano delle macellerie Gotti, uno che sta lì da cinquant'anni, aveva cominciato da garzone, e aveva assistito all'ascesa del Gotti come un luogotenente assiste ai successi del generale.

Ghezzi aveva pensato che già che c'era... e aveva chiesto consiglio sulla carne. Così quello gli aveva raccomandato una bella fiorentina come si deve, alta quattro dita, e gli aveva spiegato per bene che rovinare quella carne sarebbe stato... più che un delitto, un sacrilegio...

«Accende il forno al massimo e lo lascia andare finché è bollente... Poi mette la carne sulla griglia, dieci minuti da una parte e dieci dall'altra... dev'essere bella scura fuori... non la buchi con la forchetta, eh! La giri con dolcezza!», e questo l'aveva detto due o tre volte, come se da quello dipendesse il futuro del mondo. Poi gli aveva spiegato come tagliarla a fettine sottili, lasciando la parte del filetto per ultima, e quella poteva farla a dadini, se voleva...

Carella, di suo, avrebbe sbuffato e chiesto di andare al punto. Ma un po' la soddisfazione per quella cena, un po' il gelato che lo riportava in vita, sembrava non avere fretta.

Quanto alla signora Rosa, non trovava le parole, perché immaginarsi il suo Tarcisio che parla di come cucinare la carne con un re delle macellerie, beh... quell'uomo lì che ha tra i piedi da un quarto di secolo non finirà mai di stupirla.

Quindi si mette comoda a sentire il racconto, e quando Carella si accende una sigaretta – che in casa Ghezzi è un reato federale, da undici a vent'anni di reclusione, tre in isolamento – non fa una piega e non protesta, si alza soltanto per aprire la finestra e si risiede composta, curiosa come un cucciolo di giaguaro.

E Ghezzi si decide a partire.

«Insomma, il Gotti padre aveva 'sta macelleria in corso Italia e un figlio che di fare il macellaio non aveva nessuna intenzione. Erano gli anni Settanta, anni turbolenti, e il figlio era uno scapestrato di quelli lì, che voleva il potere al popolo e cose simili, mentre lui, il vecchio macellaio, al popolo voleva vendere le cotolette. Così il garzone Angelo era diventato apprendista e poi macellaio vero, ed era il braccio destro del vecchio... il pistacchio è buonissimo».

Incredibilmente è Rosa, e non Carella, che si spazientisce:

«Dai, su, vai avanti, Tarcisio!».

«Poi all'improvviso era cambiato tutto. Il ragazzo Gotti aveva evitato il militare con i soliti trucchi, aveva lasciato Scienze politiche alla Statale e il papà gli aveva pagato volentieri le tasse della Bocconi. Un cambio netto, da così a così», dice Ghezzi facendo il segno con la mano. «Basta amicizie pericolose, basta coi compagni, si era messo a studiare duro e aveva convinto il padre che il segmento del lusso, a Milano, nella Milano da bere di quei tempi là, poteva andare bene anche per le costine di maiale... Così lo aveva convinto ad aprire l'altra macelleria, in corso Garibaldi, che proprio in quegli anni passava da quartiere popolare a fighetteria spinta...».

Carella ascolta senza fare una piega, ma fa una faccia che dice... dai, avanti!

«Il vecchio era un po' dubbioso, gli sembrava un passo più lungo della gamba, ma un po' era contento che il figlio avesse scordato la rivoluzione, e un po', mah, vai a sapere, forse era un po' ambizioso anche lui, o si era convinto, non so...».

«Una conversione sulla via delle scaloppine, il giovane Gotti», dice Carella.

«Eh, sì», dice Ghezzi.

Si è fatto l'idea che in quel cambio di strada improvviso, dai soviet alla Bocconi, dal comunismo degli indiani metropolitani e dell'autonomia operaia – senza mai aver visto un operaio in vita sua, peraltro – c'è il nocciolo di quello che stanno cercando.

Naturalmente è solo un'ipotesi, ma...

«I figli, che mistero che sono», dice la signora Rosa, alla quale il fatto di non averne procura sempre una fitta di dolore e un sentimento di piccolo sollievo, perché come va il mondo d'oggi...

Carella sembra aver seguito i pensieri del Ghezzi come un cane da tartufi che sente l'odore giusto. Prende il telefono e aspetta qualche secondo che dall'altra parte qualcuno risponda.

«Selvi... sì. Ascolta, il Gotti ha fatto la Bocconi... trovami la data d'iscrizione... sì... boh, una cosa che mi ha detto il Ghezzi... non lo so, ma provare non costa niente, no?».

Poi appoggia il cellulare sul tavolo e lascia calare il silenzio. La signora Rosa porta una bottiglia di grappa alla genziana e due bicchierini di cristallo.

«Mi spiace, ho solo questa, in questa casa gli alcolici...».

Ghezzi le sorride con una tenerezza che nemmeno quando avevano vent'anni e si baciavano al cinema.

Carella, invece, riflette:

«Ci serve un posto, non possiamo lavorare in questura... almeno una base».

Ghezzi non ci aveva pensato.

«È vero che siamo solo in quattro, ma un posto dove fare il punto e mettere il materiale, se ne troviamo...».

La logistica, pensa Ghezzi, che maledizione.

Ma a questo punto la signora Rosa stupisce tutti:

«Qui non va bene?», dice.

Ora il vicesovrintendente Ghezzi fa la faccia di quello che vede un mamba verde salire sul letto:

«Ma cosa dici, Rosa?».

«Perché no? Io sto sola tutto il giorno, un po' di spazio c'è, se avete bisogno di parlarvi, qui va bene, non è che si mangerà sempre come stasera, ma un panino e una birretta qui li trovate sempre».

Le brillano gli occhi.

Carella la guarda come se la vedesse per la prima volta, Ghezzi scuote la testa:

«Sei matta».

«Abbiamo un budget, potremmo pagare il disturbo», dice Carella, «ma solo se è sicura, signora».

Lei è sicurissima, l'idea di avere lì il suo Tarcisio e quel bel ragazzo sciupato, che lavorano di nascosto per beccare un assassino, beh, altro che telefilm americano!

Ghezzi guarda quei due come se fossero piante velenose... e poi, non mettere in mezzo i civili non è la prima regola, sempre? E la Rosa che ficca il naso e sente quelle cose brutte... andiamo, non scherziamo.

Ma lei è lanciata come un treno giapponese.

«C'è anche il fax!», dice, incongruamente.

Ghezzi resiste ancora: «Il fax, e dove siamo, nel Seicento?».

«Ma no, signora, avremmo i nostri computer portatili», dice Carella.

Sono impazziti? pensa Ghezzi. C'era Lsd nel gelato? Strano, perché l'ha mangiato anche lui ed è rimasto lucido...

«Allora va bene», chiude la signora Rosa, raggiante. «Domani mattina sistemo un po' qui e fate quello che volete», dice.

Dopo due bicchierini e qualche chiacchiera che non c'entra col caso, Carella guarda l'orologio e si alza. Saluta il Ghezzi con un cenno e la faccia che dice: «Non guardare me, ha fatto tutto la tua signora». Ghezzi risponde con un'occhiata che dice: «Lo capisci, eh, in che guaio mi metti», ma l'altro ride.

Dopo, quando rimangono soli, Ghezzi è stordito come se fosse andato sotto il tram e sopravvissuto per miracolo. Guarda la moglie muoversi frenetica tra il salotto e la cucina. Due ore fa voleva ucciderlo per leso bilancio famigliare, e ora sembra un agente in missione speciale.

«Rosa...».

«Rosa un tubo», dice lei, «su. Non stare lì impalato, aiutami a spostare il tavolo, facciamo un po' di spazio... se hanno i computer serviranno delle prese, no? Lì dietro al televisore ce ne sono due...».

Ghezzi si lascia andare sul divano, arreso, desolato, con le mani alzate e la faccia di quello che dice: va bene tutto, ma non fucilatemi.

La signora Rosa sposta sedie e fa sparire un tavolino basso, sta rendendo il loro salotto la cosa più simile a un ufficio che riesce a immaginare. E intanto parla:

«Buona la carne, sì... ma i pomodori, Tarcisio, che schifo!».

Dieci

Se Katrina è contrariata per la scomparsa degli scampi dall'enorme frigorifero di casa Monterossi non lo dà a vedere. Quando Carlo si affaccia in cucina per la colazione, i piedi nudi, la barba appena fatta, due asciugamani giganti che lo avvolgono come un Gandhi più in carne e senza occhialini, lei sta versando il caffè in una tazza bianca. Un piattino con riccioli di burro, un altro con la marmellata di albicocche, le fette tostate, il succo d'arancia, lo yogurt, sono già sul tavolo, insieme a un pacco di quotidiani alto due spanne.

«Signor Carlo dormito bene?», chiede, ma lui risponde con un grugnito.

Lei torna alle sue faccende, rapida e silenziosa. E lui, dopo che il primo sorso di caffè gli ha ricordato che è vivo, sospira aprendo i giornali.

Sa che sarà una giornata in salita, gli pare già di vederla Flora De Pisis che festeggia per l'insperata fortuna. Due morti! Che bello! E già starà fantasticando sugli ascolti di mercoledì sera, elaborando architetture di finta pietà, pregustando le lacrime in diretta, le recriminazioni, gli appelli, l'odore del sangue.

111

Abbastanza per mandargli di traverso la colazione, al Monterossi, sì.

Tutti i quotidiani hanno il giallo dei sassi in prima pagina. Quelli che non aprono con le Borse in picchiata ci fanno addirittura il titolo principale, ed è un florilegio di fantasie macabre, un ricamo micidiale, una filigrana di paura punteggiata di allarme. «Milano, il killer dei sassi», «Due sassi, due morti: terrore a Milano», «Lo spettro del terrorismo scuote Milano», «Milano trema», e anche un fantasioso «La Milano-bene presa a sassate».

E questa è la cronaca.

Poi si scende negli inferi dei commenti e delle dietrologie. È terrorismo? Lo farebbe pensare il fatto che Roma si è presa le indagini senza tante cerimonie. Gli islamici? Una setta? Cos'avevano in comune il ricco macellaio e il principe degli affari immobiliari? – la parola speculazione, naturalmente, non la usa nessuno. E poi, figli, vedove della prima e della seconda ora, ricostruzione dei fatti, interviste al profiler israeliano secondo cui il killer ha «una personalità deviata».

Carlo fa una smorfia: se vai in giro a far secche due persone e gli metti un sasso sulla pancia, tanto lineare non sei, eh!, ma dove l'hanno pescato questo?

Carlo legge una lunga intervista al ministro piena di «non cederemo», di «tenuta democratica», di «controllo del territorio», mentre il sostituto procuratore che guida le indagini, un tipino fino, parla di una «task force senza precedenti» e chiude con l'inevitabile «stiamo seguendo tutte le piste».

Ma la lava bollente scorre dai corsivi allarmati. Tutti, in coro, si chiedono cosa sta succedendo nella «capitale morale». Il tono è sempre quello del «dove andremo a finire, signora mia», ma le varianti sono infinite. I giornali della destra puntano il dito sull'immigrazione: «troppi quartieri fuori controllo», cosa decisamente incongrua, se si pensa che i delitti sono avvenuti in zone benestanti, addirittura ricche, della città. Qualcuno chiede misure straordinarie. Altri sono andati a intervistare gli abitanti delle due vie sporcate di sangue. Là in via Mauri, l'omicidio Gotti, hanno raccolto paura e insofferenza per lo Stato «che non ci difende», insieme al solito orgoglio calvinista del «qui siamo gente che lavora», come se si appellassero al buonsenso, come se dicessero: spararci è antieconomico.

In via Sofocle, dove è morto il Crisanti, i cronisti hanno fatto più fatica, perché lì gli abitanti se ne stanno dietro cancelli, telecamere, cani feroci e antifurti raffinatissimi. Così hanno ripiegato sulla servitù: autisti, domestiche, badanti per i vecchi ricchi, raccogliendo le solite cose: molto dispiacere, qualche preoccupazione, la confusione di polizia e lampeggianti, e l'architetto Crisanti che sì, lo conoscevano tutti, andava e veniva senza orari da quella bella casa. Manca solo il «salutava sempre», ma non è una distrazione dei cronisti, è che proprio non lo dice nessuno, anche perché probabilmente il Crisanti non si metteva a salutare i domestici per la strada, né i suoi né quelli degli altri, ed era un vero stronzo, anche se questo, di un morto, non si dice mai.

Poi c'è il settore fantascienza, dato in appalto a scrittori, giallisti, personaggi della tivù, che si arrampicano su specchi insaponati zavorrati dalle ipotesi più assurde. Una setta? Questioni di corna? Il terrore per il terrore, giusto per spaventare la città? Uno, un dj di centrosinistra interpellato come se fosse un santone indiano, avanza l'ipotesi del disegno massone: guardate su una cartina della città i luoghi dei delitti, la linea retta che va da via Mauri a via Sofocle è una gamba del compasso, se il prossimo delitto avverrà dalle parti di piazza De Angeli il disegno sarà compiuto, lui avrà avuto ragione e tutti gli batteranno le mani.

Carlo Monterossi scuote la testa. Forse in piazza De Angeli qualcuno si sta toccando.

Katrina gli passa dietro per sistemare le bottiglie vuote della sera prima, guarda i titoli da sopra una spalla di Carlo e si fa un veloce segno della croce. Poi lancia un'occhiata di rimprovero alla calamita della Madonna di Medjugorje sul frigorifero, uno sguardo che dice: ma la smettiamo una buona volta? Vogliamo intervenire? Si può andare avanti così?

I direttori dei grandi giornali, responsabili, autorevoli, nervi saldi, firmano piccoli affilati corsivi per dire che non bisogna cedere al terrore, né aver paura, né tracimare nel panico, con l'effetto voluto, calcolato al millimetro, di suscitare sentimenti opposti: abbiate una fifa del diavolo, perché Milano è diventata l'inferno.

Qualcuno, mentre esorta a non cedere al terrore, invoca l'esercito per le strade.

Ora che Carlo fende il traffico di mezza mattina a bordo del suo carrarmato perfettamente climatizzato – alcune decine di migliaia di euro per assicurarsi che la temperatura interna sia identica a quella che avrebbe con i finestrini spalancati, ma senza vento – pensa al suo personale conto alla rovescia.

Pensa che va al lavoro perché il gentile pubblico a casa si goda lo spettacolo della morte improvvisa sgranocchiando qualcosa sul divano, chiacchierando con la moglie irta di bigodini, sopportando il marito che russa in poltrona, alzandosi per andare a pisciare tra una coltellata e l'altra.

Intanto mette in fila ipotetici capitoli del saggetto su Dylan.

Collegare la Bibbia e il blues del Delta, e magari passare per le visioni messianiche, l'aporia che sta nella seconda lettera di San Paolo ai Tessalonicesi (questo l'ha letto in un saggio coltissimo) e le alluvioni del grande fiume, basta sentire *High water*... non è forse il furore dell'Apocalisse? Non è forse la certezza che ognuno si salverà da solo, se mai riuscirà a farlo? Ma forse è tutto più semplice ed è solo uno che cerca qualcosa, come nel '66 quando rincorreva un suono «mercuriale e selvaggio, metallico e lucente...».

Per poco non investe una signora che arranca imprudentemente in mezzo alla strada, fuori dalle strisce, da queste parti un chiaro tentativo di suicidio.

Pensieri, insomma.

Quando si affaccia alla redazione per salutare i ragazzi, al terzo piano del grattacielo azzurro della Grande Fabbrica della Merda, vede lo spettacolo della frenesia: un quadro di Bosch dove svolazzano ritagli di giornale e aleggia una parola sola: sassi.

Flora De Pisis è nel suo ufficio, anche lei china sui quotidiani.

«Abbiamo la ragazzina!», lo saluta squillante.

«Eh?».

«Ma sì, la figlia del macellaio, quella che studia in Svizzera. Ha accettato di venire in studio. Il fratello era contrario, un tale stronzo... per fortuna hanno avvocati diversi».

«Ma è minorenne!», dice Carlo che tenta di opporsi. Mettere una ragazzina sulla graticola, davanti a milioni di persone, a parlare del padre stecchito per la strada, insomma...

«Ma no!», gongola la regina del trash. «Compie diciott'anni martedì, un giorno prima della diretta... quando si dice il culo!».

Eh, sì, che culo, pensa Carlo.

Che senso ha opporsi a una tempesta di sabbia? Allora si aggrappa all'unica certezza: ancora quattro puntate... Ma Flora è un fiume in piena. È il tipo che tiene in fresco lo champagne per la prossima strage da prima pagina.

«E poi l'ex moglie di quell'altro morto... come si chiama, il Crisanti... pensa, Carlo: in liquidazione, per vent'anni di matrimonio e due figli, ha avuto solo una villetta a Portofino, è incazzata nera e ne dirà delle belle... ci stiamo procurando le foto della villa, che cafone, coi soldi che aveva, quello là, nemmeno uno straccetto di molo privato!».

Poi guarda Carlo con occhio clinico, come se gli puntasse nelle pupille il raggio laser del suo cinismo:

«Cos'hai, Carlo? Ti vedo stanco».

«Niente, niente... dormito poco», dice lui, e fa per ritirarsi nel suo ufficio, ma prima decide di concedersi un caffè alla macchinetta, così percorre un paio di corridoi dove freme un'agitazione da ultimi giorni dell'umanità.

Mentre infila una moneta, lo affianca Bianca Ballesi, la produttrice del programma, una camicia da uomo azzurra sui jeans di marca, trucco appena accennato, i capelli sciolti, il telefono in mano.

«Con due morti di giornata chi la tiene, quella là», dice a mo' di saluto, mentre aspetta che il caffè di Carlo sia pronto per prenderne uno anche lei.

Carlo le offre il suo bicchierino bianco, che ora è mezzo pieno di un liquido scuro.

«Ristretto e amaro, giusto?».

Lei sorride: «Giusto». Quel Monterossi è un po' sempre tra le nuvole, ma è anche l'unico essere umano lì dentro.

«La ragazzina... era proprio necessario?», chiede lui.

117

«La diva Flora si è impuntata, si è fatta il viaggio che l'avrebbe voluta la concorrenza e allora ne ha fatto una questione di principio, sai quelle cose... se può votare e guidare la macchina, allora può anche venire a farsi una frignata in tivù, quante storie... Tra l'altro ci costa parecchio».

Carlo fa la faccia del punto di domanda.

«Ventimila per la partecipazione e firmare la liberatoria... poi autista per prenderla e riportarla, questo è il minimo, ma una sfilza di richieste che non finisce più, vuole un vestitino di Moschino, una cosa vedovile ma a mezza coscia, e cibo vegano in camerino... niente male per un'orfana fresca fresca, eh?».

Carlo non si stupisce, sa come funziona.

«E quell'altra?».

«Quell'altra peggio ancora, abbiamo chiuso a diciottomila, ma solo perché ci ha fatto capire che potrebbe sputare un po' di fiele sulla moglie nuova del Crisanti... Flora pensa che la prossima puntata potremmo invitarla a rispondere, e a quel punto, dovendo lavare l'onta, verrà quasi gratis... comunque una bella iena, 'sta prima moglie... ci ha persino offerto il pacchetto: venire insieme ai due figli del morto, così, per moltiplicare le lacrime...».

«La famigliola ripudiata che celebra il lutto», dice Carlo, «e come mai Flora ha rifiutato?».

«Dice che una figlia ce l'abbiamo già, quella del Gotti, e non vuole troppi ospiti, preferisce stare al centro della scena con due donne in lutto ai suoi lati... tipo ladroni, e indovina chi farà Gesù Cristo?».

Carlo annuisce. Bianca Ballesi gli piace, sembra una brava persona, anche se pensa di battere Flora De Pisis sul piano del cinismo, e questa è davvero una missione impossibile.

Si lasciano con un saluto veloce.

«Al lavoro e alla lotta», dice lei, e si allontana nel corridoio.

Carlo invece va nella sua stanza e convoca con il telefono interno uno degli autori giovani, che si presenta in meno di un minuto e si siede davanti alla scrivania con il piano di cristallo:

«Dimmi, Carlo».

«Ti occupi tu della ragazzina?».

«Sì, che palle, è una semideficiente».

«Le hanno ammazzato il padre, vive in Svizzera in un collegio per aspiranti mogli di milionari, cosa credevi di trovare, Virginia Woolf?».

«No, certo, ma almeno una sinceramente dispiaciuta, o triste. Invece quando le ho parlato ha fatto solo domande sui vestiti, insisteva molto per un cazzo di vestitino nero... aveva la pagina di una rivista strappata apposta... non so, se ne occupano ai costumi... ha fatto quasi una scenata perché vuole degli anfibi bordeaux, quelli alti, anche se le ragazze del trucco e parrucco dicono che non c'entrano un cazzo col vestito... Poi ha preteso il suo parrucchiere personale e dovremo mandare una macchina a prenderlo a Basilea mercoledì mattina, ma tu dimmi...».

«Cerca di andarci piano, Alex, è sempre una che ha perso il padre malamente».

«Cos'è, Carlo, mi fai il numero della brava persona? In questo posto? È una stronzetta che prende un sacco di soldi e vuole l'autista per il suo parrucchiere che sta in culo al mondo, una che pensa al funerale di papà solo per decidere cosa mettersi addosso... Nessuna pietà, Carlo, vorrei essere io orfano in quel modo lì».

Carlo sospira, con tutto che quell'Alex non gli sembra nemmeno il peggiore, lì dentro.

«Vacci piano lo stesso».

«Va bene, promesso... per quel che serve... Sai che Flora la scuoierà, vero?».

«Sì, ma non aiutiamola troppo a farlo».

«Ok, ma resti tra noi, se Flora sa che faccio il gentile...».

«Tranquillo, ti copro io».

Che fatica.

È ora di pranzo e i corridoi si svuotano.

Carlo decide che può bastare, per oggi, così accende il computer che ha lì vicino, accanto alla scrivania, e controlla una cosa.

Sì, articolo disponibile. È scritto in rosso sotto il titolo «nuovi arrivi». Era ora, lo aspettava da settimane. Il concerto di Santiago del Cile, aprile 1998. Un Dylan scintillante... com'era? Sì, mercuriale e selvaggio, metallico e lucente. Sta per ordinarlo online sul sito del suo spacciatore di fiducia, ma poi pensa: quasi quasi ci vado. Gallarate, mezz'oretta se non c'è traffico, così può cercare qualche altra chicca e fare due chiacchiere col padrone del negozio, uno che la sa lunga e gli può dire se ci sono altri arrivi interessanti...

È già nel parcheggio quando gli suona il telefono. Il display dice: Oscar.

«È per questa sera».

«Cosa?», chiede Carlo

«Ma sei scemo? Il gioielliere».

«E ci devo venire anch'io?».

«Mi aiuti o no?».

«Sì, ma...».

«Dobbiamo beccarlo quando chiude. Viale Piceno, all'angolo con corso XXII Marzo... c'è un bar. Alle sette e un quarto», e mette giù.

Carlo guarda l'orologio. C'è tempo, e a comprare i dischi ci vuole andare lo stesso.

Un uomo deve pur vivere, no? Eccheccazzo.

Undici

L'agente scelto Sannucci entra traballando, uno scatolone in mano, un altro che lo aspetta fuori dall'ascensore.

«Mettili lì», dice il vicesovrintendente Ghezzi, indicando un angolo del salotto.

Sono due grosse scatole di cartone, su una c'è scritto «Gotti», sull'altra «Crisanti», con un pennarello blu a punta grossa. Il materiale che hanno dovuto fotocopiare in fretta e furia, aiutati dall'agente Olga Senesi, di nascosto, prima che la squadra dei romani, il profiler sionista, la Digos e gli esperti del ministero fossero costretti a reclamarlo a muso duro.

La signora Rosa si aggira per la casa come se fosse lei il capo, e in un certo senso...

«Vuole un caffè, giovanotto?», chiede a Sannucci che si asciuga il sudore con la manica della camicia.

«Se ci fosse...».

«Prendilo al bar, il caffè, Sannucci, che qui non è mica il dopolavoro», dice Ghezzi, che sembra pentito. Non doveva consentire quella cosa, è stato un errore...

«Eh, Tarcisio, come sei antipatico, un caffè non si nega a nessuno... a questo bel giovane, poi...».

Ghezzi alza gli occhi al cielo. Sì, è stata una cazzata.

Ora si aspetta che Rosa dia a tutti consigli sulle indagini, sui negozi meno cari in zona, persino sulle questioni amorose, e Sannucci ne avrebbe bisogno, tra l'altro...

Selvi arriva dieci minuti dopo, saluta la signora Rosa con una specie di inchino e fa la sua relazione: oggi deve incontrare un tizio, uno che non c'entra niente con le indagini, ma che conosceva il Crisanti da giovane... insomma, se c'è da scavare nel passato meglio un vecchio compagno di scuola che gli speculatori edilizi e i tirapiedi degli assessori.

«E dove l'hai trovato, questo tizio?», chiede Ghezzi.

«La prima moglie», risponde Selvi, «dice che erano inseparabili ai tempi dell'università».

La signora Rosa fa partire un'altra moka.

Ghezzi va in cucina e la guarda trafficare.

«Rompevi le balle per una bistecca, qui solo di caffè e dolcetti ci rimettiamo una fortuna».

«Sei il solito, avaro, Tarcisio». Però sorride, si diverte come una pazza, e si vede.

Prima di pranzo arriva Carella. È stato a fare qualche domanda su quei palazzi di uffici vuoti là a Roserio, vicino all'ospedale, quelli su cui la vedova dice che c'era uno scontro. Ma non ne ha cavato niente. Ha parlato con l'avvocato dell'immobiliarista, uno che ha in mano mezza Milano. Sì, in effetti c'era un accordo verbale: dando in garanzia i palazzi, che non si sarebbero né venduti né affittati in breve tempo, una banca avrebbe dovuto concedere un finanziamento, e con

123

quello lo squalo del mattone avrebbe avviato la costru-
zione di altri palazzi che non si sarebbero né venduti
né affittati.

«Che senso ha?», chiede Sannucci.

«Che girano i soldi e tutti sono contenti», risponde
Ghezzi.

«Solo che poi la banca era entrata... come dicono loro?... in sofferenza, aveva i commissari della Banca d'I-
talia in casa a spulciare i conti e l'accordo era saltato...
il Crisanti era il garante dell'affare e l'immobiliarista era
furibondo con lui, parliamo di una decina di milioni».

«Abbastanza per ammazzare uno che non è stato ai
patti», e questo è Selvi.

«Abbastanza per noi, sì, ma quello ha un giro di miliardi, dieci milioni non sono niente. E poi sai com'è
in questa città, ti va male un colpo e ti andrà meglio
quello dopo, uno non ammazza la gallina dalle uova d'o-
ro, anche se ogni tanto fa qualche uovo marcio».

La signora Rosa finge indifferenza ma si beve ogni
parola. Ghezzi la studia senza farsi accorgere: quella pensa di essere in un telefilm dei suoi, non in prima fila,
stavolta, ma proprio dentro.

Mentre gli altri fanno il punto, apre gli scatoloni ed
estrae qualche manciata di cd da uno e dall'altro, si siede al tavolo del salotto con carta e penna e comincia a
scrivere in colonne ordinate, mettendo piccole etichet-
te sulle custodie dei dischi.

«Ho fatto una bella chiacchierata anche con la segretaria», dice Carella, «prima che ci pensassero quelli là».

«Ma come è possibile», dice Selvi, «sono un battaglione e ancora non hanno parlato con la segretaria del morto?».

«Macché», interviene Sannucci, «sono passato di là stamattina a prendere delle cose dal mio armadietto, anche per far vedere ai colleghi che me ne andavo davvero in vacanza... sono tutti impegnati a montare schermi, linee telefoniche, lavagne... per ora più che le indagini fanno gli elettricisti».

Ghezzi alza gli occhi al cielo.

Selvi invece guarda Carella: beh?

«La signora ci ha tenuto a dire che più che la segretaria era una specie di braccio destro, ma mi ha fatto un quadro abbastanza preciso. Dunque come sapete i padroni di Milano sono quattro o cinque, più qualche outsider. Famiglie che hanno terreni, palazzi, patrimoni immobiliari. Ogni tanto fanno delle... razionalizzazioni, cioè si passano qualche caseggiato qui, qualche complesso terziario là... tipo Monopoli, ma coi soldi veri... Tutti hanno ovviamente i loro referenti nella politica, chiaro, ma nessuno si fida in tutto e per tutto di quelli lì. Allora usavano il Crisanti, che faceva una specie di gioco di prestigio. Un palazzo passa da Tizio a Caio, e Caio ci smena un po'? Pazienza, il Crisanti faceva in modo che al prossimo giro si compensasse. Un terreno diventava edificabile? Tutti rosicavano, ma sapevano anche che così erano in credito, e un anno, due anni dopo rosicavano gli altri... alla lunga è un sistema che regge, e va avanti da quarant'anni, destra, centro, sinistra, chiunque comandi in Comune o in Regione, non c'è niente da fare, decidono sempre quelli lì, e il Crisanti era una specie di garante delle parti, è così che ha fatto il grano... tanto».

«Un equilibrista», dice Ghezzi, che sta sempre scrivendo.

Carella apre la finestra che dà sul piccolo balconcino del salotto e accende una sigaretta, attento a stare mezzo dentro e mezzo fuori, anche se tutti hanno l'impressione che la signora Rosa sia così presa dalle loro faccende che non protesterebbe nemmeno se lui facesse un falò sul tappeto.

A me fa il culo se lascio una briciola sul divano, pensa Ghezzi, roba da matti.

«Comunque», dice Carella tirando boccate nervose, «il ragionamento sta in piedi: nessuno dei poteri forti con cui il Crisanti faceva affari aveva interesse a toglierlo di mezzo, e anche quest'ultima rogna dei palazzoni per uffici di Roserio era un can-can messo in piedi solo per avere condizioni migliori la prossima volta. Anzi, la signora quando gliene ho accennato ha alzato le spalle: cose così succedono spesso e poi si sistema tutto, ha detto».

Selvi dice che deve andare, se no perde il tipo con cui ha appuntamento.

Ghezzi alza gli occhi dai fogli che sta scrivendo.

«Posso?».

«Dai», dice Carella.

«Senti qua. Se la pista è quella dei grandi affari, il Gotti non ci si incastra per niente. In più, se davvero il movente fosse una faccenda di milioni di metri cu-

bi, vuol dire carte da studiare, bilanci, imprese da perquisire, cose che faranno certamente meglio di noi
quelli là mandati da Roma, con l'appoggio del ministro
e tutto quanto. Ma anche ammettendo che c'è qualcosa che non sappiamo e che si tratta di una faccenda di
affari finita male dove c'entrava anche il Gotti... i sassi? Andiamo, non siamo mica in un film, se il padrone delle ferriere vuole far fuori uno stronzo paga un killer e morta lì, non è che gli fa mettere un sasso... e poi
un killer fa un lavoro pulito, e quello del Gotti non lo
era».

Carella annuisce e ne accende un'altra.

«Vai avanti».

Ghezzi riflette un attimo, come se cercasse le parole.

«È uno sfregio. Il sasso non è un messaggio, è uno...
sberleffo. Questa in qualche modo è una faccenda privata... da qualche parte il Gotti e il Crisanti si sono incrociati, e in quell'incrocio a qualcuno è andata peggio
di loro... finché erano vivi, ovvio... le pistole vecchie,
la modalità del primo omicidio... non è un killer, un
killer non spara due colpi prima di mezzanotte in una
via del centro di Milano, troppo rischio, le cose che possono andare storte sono migliaia».

«Quindi dovremmo cercare uno che aveva più o meno la loro età, giusto?».

«Sì, l'idea è quella».

«Resta il fatto delle telecamere», dice Carella.

«Sì», dice Ghezzi indicando i cd sul tavolo, che ora
sono impilati perfettamente in quattro mucchietti or-
dinati, «ho un paio di idee, ve le dico?».

«Non fare lo stronzo, Ghezzi», dice Carella.

La signora Rosa entra in salotto reggendo un vassoio con tre piatti di pasta.

«Spaghetti al sugo», dice, «non è un granché, ma dovevo spostare i mobili, stamattina, e non ho fatto la spesa».

Ghezzi sta per protestare, ma Carella e Sannucci ringraziano così calorosamente, lei si illumina come Cenerentola al ballo, e allora anche lui prende una forchetta e si dà da fare. Ora parla con la bocca piena.

«Sannucci va alla Bocconi e cerca gli elenchi dei compagni di corso del Gotti... quando si era iscritto? Hai controllato?».

«Nell'81, sov».

«Bene. Quando hai l'elenco, più nomi possibili, escludi le femmine... quando hai i nomi fai un incrocio e vedi se qualcuno è stato in galera, ma soprattutto se è uscito da poco... vai a sapere, magari qualcuno si è fatto vent'anni al gabbio per colpa di quei due e appena è uscito ha voluto sistemare i conti».

Carella sorride:

«Ghezzi, come cazzo è che sei ancora vicesovrintendente?».

«Perché ha la testa dura, ecco perché!», e questa è la signora Rosa che arriva con una coppetta di parmigiano.

Carella ride:

«È un filo piccolo, ma è una buona idea».

«Poi un'altra cosa», dice il Ghezzi. «Se quello è così bravo con le telecamere, vuol dire che ha fatto dei sopralluoghi, che ha studiato bene i posti. Penso soprat-

128

tutto a via Mauri, perché lì il cono d'ombra delle telecamere è davvero stretto, questione di metri... Lo abbiamo sempre che passa veloce da un buco nero all'altro, sa dove possiamo vederlo e dove no, quindi ovvio
che lì c'è già stato».

Carella lo ascolta attentissimo.

Sannucci dice: «Io vado, allora».

Lo dice a Carella, perché anche se l'ordine l'ha dato il Ghezzi, il capo della squadra è quell'altro, e lui ci
vuole diventare sovrintendente, mica come il Ghezzi.

Carella annuisce e Sannucci va verso la porta. Poi ci
ripensa e si volta a salutare la signora Rosa.

«Grazie della pasta, signora, proprio buona, magari
ripasso se ho qualcosa in mano».

«Sì, ma per cena fuori dai coglioni», dice Ghezzi, «qui
non è mica la Caritas».

«Eh, Tarcisio, ma che modi!».

Intanto a Carella è suonato il telefono e si è messo
a parlottare sempre mezzo dentro e mezzo fuori dal balcone. Poi riaggancia.

«Quelli di Stintino. Nella casa al mare non c'era niente, roba di lusso, ma nessun nascondiglio. Nella barca,
invece, una cassaforte con ventimila euro in contanti
e più o meno altrettanto in dollari, cambusa piena, vestiti per lui, la moglie e il bambino piccolo. Si sa che
è un classico dei ricconi tenersi la barca fornita, nel caso debbano sparire al volo».

La signora Rosa sospira: «Che gente!».

Ora Carella guarda l'orologio e dice che deve scappare. Deve andare da Gregori, che vuole essere informato passo passo, e poi vedere un vecchio cronista in pensione de *Il Giorno*, uno che si occupa di faccende comunali dai tempi delle Cinque Giornate, che di certo sul Crisanti può dirgli cose che sui giornali non sono mai state scritte.

Quando Carella è uscito, Ghezzi Tarcisio, vicesovrintendente ufficiale in vacanza e marito in servizio permanente, si siede sul divano e si rivolge alla sua sposa:

«Ti piace fare il poliziotto, eh, Rosa?».

Lei pensa che ora verrà in qualche modo sgridata, perché lui è così, la prende sempre alla larga, se deve dirle qualcosa.

«Scusami, Tarcisio, ma dai, tre piatti di pasta, all'una e mezza, mi sembrava il minimo... comunque sì, mi piace, è... lo so che divertente non è la parola giusta... però, sì, è divertente».

«Ma è un lavoro anche noioso, sai?».

«Eh, me lo immagino... ma non sempre, però!».

«Ma sì, il più delle volte sono cose noiose... per esempio adesso...», e indica le quattro pilette di cd sul tavolo.

Poi le spiega cosa deve fare. Glielo spiega due volte, non perché pensa che lei non abbia capito, ma perché è abituato con Sannucci.

Lei chiede qualcosa, lui risponde, lei dice sì. Anzi, dice sì con entusiasmo. Tarcisio l'ha sempre tenuta fuori da tutte quelle cose, «il lavoro qui non entra», dice sempre, «è un lavoro che puzza».

«Sicura che te la senti?».

«Sì... non mi pare mica difficile».

«Allora dai, incomincia, che è una roba lunga, io devo andare in un posto».

Così la signora Rosa Ghezzi, di anni quarantotto, le pantofole rosa, pantaloni gialli e un golfino azzurro, accende il televisore, mette un disco nel lettore dei dvd, prende carta e penna e si sistema sul divano.

«Dai, Rosa, su», si dice a voce alta, «è come andare al cinema».

Dodici

Il traffico è sopportabile, perché a quest'ora del pomeriggio i pendolari tornano a casa, fuori città, non vanno verso il centro, anche se un po' di gente che è atterrata a Malpensa, il grande aeroporto di Milano che sta a Varese, fa il percorso inverso.

Carlo Monterossi guida con giudizio, e intanto assaggia i nuovi acquisti sullo stereo della macchina. Il concerto di Santiago, al Teatro Monumental, è registrato magistralmente, con tutta probabilità rubato dal mixer, qualcuno della crew si è venduto il nastro, niente di male. Poi Carlo ha comprato anche altra roba, registrazioni vecchie dei tempi del Village e una strabiliante compilation di artisti neri che suonano Dylan, e lì se ne sentono delle belle. Ma soprattutto ha fatto una chiacchierata con il suo pusher personale di materiale dylaniano.

Sì, ha detto quello, partire da *Love and Theft*, che è del 2001, non è una cattiva idea, anche perché non lo dice mica il dottore che una storia va raccontata dall'inizio.

È che lui vuole partire dal blues, ha detto Carlo, e quell'altro ha annuito: certo, il blues è tutto.

Poi però il tizio aveva aggiunto che c'è anche un altro motivo per cominciare la storia da lì, e Carlo ha ascoltato con grande attenzione.

«Quando Dylan è andato a scavare nel Delta, era un uomo fatto, quasi anziano, aveva sessant'anni, più o meno, non aveva bisogno di rubare niente, ovvio, e tantissimi bianchi hanno fatto il blues, e anche lui, e pure molto bene».

Sì, questo Carlo lo sapeva.

«Eppure in certi pezzi, lui, un sessantenne bianco del Minnesota, non scimmiotta i neri, non li imita, non gli fa il verso e non cerca di copiarli... che c'è un lavoro filologico si sente, sì, una ricerca, ma semplicemente... non so come dire... diventa nero, ecco, e mantiene però sempre quella», si era fermato a cercare una parola, «... quella curvatura Dylan».

Carlo pensa a canzoni come *Po' boy*, o *Mississippi*, e in effetti... sì, ci sta.

«Ma il blues non c'entra niente, o quasi», aveva detto quello, facendo attendere altri clienti che si spazientivano, cazzi loro, «è che lui è Zelig... quando faceva il folk tradizionale, al Village, ma pure prima, non faceva Woody Guthrie, ma semplicemente diventava Woody Guthrie, anche se le canzoni erano sue. Lo prendeva, ecco, in qualche modo gli rubava l'anima... Quell'uomo è il diavolo, e ora fa lo stesso, pensa, con Sinatra. Sinatra! Lo scarnifica, lo spoglia, diventa più sinatriano di Sinatra, senza smoking, senza il filo del microfono e senza il Rat Pack o la mafia di Las Vegas... solo la Grande Canzone Americana... lui non la fa, lo diventa».

Sempre con quella curvatura tutta sua.

Carlo non ci aveva mai pensato. È vero, si dice, proprio vero.

Poi quello gli aveva elencato le prossime uscite. Il premio Nobel porta con sé un profluvio di ristampe, nuove edizioni, vinili colorati, cofanetti. Carlo dice che ripasserà a fare di nuovo la spesa, saluta, se ne va.

E ora guida piano verso Milano mentre quello là, il trasformista del Minnesota, canta piano sul giro del blues:

Last night the wind was whisperin'
I was trying to make out what it was
Last night the wind was whisperin' somethin'
I was trying to make out what it was
I tell myself something's comin'
*But it never does.**

Sì, non succede mai, pensa Carlo.

Pensa a María che non torna, ovvio, e che non tornerà, questo lo sa bene. Un'altra cosa che ha aspettato e che non succede.

Pensa anche a una ragazzina buttata in pasto agli squali, così stupida da credersi uno squalo pure lei, mentre invece è un pesciolino sperduto e triste, e capirà trop-

---

* Bob Dylan, *Lonesome day blues*: «La notte scorsa il vento mormorava / Io cercavo di capire cosa fosse / La notte scorsa il vento mormorava qualcosa / Io cercavo di capire cosa fosse / Mi dico che qualcosa sta per accadere / Ma non succede mai».

po tardi che le hanno ammazzato il padre come un cane. E allora sì che saranno dolori.

Quando arriva in viale Piceno sono le sette e dieci, preciso al secondo, ed è quasi buio.

Il bar all'angolo con XXII Marzo è uno di quelli a due vetrine, così anonimo che fatica a vederlo. Oscar è già lì che aspetta, la solita tazzina di caffè davanti, la giacca sgualcita sui jeans e una camicia azzurra che pare l'unica cosa pulita del posto. C'è un nero che legge la *Gazzetta* e beve uno spritz che ha l'aria di non essere il primo e nemmeno l'ultimo. La ragazza dietro il bancone è carina con la faccia stanca, il padrone, invece, è alla cassa e vende le sigarette, forse il padre.

«Tutto bene?», chiede Oscar.

«A parte Flora De Pisis, i morti ammazzati, i parenti che si fanno pagare per piangere in tivù? Sì, a parte questo tutto bene».

«Sono impazziti davvero, stavolta», dice Oscar. Intende quelli della questura, il ministero, i giornali, tutti.

In effetti non si parla d'altro che dei morti dei sassi, anche il padrone del bar sta dicendo che sono stati gli arabi, non sono loro che hanno fatto le rivolte coi sassi e le fionde? E se non fosse così, perché avrebbero chiamato un esperto israeliano? È così chiaro!

Oscar non ci fa caso. È teso e concentrato:

«Senti come facciamo», gli dice. Carlo ascolta e prende ordini.

Ora sono in macchina, fermi in divieto di sosta, a cen-

135

to metri dalla gioielleria, un negozio di una sola vetrina, due gradini per arrivare alla porta, il campanello per
farsi aprire, perché in un negozio così non si entra come dal panettiere.

Alle sette e trentacinque un tizio abbassa la serran-
da, chiude con due chiavi diverse e si avvia sul marciapiede, poi sale su una BMW vecchia di anni e si im-
mette nel traffico. Carlo e Oscar gli stanno dietro, a
due macchine di distanza, e Carlo accelera solo vicino
ai semafori, per paura che quello prenda il verde e loro no.

«Ma tu sai come beccarlo?», chiede Carlo.

«Pensavo di parlargli in negozio, ma sia ieri che l'altro ieri è uscito a quest'ora ed è andato in un bar, quindi spero che faccia lo stesso stasera, meglio un luogo pubblico, metti che è un tipo nervoso e ha un cannone nel
cassetto, meglio un tavolino in mezzo alla gente».

Carlo si fa la solita domanda: che ci faccio io qui?
Ma è troppo impegnato a non perdere il tizio, quindi
sta zitto, anche se non può impedirsi di pensare: e se
quello il cannone ce l'ha in tasca?

Comunque non fanno molta strada, perché il gioielliere posteggia a pochi metri da un bar di aperitivi in
via Lomellina, non pieno e non vuoto, un buon posto
se vuoi stare tranquillo. Loro parcheggiano un po' più
avanti e quando entrano nel bar lo vedono al bancone, parla con due persone. Sembrano chiacchiere da aperitivo, non un incontro clandestino o chissà che, l'o-
nesto commerciante che si fa un bicchiere prima di andare a casa.

Onesto un cazzo.

Oscar mette su una faccia cordiale e si avvicina al gruppetto. Carlo sta due passi indietro, abbastanza lontano perché quello non si senta minacciato da due sconosciuti, abbastanza vicino per sentire tutto

«Il signor Venanzi?», chiede Oscar.

Quello fa una faccia stupita e dice: «Sono io, perché?».

«Buonasera, signor Venanzi, possiamo parlare due minuti? Una cosa urgente».

Lo ha detto con il tono gentile e compito con cui ci si rivolge alla gente che non si conosce, ma con dentro una sfumatura che invece intendeva il contrario, qualcosa come: per il suo bene farebbe meglio a darmi retta.

Quello capisce al volo, lancia uno sguardo agli amici come per dire: che seccatura, scusate un attimo, poi si scosta dal bancone. Oscar indica un tavolino con tre sedie.

«Sediamoci, vuole? Ci vorrà un minuto».

E così ora sono seduti, Carlo ordina un americano, Oscar prende un negroni e quell'altro, spiazzato, dice: «Un negroni anch'io», il gioco è fatto, il contatto stabilito. Se ti offrono da bere non sono così cattivi, pensa quello, che adesso è pure curioso.

«Noi non ci conosciamo», comincia Oscar, «eppure io vengo a darle una mano».

Quello non capisce. Che mano? Chi è questo? Questi due, anzi. Carlo giocherella con le chiavi della macchina, come se la cosa non lo riguardasse.

«Lei è un uomo impegnato, signor Venanzi, e io non voglio farle perdere tempo, né sottrarla ai suoi amici. Vengo subito al punto. Nell'ultima settimana hanno tentato di venderle un anello. È un anello molto prezioso, molto antico, vale una fortuna e c'è una persona che lo vorrebbe a tutti i costi... vorrebbe... comprarlo, diciamo, ma non da lei, da quello che sta tentando di vendergnelo. Che gliene pare?».

«Ma voi chi siete? Io non compro merce sospetta, per chi mi prendete... vi sembro un ricettatore?».

«No, non lo sembra, Venanzi, forse è per quello che sta ancora fuori e non in galera, ma questi, mi creda, sono affari suoi».

«Noi siamo per la libera iniziativa, sa?», dice Carlo.

«Sì, noi le stiamo proponendo un affare», chiosa Oscar con l'aria più innocente del mondo.

«Assicurazione?», chiede quello, titubante.

«No, Venanzi, l'assicurazione veniva qui con cinque o sei in borghese, anzi, veniva direttamente al negozio e per lei finiva male... No, noi siamo qui per farle un piacere... Alla fine di questo aperitivo», dice Oscar alzando il bicchiere e accennando un brindisi, «lei ci dirà grazie, sa?».

«Nessuno ha tentato di vendermi anelli».

«Sì, lo so, negare sempre, dicono di fare così, ma non sempre è una buona idea... magari funziona con la polizia, con gli avvocati, quelle cose lì, ma noi... sa, abbiamo metodi un po' più veloci...».

Ora quello si agita un po'.

«Non ho comprato nessun anello», dice, secco.

«Ma sì, questo lo sappiamo, e le posso anche dire perché», dice Oscar, poi beve un sorso di negroni e fa una smorfia, perché a lui piace con meno vermut e più gin, che è un tipo strano lo sapevate, no? «Lei, signor Venanzi, è una persona a modo, cerca di non pestare i piedi a nessuno e questo nell'ambiente viene apprezzato un bel po'. In più è prudente, potrebbe girare col macchinone e invece ha una BMW vecchiotta, il negozio è piccolo e vende paccottiglia a quelli del quartiere, anche come copertura potrebbe permettersi di meglio, ma... non le piace farsi notare, ecco, io dico che è una buona mossa».

«Vedo che risparmia anche sulle cravatte, fa bene, quelle di seta costano troppo», dice Carlo. Questo ruolo di gangster spiritoso comincia a piacergli.

«Ma insomma...», tenta di protestare quello. Lancia anche un'occhiata ai suoi amici, che però non lo stanno guardando.

«Allora, mi segua, signor Venanzi, vedo che fatica a capire e io voglio essere chiarissimo, perché certe cose si dicono una volta sola... Lei ha capito, perché è un tipo in gamba, che quello che ha l'anello è un balordo, un ladruncolo... invece l'anello no, l'anello è un pezzo unico. È l'ideale, per uno che fa il lavoro che fa lei, perché il segreto del successo è comprare a poco e vendere a tanto... però lei non è scemo e capisce che è un rischio... un conto è fare affari con dei professionisti, e un conto è affidarsi a dei poveracci, che magari in questura, poi, alla prima sberla se la cantano con tutta l'orchestra... è per questo che non ha ancora concluso, vero? Ha paura che l'avidità la freghi, vero?».

«Cosa cazzo volete?».

Finalmente si è lasciato andare, pensa Carlo. Bene. Vede che Oscar sta pensando lo stesso, anche se ha sempre quella faccia affabile di chi sta tentando di venderti una macchina usata.

«Vogliamo che lei ci presenti il venditore», dice Oscar, «magari non proprio una presentazione formale con le strette di mano e i biglietti da visita, ma insomma, lei ci dice quando lo vede e poi... oplà, il tizio invece di vederlo lei lo vediamo noi, facile, no? Nessuno si fa male e siamo tutti contenti».

Ora il signor Venanzi è davvero stupito. Cerca il capo della matassa, ma non lo trova, quindi la cosa gli sembra parecchio insulsa. Prende tempo, ma poi mette in fila quello che ha pensato nell'ultimo minuto, che non è molto:

«Ma scusate... ma mettiamo... dico per ipotesi... che io abbia davvero uno che mi vende per due lire della refurtiva che vale un milione, per dire... parlando tra commercianti, perché dovrei regalarvi un affare?».

«Perché siamo cattivi», dice Carlo con un sorriso da spaccargli la faccia.

Oscar sorride:

«Non ascolti il mio amico, Venanzi, è uno che vede troppi film. Invece glielo dico io perché, e le racconto una storia... sempre per ipotesi, certo...».

«Facciamo presto, però», dice quello.

«Prestissimo, Venanzi... Allora mi ascolti bene. Due anni fa lei ha comprato, sempre diciamo così... da venditori ambulanti... una parure di diamanti di notevole fattura. Collier, orecchini e braccialetto, per un valore... cinquecentomila? Un po' meno? Non è questo il punto... roba di un certo cavalier Biraghi...».

«Guardi, mi spiace per lei, ma del famoso furto in casa Biraghi si sa tutto e ne hanno scritto anche i giornali. La refurtiva è stata ritrovata tutta e...».

«Ah, legge i giornali!», dice Carlo.

«No, Venanzi, quella è solo una parte della storia, lei ne sa anche un'altra parte, e cioè che il cavalier Biraghi non poteva denunciare il furto della parure perché anche lui l'aveva... diciamo comprata senza garanzia, capito come?».

«Cazzi suoi, no? Non si dice così in italiano?», risponde quello.

Coi diamanti del Biraghi si sente in una botte di ferro. Carlo pensa che se era quella la tenaglia per tenerlo per le palle, beh, non è che stia funzionando granché. Ma Oscar non si scompone nemmeno per un secondo, anzi, fa un sospiro di sopportazione e pazienza e va avanti con voce gentile e calmissima...

«Lei non mi segue, Venanzi. Ha ragione, il Biraghi cazzi suoi. Ma vede, quella parure di diamanti, che se vuole la mia opinione era anche un po' burina, il Biraghi non l'aveva regalata alla moglie, ma a una bella signorina sui venticinque, all'epoca, una che gli faceva dei giochetti... insomma bella e brava, come dice Bruno Vespa...».

Ora il gioielliere di corso XXII Marzo non gioca più a fare la verginella. Questo potrà velocizzare le cose, pensa Carlo.

«Chi si scopa il cavalier Biraghi non mi riguarda, non lavoro mica a *Novella 2000*... Non ha denunciato il fur-

141

to, mi basta questo, è una cosa che rende quelle pietre pulite e commerciabili, ecco...».

«Sì, ma mi lasci finire, Venanzi, che c'è il colpo di scena, se no che gusto c'è?... Allora, quella signorina bella che faceva l'amante del Biraghi ha un fidanzato nuovo, un uomo che di solito ottiene quello che vuole, uno che non manda la gente a chiedere, a convincere con le buone, a trattare».

«Di solito infatti manda me, che mica ci ho 'sta parlantina», dice Carlo.

Quell'altro comincia a capire.

«Ma questa volta io gli ho detto... capo, perché complicarsi la vita? Oltretutto in una città dove gli sbirri sono un po' agitati a causa dei morti dei sassi e ci sono controlli ovunque? Certamente il signor Venanzi capirà la situazione, noi non gli chiediamo i diamanti, anche se alla signorina piacevano tanto... noi siamo della scuola che gli affari sono affari e ci piacciono gli imprenditori dinamici...».

«Quelli che fanno ripartire il paese», dice Carlo, ma questa volta Oscar gli lancia un'occhiataccia, perché forse sta esagerando con le stronzate.

«Insomma, lei perde un affare su cui già aveva dei dubbi, nessuno verrà più a reclamarle quei diamanti che probabilmente ha già venduto all'estero, se non è scemo, e nessuno si fa male. Lei torna dai suoi amici e noi dai nostri. L'unica cosa che fa è dirci dove e quando deve vedere il tizio dell'anello. Punto. Come le sembra come scambio?».

«Non l'avrei preso lo stesso, l'anello», dice il tizio, che butta giù in un sorso mezzo negroni. «È una cosa troppo grossa, per me, una cosa da mostre d'arte, musei... un conto è vendere i gioielli, un altro conto è trattare opere d'arte... per vendere quella roba lì ci vuole uno che può muoversi bene, Londra, Berlino... sì, forse potrei trovare un intermediario, ma il rischio sale e il prezzo cala... Sì, ci ho fatto un pensierino, ma vedo che la voce gira, questo non mi piace».

«Quindi?».

«Quindi va bene, ditemi come e vi faccio sapere quando il tizio si presenta... certo, sarebbe corretto mettere sul tavolo un piccolo incentivo...».

Carlo è strabiliato, e si fa una piccola risata. Cioè, vanno lì a dirgli che potrebbero stecchirlo quando meno se lo aspetta, che invece non gli faranno niente perché Oscar ha convinto il capo a non strappargli le palle a morsi, e quello vuole un incentivo? È sinceramente ammirato.

«Facciamo così», dice Oscar, «quando il tizio arriva, lei compri tutto il resto. Ci sono anche pezzi buoni, facili da vendere. Ma l'anello è per noi. La signorina ci tiene tanto e il capo tiene a quello a cui tiene la signorina. Per ora, almeno. Che ne dice? L'altra è roba che non scotta, anzi, diciamo che potremmo anche far ritirare la denuncia e a quel punto la può pure mettere in vetrina».

«Mi pare un buon accordo», dice quell'altro, che non nasconde la soddisfazione.

«Bene, è sempre un piacere parlare con gente ragionevole», dice Oscar.

«E non si disturbano quelli delle pompe funebri»,

chiude Carlo. Ora che l'aria è più rilassata può fare il cretino quanto vuole, e sa che Oscar non lo sgriderà.

Oscar Falcone scrive un numero su un tovagliolo e lo lascia sul tavolino, si alza e stringe la mano al gioielliere Venanzi, che ora ha recuperato il suo colorito, sarà stato anche il negroni, e pare tutto allegro. Carlo invece esce dal bar senza dire niente, perché quella parte lì, quella di come salutano i killer, non l'ha ancora studiata.

«Come ti è venuta quella del boss innamorato?», chiede Carlo quando salgono in macchina.

«Boh», dice Oscar.

«Mangiamo?».

«No, devo fare una cosa... mi molli in Buenos Aires?».

«Agli ordini».

«Certo sei scemo forte», dice Oscar ridendo, «quella del paese che riparte faceva ridere».

«Quella fa ridere sempre», dice Carlo.

Poi guida piano, finché Oscar, in viale Regina Giovanna, dice «qui» e scende dalla macchina quasi al volo. Carlo deve ripartire perché dietro suonano i clacson. In fondo, di passare una sera a casa da solo non gli dispiace. Ha i dischi nuovi, Katrina avrà cucinato e lasciato quei bigliettini di istruzioni in italo-moldavo che lascia lei, arriva la primavera, probabilmente la signora Sironi riavrà il suo anello. Tutto bene, insomma.

A parte il fatto che lui è un uomo disperato, tutto bene. Tutto benissimo.

Tredici

I calabresi hanno organizzato l'incontro, e quindi ospitano loro. Uno scantinato umido con serrature rinforzate, qualche sedia, un tavolo male in arnese, qualche scatolone accostato alle pareti che dice di traffici non proprio legali, merce in attesa di essere piazzata.

Quello alto ha messo qualche bottiglia di birra sul tavolo, ma poi se n'è andato. Gli africani nuovi sono due, uno sembra il capo, lungo come una pertica, nero da far paura che lì nella penombra si vedono quasi solo i denti bianchissimi e gli occhi che guizzano. L'altro è un soldato e sta in disparte.

Quando arriva Mafuz tutti si alzano. Francesco pensa che è un buon segno, perché è qualcosa che somiglia al rispetto, o almeno al riconoscimento di un ruolo: è il padrone della piazza, ed è importante che quelli nuovi lo sappiano.

Lui è arrivato con qualche minuto di ritardo, perché prima è andato su dalla vecchia della scala C, ha fatto il lavoro delle pastiglie, ha controllato che avesse mangiato e ha rimesso nella scatola del ripostiglio il quaderno dello zio. Ci ha pensato a lungo, è pericoloso tenerlo in casa, e quello gli sembra ancora il posto mi-

145

gliore. Pensa che dovrebbe scansirlo, tenere la versione elettronica e buttarlo, il quaderno, ma ora non ha tempo né voglia.

Tutta quella faccenda gli sembra lontana, una cosa del passato, quello che è sempre stata, alla fine; o forse vuole tenerla lontana lui, non pensarci più. Come aveva detto mamma? «Butta tutto e chiudiamola lì».

Ora sono seduti. L'africano alto passa una bottiglia di birra al suo soldato, quello la apre con i denti e la ripassa al capo che beve un lungo sorso.

Mafuz apprezza, perché lui è un comandante e quando vede un altro che comanda lo riconosce al volo.

Tocca a lui parlare:

«Le cose come vanno qua lo sappiamo tutti: meno casino e gli affari camminano. Più casino e gli affari non camminano. Io voglio che gli affari camminano».

Il calabrese annuisce. Gli africani immobili.

Francesco conosce la divisione dei poteri: Mafuz e i suoi ragazzi, una ventina di adolescenti veloci col coltello, gestiscono il traffico del fumo e dell'erba, probabilmente vendono anche cocaina e pasticche, ma in quel caso non lì, partono col motorino e fanno le consegne.

I calabresi si occupano delle case. Hanno dei fogli con i nomi, delle loro speciali graduatorie con segnato quanto hanno incassato per sfondare porte e garantire un minimo di sicurezza a chi entra. Chi si comporta bene, chi può perdere la casa da un momento all'altro. Francesco ricorda che il collettivo aveva già fatto una trattativa, con loro: che almeno quelli che entravano con i bambini potessero pagare a rate, un tanto al mese fino a esaurimento del debito.

Loro si erano mostrati ragionevoli.

Ora Mafuz affronta la questione vera:

«Finora tutto è filato liscio. Loro», indica il calabrese, «non rompono il cazzo a noi e noi non ci occupiamo delle case. Voi cosa volete?», questo l'ha detto guardando l'africano alto.

Che però sta zitto.

Allora parla il calabrese basso, Salvatore. Ha due baffi che sembrano disegnati, la carnagione scura, una maglietta stretta che mette in risalto i muscoli, età indefinibile, ma verso i quaranta più che verso i trenta. Ha una voce da basso che non c'entra niente con la faccia e il corpo, chissà dove la prende.

«Non vogliamo guerre, qui. Il commissariato di zona sono sicuro che sa bene cosa succede qua, ma questa è una polveriera, e finché nessuno si fa male fanno finta di niente. Qualche sgombero quando proprio è inevitabile, se no lasciano andare, gli alloggi sfitti sono tanti, per ristrutturare non ci sono i soldi, allora lasciano perdere... ma questo solo se nessuno si fa male...».

L'africano sta sempre immobile.

Il suo soldato chiede cosa vuol dire polveriera. È più sveglio di quello che sembrava.

Mafuz traduce:

«Bomba... rébellion».

Tutti guardano l'africano alto, che ora fa una cosa che nessuno si aspettava.

Si alza, fa un piccolo inchino e dice:

147

«Mio nome Muhammad Sefraz, di Sudan», una specie di presentazione ufficiale, molto compita, Francesco pensa: quasi elegante. «Miei uomini è otto, qui per affari. Altre due famiglie arrivano in mese, forse altro mese, non so, rotte è molto dangereux... difficile, ora».

«Che affari?», chiede Mafuz.

«Affari... business», dice il nero, con l'aria di chi chiude il discorso. Poi guarda Francesco come per dire: e lui?

«C'è un collettivo...», comincia, «un group politique...».

«La politique c'est de la merde», scatta il nero come se avesse visto un serpente, «ça nous n'interesse pas».

«Quando arrivano gli sgomberi, o qualcosa non va, siamo noi che facciamo i presìdi... de la résistence... à la police... e abbiamo qualche occupante anche noi... diritto alla casa... vous comprenez?».

L'africano scoppia in una risata fragorosa:

«Ah... les communistes!», e scuote la testa, sembra divertito sul serio.

Francesco alza un angolo della bocca, come un sorriso. Mafuz interviene:

«Il collettivo era qui da prima di noi, credo da sempre... è utile, la polizia non viene volentieri se ci sono loro, perché non vuole che la faccenda diventi politica... se ci sono di mezzo vecchi e bambini i manganelli diventano... impopolari... E poi, se devo essere sincero, sono brave persone e hanno anche evitato qualche ingiustizia...».

Quello che non dice è la cosa fondamentale: il collettivo non ha mai disturbato gli affari, e un po' di fumo lo comprano anche loro, prezzo speciale, buoni rapporti.

Nessuno sa cosa abbia capito il nero, ma il suo soldato gli si avvicina e gli dice qualcosa in un orecchio, e lui annuisce.

«Abbiamo bisogno case per noi, anche petit, piccolo, e un posto come questo», si guarda in giro, «... posto sicuro per tenere roba».

«Che roba?», ancora Mafuz, ma la domanda cade nel vuoto.

Anche il calabrese sta zitto, si vede che sta pensando. Calcola i mancati guadagni, mica uno scherzo, e poi mettersi in casa un concorrente...

«Noi no casino... e può...», guarda il suo soldato per chiedere aiuto. Quello si sente autorizzato a parlare e dice:

«Contribuire... pagare... no soldi, però».

«Pagare come?», chiede il calabrese.

«Guardia... sûreté».

«La guardia ce l'abbiamo».

«Plus guardia», dice l'africano.

«Qui ci sono dieci scale», dice il calabrese, «non ci sono molti buchi per voi...».

L'africano torna immobile.

«... Però se vi va bene negli altri cortili», indica vagamente con la mano un posto fuori, al di là della piazza, «allora possiamo risolvere».

Muhammad guarda il suo soldato. Ha capito, ma vuole essere sicuro, e quello traduce in una lingua che nessuno saprebbe dire cos'è.

«Cinq... cinque», dice il nero alto, «ici ou près d'ici, c'est pas problème».

Il soldato traduce, anche se hanno capito tutti. Il calabrese sembra meno teso, ora: se può distribuirli in sei o sette palazzi della Caserma va bene, la perdita si frammenta e diventa sopportabile. In più non stanno tutti uniti come una banda, questo è importante.

«Ma il deposito lo vogliamo qui», dice il soldato.

«Quello si può fare», dice Mafuz.

Poi lui e il calabrese guardano Francesco. Non che abbia potere di veto, ovvio, però vogliono che sia tutto a posto. Quello che gli chiedono non è esattamente una copertura politica, ma... ci hanno messo tanto ad andare d'accordo con quelli del collettivo e ora non vogliono che il nuovo equilibrio rompa quello vecchio.

«Noi dobbiamo sistemare quelle due che sapete...», dice Francesco.

«Le lesbiche», dice il calabrese. Lo dice con un sorrisino da stronzo.

«... E poi ci servono un paio di altre case, ma questo senza fretta».

«La cosa diventa costosa», dice il calabrese.

«Sì, ma non è che possono entrare tutti e noi no», dice Francesco, «i nostri si incazzano, senza contare che voi lo sapete... altri neri o famiglie di neri... non vogliamo la guerra dei poveri, vero?».

Mafuz non vuole la guerra e basta, non gliene frega un cazzo dei poveri. Il calabrese, invece, sta facendo i conti. Cinque appartamenti, più tre per il collettivo, fa una bella sberla al bilancio. Così decide di tirare un po'.

«Non ce la faccio... va bene la pace, ma così costa troppo, non è che facciamo la carità ai cannibali, qua».

Il nero si irrigidisce un po', ma non apre bocca. Incrocia lo sguardo con Mafuz, che dice:

«Se a tutti conviene la pace dobbiamo pagarla un po' tutti... per gli affari... io dico che dobbiamo mettere in mezzo qualcosa... tremila io e tremila questi nuovi può bastare?».

Gli occhi del nero passano da Mafuz al calabrese, due o tre volte. Vuole capire se è una proposta seria o se lo stanno mettendo in mezzo. Poi dice:

«Va bene, tremila».

Francesco sta zitto perché il collettivo soldi da mettere non ne ha, e non ce li metterebbe in nessun caso.

Ora c'è un momento di silenzio, tutti stanno facendo il loro bilancio, poi il nero si alza e tende una mano a Mafuz, che la stringe. Fa lo stesso con il calabrese e dice:

«Alors, on est d'accord. Demain vous aurez votre argent».

Poi guarda Francesco e sorride beffardo:

«Salut, monsieur le communiste!», ed esce dalla stanza seguito dal suo luogotenente.

Restano in tre.

«Porca puttana», sbotta il calabrese, «l'unico che ci rimette per la vostra pace del cazzo sono io, però!».

«Non è detto», dice Mafuz.

«Col cazzo che non è detto... cinque case a quelli là, una subito per le leccapatate a questi qua», indica con il mento Francesco, «e poi forse altre due... Insomma, come sarebbe non è detto!... E tu, Mafuz, te la cavi con tremila euro, ma che minchia...».

«Fanno affari», dice Mafuz, «questo è bene. Che affari fanno lo capiremo, magari saranno buoni soci... se mi accontentavo della tattica non stavo qui da trent'anni, Salvatore, un po' di strategia... cosa ne sai?, quello che sembra merda oggi può essere oro domani».

«Chissà che cazzo di affari fanno quelli, poi!».

Mafuz ride. Lì dentro, in tutto il complesso della Caserma, più di seimila appartamenti, famiglie, inquilini legali barricati in casa, abusivi, occupanti regolari, occupanti selvaggi, come li chiamano loro... Lì anche i muri hanno occhi e orecchie, e sono gli occhi e le orecchie di Mafuz.

«Che affari fanno lo sappiamo in due giorni, stai tranquillo, compare».

Francesco si alza e va verso la porta. Le questioni mafiose di quei due non gli interessano. Però si gira verso il calabrese.

«In settimana, per favore, la cosa sta diventando ridicola, con quelle due che occupano e che si fanno occupare la casa occupata».

Mafuz ride. Le due lesbiche sgomberate da altri disperati, in effetti, sono una barzelletta vivente.

«Vieni qui», gli dice Salvatore.

Poi consulta un quaderno bisunto, scorre un dito sulle pagine e parla:

«Scala F, terzo piano, è pure più grande di quella di prima, ma se la mettono a posto da sole, eh, non cominciamo a cacare il cazzo che non c'è l'acqua calda. Domani mando su i ragazzi».

«Bene», dice Francesco. Saluta con un cenno sia Salvatore che Mafuz ed esce.

Politica, trattative, compromessi, dare, avere. Che merda di posto.

Però è andata bene, niente coltellate, almeno per ora, vedremo se di quel nero alto ci si può fidare.

Quando entra in casa ci sono Chiara, Fili e Illa. Giovanna sta uscendo proprio in quel momento dal piccolo bagno. Filippo si muove impacciato per il gesso. Gira una canna, ci sono bottiglie di birra sul tavolo e la musica troppo alta.

«Cos'è, una festa?», chiede. È di cattivo umore.

«Allora?», chiede Filippo.

«Voi avete una casa», dice Francesco guardando quella specie di Tyson e la sua ragazzina tascabile, «scala F, terzo piano, domani i calabresi vi sfondano e mettono la serratura, ma tutto il resto sono cazzi vostri».

Le due fanno un piccolo grido che sovrasta la musica e si abbracciano. Chiara sorride e gli passa la canna.

«No, grazie, vado a letto», dice lui, ma poi si volta verso Filippo. «Gli africani sembrano corretti, ma cattivi, il patto c'è, Mafuz e i bronzi di Riace ci rimettono due lire, ma gli va bene così, noi siamo in credito di due appartamenti, oltre a quello di Giovanna e Illa, ci daranno i più schifosi, ma più di così non pote-

153

vo tirare... a parte che siamo quelli che si prendono le manganellate, non è che avevo molto da offrire».

«Domani facciamo un comunicato», dice Filippo.

«No, aspettiamo le foto dei lavori», dice Giovanna. Illa annuisce.

Francesco si toglie la camicia e va in camera, si stende sul letto, senza levare i pantaloni e le scarpe. C'è ancora un po' di musica e di chiacchiere indistinte, poi sente quelli che se ne vanno e lo scatto della porta.

Mezz'ora dopo è ancora lì, immobile. Chiara si sdraia accanto a lui.

«Cos'hai? È andato tutto bene, no?».

«Tutto bene?».

«Beh, temevi le coltellate, sei tornato con tre case, direi niente male».

Lui la guarda. Come al solito la trova bellissima, anche se adesso ha gli occhi rossi e i capelli tutti scompigliati. È bellissima lo stesso.

Tutto bene? vorrebbe dirle. Ma guardaci, cazzo. Tutto bene? Una topaia, niente lavoro, bisogna strisciare per farsi pagare due lire incarichi merdosi di sei mesi fa, bisogna farsi vendere dai calabresi i mezzi di produzione – intende il Mac nuovo. Dal venti del mese vai a pranzo da mamma perché qui non c'è niente.

Tutto bene? Tutto bene, porca puttana?

Vorrebbe dirle che cosa ha visto negli ultimi giorni. Delle case, delle macchine, dei vestiti che hanno quelli là, quelli che stanno nell'altra Milano, quelli che la lotta di classe l'hanno vinta alla grande, mentre loro stanno lì a fare i comunicati per due stronze che si sistemano con le loro mani la casa popolare che cade a pezzi, e se ne vantano pure.

Poi vorrebbe dirle del tono di disprezzo che ha sentito in quelle parole del nero: «monsieur le communiste». E che c'era dentro tutto il sarcasmo del mondo, una cosa che non meritava nemmeno di diventare odio, era solo scherno. Uno sputo in faccia.

Le guarda la nuca mentre lei appoggia una guancia sul suo petto che si alza e abbassa piano per il respiro.

«Scopiamo», dice lui.

«No, caro. Lavori in corso, impraticabilità del campo».

«Allora tocca a te», dice lui abbassando la lampo dei jeans.

«Sei un porco, signor Girardi», dice Chiara. E ride che pare felice.

Quattordici

Sono le nove e un quarto e suona il citofono.

Il vicesovrintendente Tarcisio Ghezzi appoggia sul piatto la mela che sta sbucciando e fa per alzarsi, ma non ha fatto i conti con la signora Rosa, che fa uno scatto alla Usain Bolt. Così mentre lui sta col culo a mezz'aria tra la sedia e la posizione verticale, lei ha già la cornetta in mano, accanto alla porta d'ingresso, e dice: «Ma certo, salite».

Dovesse fare una classifica delle scene ridicole che ha visto, Ghezzi piazzerebbe questa almeno nella top ten. Sullo zerbino fuori dalla porta dell'appartamento ci sono il vicesovrintendente Selvi e l'agente scelto Sannucci, uno ha in mano una torta, l'altro una bottiglia di spumante, e salutano Rosa come se arrivassero a una festa di compleanno, mancano solo il coretto, il battimani... le candeline magari ci sono, vedremo quando si apre il cartone della pasticceria, pensa Ghezzi.

Sì, quei due hanno l'aria imbarazzata, almeno questo, almeno un po' di pudore... Ma ancora una volta la signora Rosa ha preso in mano la situazione:

«Prima il caffè», dice, «poi la torta».

E rivolgendosi a Sannucci: «Va in frigo?».

«Eh?».

Ghezzi ride e si trasferisce in salotto, cioè nella sala operativa. Ci sono fogli sparsi sul tavolo e sul divano, i cd sparpagliati, due computer portatili aperti, uno con il salvaschermo della questura di Milano, l'altro con Paperino che sgrida Qui, Quo e Qua, e loro ridono.

Rosa fa un po' di spazio sul tavolo, mentre Ghezzi parla sottovoce a Sannucci, senza farsi sentire:

«Che cazzo fate, Sannucci, i garzoni di pasticceria?».

«Ordini di Carella», dice quell'altro, come per scusarsi, «e poi, sov, almeno la torta, io non ho nemmeno cenato».

«Se lo dici alla Rosa ti stacco le palle, Sannucci, quella capace che si mette a farti l'ossobuco con il risotto».

«Magari, sov!».

Un quarto d'ora dopo arriva anche Carella, e così la squadra è al completo.

«Cerchiamo di non fare notte», dice Ghezzi, «chi comincia?».

«Comincio io che ho buttato la giornata», dice Sannucci. Si vede che si è un po' innervosito per aver perso tempo su una pista sbagliata, ma ci tiene a far sapere che si è fatto un bel culo, tra la Bocconi e gli schedari della questura, e quello è stato il lavoro più duro, perché ha dovuto stare attento a non farsi vedere da nessuno, Gregori gli ha regalato la Senesi per un pomeriggio, ed era lei ad andare avanti e indietro, mentre lui stava nascosto come un ladro. Ma si può lavorare così?

«Come va là?», chiede Ghezzi.

«Mah, a quanto si capisce sono messi peggio di noi. Il sostituto e il capo della squadra di Roma sono stati riuniti tutto il giorno, si sono fatti l'idea che è terrorismo, di quale matrice non saprebbero dire... il famoso profiler ha fatto dentro e fuori dalla stanza, soprattutto per rispondere alle domande dei giornalisti...».

«Allora, dai», dice Carella.

Ha l'aria stanca, come al solito, ma qualcosa di più. Per la prima volta in quell'indagine Ghezzi gli vede sulla faccia una determinazione nervosa, cattiva, una smorfia di rabbia per come stanno andando le cose. Che non stanno andando per niente. Se lo spiega con l'assenza di sonno, ma anche con il fatto che forse Carella ha realizzato come quel loro lavorare di nascosto, ufficialmente in vacanza, è di fatto un esproprio politico. Il sospetto che quell'affidare le indagini a una squadra nominata direttamente dal ministero sia un modo per evitare rischi: dal Crisanti possono venire fuori cose imbarazzanti per ogni forza politica locale e nazionale, per i banchieri, per la Borsa, per le cooperative che fanno incetta di appalti. Ghezzi pensa a come deve sentirsi Gregori, che quello schiaffo se l'è beccato ancora più forte. È la prima volta in trent'anni di carriera – chiamiamola carriera – che si sente in qualche modo solidale con il capo.

Smette di pensarci quando Sannucci parte con il suo rapportino.

«Allora... bel posto, quello, pare una fabbrica di pregiudicati».

Tutti lo guardano senza dire niente. Interrompere Sannucci è rischioso, perché poi quello ogni volta ricomincia da capo per ritrovare il filo e non si finisce più.

«Come ha detto il sov», indica Ghezzi con il mento, «ho escluso le donne e ho messo giù un elenco dei compagni di corso del Gotti, quelli che si sono iscritti alla Bocconi nell'81 e che seguivano le lezioni che seguiva lui. Non ci giurerei che l'elenco è perfetto e completo, ma insomma...».

Ghezzi sbuffa. La signora Rosa approfitta per andare di là a tagliare la torta, ma si muove come una furia perché non vuole perdersi niente, se potesse lascerebbe lì un orecchio, appoggiato sul tavolo.

«Allora», prende fiato Sannucci, «di centosettantasei che studiavano con il Gotti, quarantuno hanno avuto problemi con la giustizia... manco tra quelli di San Patrignano c'è una percentuale così...». Poi tira fuori un taccuino e snocciola la sua statistica: «Allora, ventuno indagati per insider trading, quattordici di questi poi condannati, ma più che altro multe, niente galera, che poi tra indulti, amnistie e cose così, di quelli lì in galera, sapete... Altri nove, oggi imprenditori o liberi professionisti, hanno avuto guai per mazzette, corruzione, falso in bilancio, quando ancora esisteva, e cose così... diciamo reati legati alla professione. Poi ci sono sette che sono stati processati per appropriazione indebita... confondevano i conti correnti propri con quelli dell'azienda... insomma, fregavano soldi a soci e azionisti. Poi ci sono due indagati per molestie alle dipendenti, uno per comportamento antisindacale... In galera sono andati solo in due, uno si è fatto due anni e mezzo, nove mesi ai domiciliari e poi fuori felice come una pasqua... bancarotta fraudolenta; e uno che ha ammazzato la moglie e sta ancora dentro... totale quarantuno. Nessuno uscito di recente, nessuno che poteva in qualche modo avercela col Gotti, almeno da quello che sappiamo...».

Carella fa il solito numero del balconcino e si accende una sigaretta:

«Va bene», dice, «era giusto provarci... altro?».

«Nient'altro... però tutti parlano bene del Gotti... del Gotti studente, intendo. Molti trenta, tesi su...», guarda gli appunti, «logistica delle merci deperibili, centodieci e lode, uno che metteva giù la testa e studiava come un mulo, niente scandali, niente situazioni particolari... la moglie era una che ha conosciuto lì, anche lei con la testa a posto... noia mortale, uno studente come li vogliono là dentro...».

Carella sbuffa il fumo dalle narici e guarda Selvi, come dire: dai, tocca a te.

«Ho parlato con questo Augusto Ferri», dice Selvi, che ha tirato fuori un taccuino anche lui, «... questo che era tanto amico del Crisanti».

Tutti lo guardano. La signora Rosa mette sul tavolo i piattini con dei triangoli di torta perfettamente identici, sezionati al millimetro come se avesse usato il laser. Crostata al cioccolato. Poi va di là a prendere i bicchieri.

«Allora, e questo lo sappiamo, la famiglia Crisanti stava molto bene già prima che quello cominciasse a fare i suoi traffici. Industriali dell'acciaio, commesse pubbliche, poltrona in Confindustria, eccetera, eccetera... Il rampollo Crisanti il Ferri l'ha conosciuto in America, precisamente a Boston. Lui era già lì, facoltà di Statistica, mentre il Crisanti aveva scelto Architettura... due italiani ricchi, giovani, fuori sede... non gli andava bene il campus e si sono presi un appartamento... ho dovuto pure sorbirmi tutti i racconti sulle ragazze...».

«Dai, Selvi, su», dice Carella, spazientito.

La signora Rosa lo guarda e pensa che quell'uomo... quel post-ragazzo, ha qualcosa che non va. Soffre, ecco, e lei che non è mai stata mamma prova qualcosa che non sa dire, ma le dispiace per lui.

«Allora, la cosa strana, per me, è che il Crisanti è arrivato lì senza sapere niente. Di solito chi va a studiare in America si informa prima, fa delle ricerche... lui, dice 'sto Ferri, no. Sembrava paracadutato all'improvviso. Anzi, ricorda che le iscrizioni erano chiuse, e la famiglia sganciò dei bei soldi – donazione all'università – per farlo accettare, un po' fuori dalle procedure, insomma. E pare che a lui non gliene fregasse granché, degli studi, il minimo sindacale per non essere cacciato a calci nonostante i soldi di papà. Preferiva giocare a basket e fare strage di cuori... aveva un duetto Alfa Romeo, come quello del *Laureato*... chi era, Dustin Hoffman? E insomma, se la spassava...».

«A cosa ci serve questa roba?», dice Ghezzi.

«Un po' ci serve», dice Selvi, «perché il Ferri, che sarà un cialtrone, ma non è scemo, dice che il Crisanti non stava solo studiando male e vivendo bene, ma scappava da qualcosa. O almeno si era fatto questa idea. A un certo punto aveva anche pensato che avesse combinato qualche casino con le donne, in Italia, non so, una compagna di liceo che si era vista crescere il pancione... ma poi erano solo sue illazioni... anche perché quella gente lì 'ste faccende le risolve in un altro modo, mettendo mano al portafoglio, non facendo emigrare il figlio. Comunque il Crisanti di quello che aveva lasciato in Italia non diceva niente, non ne parlava mai, voleva solo godersela con i soldi di papà in attesa di fare i suoi, e voleva farne tanti. Però, insomma, dice questo Ferri – ora fa il sociologo e insegna alla Statale – gli aveva dato l'impressione di uno che cambiava da così a così e che quella lì in America fosse davvero una nuova vita...».

«Nell'81 quanti anni aveva il Crisanti?», chiede Ghezzi.

«Era del '58, quindi... ventidue, ventitré».

«Un po' presto per tirare una riga sul passato e farsi una nuova vita, no?».

Carella prende un bicchiere dal tavolo e beve un sorso di spumante. La torta non l'ha nemmeno toccata e anzi ha annuito quando Sannucci gli ha chiesto se poteva prendere la sua.

«Qui ho qualcosa io», dice.

Tutti lo guardano. Piano piano il puzzle si compone, dunque. Benissimo.

«Calogero Pirri», dice, «ha ottantadue anni, gioca a briscola come un campione e vive in un bilocale alla Barona che sembra l'archivio della Biblioteca Nazionale. Ha fatto il cronista di nera al *Il Giorno*, dalla fondazione, nel '56, quindi sa tutto di tutti...».

«Ne vuole ancora, giovanotto?», dice la signora Rosa a Sannucci, che ha già mangiato due fette di torta e ne vorrebbe altre quindici.

«Se c'è...», dice quello, un po' in imbarazzo.

«Allora, ecco qui. Il Crisanti figlio era un bel dito nel culo per il Crisanti padre, almeno fino all'81. Aveva fatto il liceo figo di Milano, il Parini, e lì era davvero una testa calda. Come si diceva ai tempi, un cane sciolto... non faceva parte di un gruppo preciso, entrava, usciva, frequentava i gruppetti più duri, aveva il culo parato dai soldi di papà e quindi non aveva le prudenze degli altri rivoluzionari con casa in centro, i borghesi normali, diciamo...».

«Va bene fare il cronista», dice Selvi, «ma queste cose il Pirri come le sa?».

«Le sa perché dopo, negli anni Novanta, quando il Crisanti era già diventato un'eminenza grigia dei poteri forti, si era messo a scrivere un libro sulle speculazioni immobiliari a Milano e aveva fatto delle ricerche... il libro poi non è mai uscito, ma lui ha ancora i suoi appunti...».

Carella si accende un'altra sigaretta.

La signora Rosa pensa che c'è qualcosa che non va, che non basta il lavoro per avere dentro tutto il nervoso e lo scontento che ha quello lì, che il ragazzo è...

163

solo, ecco. E che la cosa non gli piace, ma non sa fare altro.

«Insomma, il giovane Crisanti era un duro, forse doveva essere più duro per prendere meglio a cazzotti la sua contraddizione: mentre organizzava i cortei contro i padroni, il padre sedeva in Confindustria ed era considerato un falco... uno di quei casi in cui il conflitto generazionale... vabbè, non fatemi fare il sociologo del cazzo... scusi, signora».

Ghezzi sembra assopito, ma naturalmente sembra soltanto. Sta mettendo in fila le cose e gli sembra di vedere una luce, piccola, là in fondo, un bagliore quasi invisibile, che però è meglio del buio totale. Carella continua:

«Insomma, il figlio era imbarazzato dal papà capitalista, uno di quelli a cui teorizzava che bisognasse sparare in testa, e il papà era imbarazzato per il figlio. Il Pirri racconta l'episodio della Scala, che in effetti fa ridere... nel '78, o '79, c'è stato il solito assalto alla prima della Scala, sapete quelle cose, molotov, vernice sulle pellicce, scontri con la celere... era un classico, ai tempi. Il Crisanti giovane tirava i sassi in piazza della Scala, in via Verdi, in via Manzoni, e intanto il padre con la signora vestita Valentino entrava dalla porta principale con il frac e il papillon... il Pirri ci aveva scritto una notiziola a una colonna che si intitolava "Padri, figli e barricate", una ventina di righe, ma scritte bene e divertenti... Insomma, per levarselo dalle palle, il Crisanti padre aveva prima cercato di comprarlo, la macchina, soldi, vacanze esotiche... ma quello, il Crisanti figlio, niente. A diciannove anni aveva già il suo appartamentino, in via San Marco, un trilocale che però era diventato una specie di covo di sbandati, la polizia ci era entrata un paio di volte e aveva trovato qualche spranga, bottiglie, taniche di benzina, passamontagna... il Pirri mi ha fatto vedere un paio di foto... istruttive... su una parete c'era appeso uno Schifano autentico, per dire, una roba che ai tempi valeva già qualche milioncino, e vicino la scritta a spray... "Basta coi gruppi parolai / diamo le armi in mano agli operai"».

«Non agli operai di papà, però», dice Selvi, che fa una smorfia di disgusto.

«No, quelli venivano buoni per comprarsi lo Schifano», dice Ghezzi. È disgustato anche lui.

«Insomma, poi a un certo punto, nell'80 o nell'81, 'sto giovane Crisanti era scomparso di colpo. Aveva evitato il militare, tipico, se l'hanno fermato o arrestato qualche volta non si sa, suppongo che papà abbia mandato avvocati buoni a dire: lei non sa chi siamo noi... insomma... Quando è ricomparso era l'86, e nemmeno il tempo di sbarcare dall'aereo che era già un giovane rampante socialista. Poi, nessuno si era stupito quando era passato alla destra, ma sempre sottotraccia, da... consulente per gli affari col Comune più che da esponente politico. Aveva aperto il suo ufficio in centro, piazza Cairoli, davanti al Teatro Dal Verme, dove riceveva questo e quello. Per Tangentopoli fu sentito qualche volta, ma niente di che, insomma, le inchieste lo avevano solo sfiorato, ed era diventato in pochi anni l'uomo di fiducia di tutti gli squali del mattone. Ditemi un'area passata di mano a Milano dal... diciamo dal '92-93 in poi e lui ci aveva messo qualche buona parola e qualche firma. Insomma, la resistibile ascesa...».

Che bel quadretto, eh? pensa Ghezzi. E siccome lo ha pensato decide anche di dirlo.

«Allora forse un piccolo legame tra i due morti lo abbiamo trovato... Il Gotti ventenne che fa Scienze politiche alla Statale e si sbatte per la rivoluzione proletaria adagiato su un piccolo feudo di bistecche che diventerà un impero; quell'altro, il Crisanti, che gioca alla giustizia proletaria anche lui... avranno combinato qualche casino, perché tutti e due a un certo punto... e nello stesso punto, a metà del 1981, cambiano vita di colpo, come fulminati... come se avessero scoperto che il potere al popolo non era più questa grande idea...».

Carella annuisce. Selvi sta seduto e medita per conto suo. Solo Sannucci non ci capisce un cazzo, perché lui quelle storie lì non le sa, o almeno le sa malamente. Sa delle Brigate Rosse, Moro, i pentiti, le bombe sui treni e nelle stazioni, anche se quelli erano quegli altri... insomma, l'aria di quei tempi gli sfugge, gli sembra un minestrone indigeribile di cui non riconosce gli ingredienti. Sarà che è dell'83, e quando andava all'asilo quel delirio assurdo era già finito.

«Dobbiamo scavare lì», dice Carella, «è la pista migliore che abbiamo».

«Anche l'unica», dice il Ghezzi, e sa che ora tocca a lui, quindi si mette più comodo sul divano, appoggia il piattino vuoto sul tavolo e lascia tutti a bocca aperta.

«Darei la parola all'agente scelto Rosa Ghezzi», dice. Quelli sgranano gli occhi.

«Dai, Tarcisio, non prendermi in giro», si schermisce lei. Però si mette dritta sulla sedia, inforca gli occhiali, prende un fascio di fogli scritti a penna fitti fitti e comincia a parlare.

«Ho studiato tutti i filmati delle telecamere», comincia.

Carella, Selvi e Sannucci si guardano come se dalla porta fosse entrata Brigitte Bardot con un giaguaro al guinzaglio, ma la signora Rosa va avanti senza scomporsi.

«Allora, in via Mauri, dove hanno ammazzato il povero signor Gotti, la telecamera migliore è quella del negozio, sta all'angolo, quello di vestiti per bambini. Non si vede niente dell'omicidio e le riprese partono da mezzogiorno di due giorni prima... i dischi sono questi qui», e mette una mano su una piletta di cd.

Tutti la guardano.

«Prima ho controllato se qualcuno passeggiava o camminava guardandosi in giro, ma... niente, almeno niente di sospetto, il solito via vai... non è una via di passaggio, credo che ci passi chi abita lì o chi abita nelle vie vicine... comunque nessuno con il naso all'insù a cercare telecamere, e lo stesso in via Sofocle. Lì pedoni, e anche macchine, ne passano ancora meno, solo gente che ci abita o ci lavora... i domestici... quasi quasi dopo un po' riconoscevo le facce, comunque le registrazioni le cancellano in fretta, perché abbiamo solo quelle del giorno del delitto...».

Nessuno osa dire «allora?» come farebbero con gli altri, ma la signora Rosa è tutta efficiente e compresa nel ruolo e non c'è bisogno di pregarla.

«Allora ho preso le targhe», dice, e mostra quei fogli scritti fitti.

«Quasi tutte si leggono bene, alcune sono incomplete, ma poche...», lo dice come per scusarsi, «qui c'è l'elenco. Ora, targa... Il numerino tra parentesi dice le volte che è passata la stessa macchina, quelle sottolineate sono le targhe di quelli che hanno posteggiato nella via o che erano già parcheggiati e sono partiti...».

Carella fa un fischio di ammirazione. Un lavoraccio, la signora.

Poi si avvicina e prende in mano i fogli. Nemmeno una cancellatura, un ordine che sembra roba stampata, mentre invece è scritta in stampatello.

«I cerchietti rossi?», chiede.

«Le targhe incomplete, manca un numero o due, quando la sapevo ci ho messo la marca della macchina... i modelli esatti non li so».

«Queste emme?».

«Moto o motorini», dice la signora Rosa, che cerca di capire dagli sguardi se ha fatto un buon lavoro, anche se il marito le ha già detto di sì, che è stata bravissima...

«Signora, lei è sprecata qui a fare le cotolette», le dice Selvi, e quella si illumina come l'albero di Natale in piazza Duomo.

Ora alzano i bicchieri scompagnati in un piccolo brindisi. Fanno ancora quattro chiacchiere finché Carella dice:

«Va bene, lasciamo in pace la famiglia Ghezzi. Se va bene a tutti ci vediamo qui domani mattina... alle nove è troppo presto, signora?».

«Presto? Io alle sette sono in piedi!», dice lei. Orgoglio di massaia, manca solo che si metta sull'attenti e batta i tacchi, pensa il vicesovrintendente Ghezzi.

Allora Carella si rivolge a Sannucci e Selvi:

«Voi no, voi andate alla motorizzazione e mettete in fila nomi e indirizzi che corrispondono alle targhe, cercate di farcela in mattinata, sono... quante, un centinaio?».

«Centosessantatré in via Mauri e cinquantuno in via Sofocle», dice la signora Rosa, «ma molte sono doppie o triple, cioè... passate due o tre volte».

Sannucci e Selvi si guardano. Se si dividono bene il lavoro possono farcela in mattinata, si mettono d'accordo per vedersi alle otto.

Ora che la casa è libera e ci sono solo loro due, Rosa mette a posto i piatti, il vicesovrintendente Ghezzi si versa lo spumante che è rimasto sul fondo della bottiglia e comincia a spogliarsi. Ci vuole un bel sonno, pensa, anche se sa che con la Rosa così presa dalla sua promozione sul campo, così agitata...

Infatti lei lo segue senza smettere di parlare.

«Che sono stata brava, però, me lo potresti dire, eh, Tarcisio?».

«Ma guarda che te l'ho detto, Rosa, è un po' presto per la medaglia al valore, eh!».

«Che poi, la metti tanto giù dura col tuo lavoro, e invece guarda qui, lo so fare persino io».

«Non è che le indagini si fanno solo guardando la tivù, Rosa... sei stata brava, non ti allargare, adesso».

Così lei mette giù il muso e sta zitta. Lui pensa che è meglio così e va in camera da letto.

Fine '80, inizio '81. È successo qualcosa lì, qualcosa di grosso... ma cosa? Ne succedevano tante... e soprattutto: cos'è che può far incazzare qualcuno trentasei anni dopo? E incazzare parecchio, anche, perché va bene che la vendetta si mangia fredda eccetera eccetera, ma questa qui, ammesso che sia una vendetta, è congelata da un sacco di tempo.

Quindici

María è entrata usando le chiavi e non ha fatto rumore. Ha appoggiato una piccola valigia vicino all'ingresso, si è tolta le scarpe e ha percorso il corridoio in punta di piedi, liberandosi ad ogni passo dei vestiti, gonna, camicetta, biancheria. Così lui non si è accorto di niente finché non ha avvertito un movimento delle lenzuola e ha sentito il profumo, un misto di muschio e di erbe selvatiche, un calore vicino che gli si appoggiava addosso. Ha allungato una mano e ha sentito i muscoli del ventre piatto, morbido e teso... ha avuto... cos'era, un sussulto? Un mancamento. Come quando nei sogni pensi di cadere e provi una piccola vertigine.

Allora Carlo ha aperto gli occhi e guardato alla sua sinistra. Ha visto il suo braccio e la sua mano appoggiati sopra le lenzuola bianchissime e nient'altro...

Ora richiude gli occhi, li strizza proprio, per ritrovare quella sensazione del sogno che se n'è andato, ma niente. C'è solo lui, un filo di luce che entra, la sveglia che dice: undici e dieci.

Ora però sono in due: lui e la fitta di dolore tra il cuore e l'ascella sinistra, come una lama, no, uno spillone, uno di quegli stiletti che le gran dame usano per

171

agganciare i cappelli alla testa e sentirsi eleganti, e poi vanno alle corse di Ascot.

La strada verso la doccia gli sembra la maratona di New York, e poi deve farne un'altra fino al tavolo della cucina, dove c'è un post-it giallo scritto con la calligrafia acuminata di Katrina: «Signor Carlo dorme, io lascia dormire. Caffè solo di accendere. Cucinato tante cose se signor Carlo invita amici per trasmissione».

Ecco.

Questo gli ricorda che è mercoledì, quella sera va in onda *Crazy Love,* e i motivi per buttarsi dalla terrazza stanno diventando numerosi, se li segnasse tutti su foglietti come quello potrebbe riempire un tir. Ha dormito quasi dodici ore ed è più stanco di prima, e quel risveglio, poi...

Si siede al tavolo della cucina e comincia a sfogliare i giornali mentre la moka fa il suo lavoro, dal frigo prende solo spremuta d'arancia e yogurt, ma non può evitare di fermarsi un attimo ammirato: sembra il buffet del Grand Hotel.

Sui giornali impazzano i delitti dei sassi. Persino le solite faccende politiche sono finite nelle pagine interne, perché il primo sfoglio è tutto su Milano, il sangue versato, il nuovo terrorismo, la minaccia islamista. Un vibrante articolo di fondo titola: «Anni di piombo?», e Carlo immagina la riunione nervosa in redazione, nella stanza del direttore, per decidere se mettere o no quel punto di domanda. A pagina due c'è una lunga intervista al ministro dell'Interno, che tranquillizza tutti i cittadini onesti e, tranquillizzandoli, porta taniche di benzina verso l'incendio. Comunque, si è deciso di rafforzare la presenza dell'esercito in città, manco fossimo nella giungla boliviana. Poi c'è il punto sulle indagini e le immancabili ipotesi di scrittori, cantanti, presentatori televisivi e allenatori di calcio. Il cardinale di Milano aveva convocato una veglia di preghiera per questa sera, ma poi l'ha spostata a domani, perché stasera c'è la Champions League, il Signore non si offenderà, e magari guarderà pure lui il Barcellona... Comunque la veglia sarà dedicata alle vittime del terrorismo in città, alle vittime «presenti e future», per dire di come serpeggia l'ottimismo.

Carlo sgrana il rosario dei quotidiani.

Ora trova una fluviale intervista al profiler israeliano. Può tracciarci un identikit psicologico degli assassini? Certo, come no: sono mentalmente disturbati, con deliri di onnipotenza, difficoltà di connessione con la società, età compresa tra i trenta e i cinquanta, infanzia difficile. Ci manca solo la mamma zoccola e l'alopecia, pensa Carlo, e poi li prendono.

La cronaca è quello che è – pochi fatti e tante domande – ma il contorno, il chiacchiericcio, tocca livelli eccelsi. Un architetto famoso avanza la sua ipotesi, sottolineando che è solo un'ipotesi, però la dice lo stesso, così, per ipotesi. A Milano non c'è la Moschea, a differenza delle grandi capitali europee, e quei sassi vogliono dire: dai, su, milanesi, costruiteci la moschea, se no vi facciamo fuori tutti, uno a uno. Persino il cronista stenta a crederci e ripete la domanda: quindi secondo lei la matrice sarebbe islamica? Ma in questo caso cosa c'entra un macellaio? E quell'altro, sottolineando che è solo un'ipotesi, risponde che mica era un macellaio halal, e che quindi, giovanotto, si è risposto da solo, anche se naturalmente è solo un'ipotesi.

Poi tutti i quotidiani tirano acqua al loro mulino, o alla loro linea, cercando di incastrare uno che ammazza la gente con il proprio imprinting editoriale. I sospettosi dietrologi si chiedono come mai l'indagine sia passata di mano: c'entrano qualcosa gli affarucci poco chiari del Crisanti? La stampa economica fa notare che la paura, più delle politiche monetarie, fa calare il Pil, mentre i giornali romani faticano a trattenere un sottile compiacimento per quel che succede in quel paesone lassù al nord, Milano, che doveva essere di esempio alla nazione, e invece...

Sui giornali della destra, Carlo sfoglia pagine e pagine di giaculatorie sulla sicurezza, una macchia d'olio che si allarga. La paura nel quartiere, nella città, nel Paese, in Europa, nel mondo. Noi contro loro. Le religioni. Gli eserciti. In meno di quaranta righe due morti ammazzati a Milano sono diventati il primo verso dell'Apocalisse.

C'è anche un trafiletto con la foto della diva Flora De Pisis, vestita come per un ricevimento a corte, che dice: «Non perdetevi la puntata di questa sera, perché *Crazy Love* indagherà sui terribili omicidi di Milano, con ospiti che ci racconteranno il loro lutto e la loro dolorosa perdita».

E questo, se possibile, conficca lo spillone ancora più a fondo nel petto di Carlo, che si alza e fa partire lo stereo. Lì, sul tavolo del salone coi divani bianchi, recupera il telefono.

Ci sono tre chiamate non risposte e un messaggio che dice: «E rispondi, cazzo!».

Oscar.

Carlo torna in cucina, finisce il caffè e lo yogurt, poi porta la spremuta in salotto, si siede, abbassa il volume della musica – Bob Dylan, Live in Eugene, Oregon, 1999 – e si decide a chiamare.

«Dimmi».

«Dove cazzo eri?».

«Dormivo».

«Il solito vizioso».

«Senti, Oscar, ti avviso, non è giornata, scusa, davvero, ma sono in piedi da dieci minuti e sono già pentito, quindi se devi solo rompere il cazzo ci risentiamo, eh?».

«Minchia che buon umore... vabbè, è per stasera e mi servi, non fare lo stronzo, anzi vedi di fartela passare, che mi servi lucido».

«Stasera cosa?».

Sì, ce l'ha anche lui la sensazione di fare la figura del cretino, ma ogni tanto fa bene sentirselo dire.

«Sei scemo? Il ladro, l'anello... dai, Carlo, svegliati!».

Sì, sì, come no, l'anello della madre di Katia Sironi, il suo ruolo da killer, non è che può lasciare il set adesso che c'è profumo di Palma d'Oro.

«Stasera a che ora?».

«All'una, un bar di signorine allegre dietro corso Lodi, un postaccio, ma l'ha scelto il ladro e non è che si può fare i difficili... ma noi dobbiamo vederci prima, però».

«Tu sì che sai come tentare un uomo», dice Carlo, che si sta riprendendo. E poi: «Io devo vedere il programma, stasera, quindi se passi di qui mangiamo e andiamo».

«Bene, a dopo», dice quell'altro, e mette giù.

Ora Carlo Monterossi pensa se fare un salto là, alla Grande Fabbrica della Merda, e forse dovrebbe, perché per una puntata così importante la sua assenza verrà notata. Invece si allunga sul divano e guarda il soffitto, lo guarda a lungo, come se dovesse spostarlo con gli occhi. Ha aperto la porta finestra che dà sulla terrazza e si gode la pioggia di marzo che batte noiosa, fresca, fine come sabbia.

Ora chiude gli occhi. Dylan sta cantando piano:

I thought somehow that I would be spared this fate
*But I don't know how much longer I can wait.**

Poi si lascia passare addosso la giornata.

Si siede all'enorme scrivania dello studio, accende il Mac e butta giù qualche appunto. Ci sta girando intorno, e lo sa.

---

* Bob Dylan, *Can't wait*: «Credevo che in qualche modo questo destino mi sarebbe stato risparmiato / E non so per quanto tempo posso aspettare».

Perché va bene quello che Dylan pensa e dice dell'Apocalisse, della salvazione e del blues, e anche dell'incrocio delle linee ferroviarie che segnano il confine tra dove la musica sapeva di terra e merda di cavallo e dove invece metteva la spina e diventava elettrica... ma alla fine è quello che dice dell'amore e sull'amore, che ne fa un maestro vero. Un arco etrusco in cui ogni pietra sostiene l'altra, dove l'illusione e la delusione si incontrano e si puntellano a vicenda, furore e tenerezza, astio e passione. Incontro e scoperta contro addio e risentimento. Tra questi estremi, che non si darebbero se non andassero in coppia, ostili tra loro ma indivisibili, c'è quello che Carlo vuole dire nel suo trattatello, se mai si deciderà a scriverlo.

Ma come buttar giù a parole, senza musica, quello che il poeta ci dice, «*L'amore è la sola cosa che esiste, fa girare il mondo*» (*I threw it all away*, 1969), e il suo esatto contrario, scostante e irritato: «*non mi seccare con il tuo amore, ognuno per sé, non ti ho chiesto niente*»? Detto meglio, naturalmente, e cantato alla perfezione in *Fourth time around* (1966):

Non ho mai chiesto la tua stampella
Ora non chiedermi la mia.

Anche se alla fine, pensa Carlo seduto davanti allo schermo del Mac, su cui non c'è scritta nemmeno una riga, il verso che conta, che lo riguarda, che lo tocca davvero, è sempre quello, l'addio astioso e risentito di *Don't think twice, it's all right*, dove lui, che se ne va per la sua strada, sputa fiele, velenoso e incattivito:

Avresti potuto fare di meglio ma non mi interessa
Hai solamente sprecato il mio tempo prezioso.

Era l'inizio dei Sessanta, e la fidanzata del tempo non tornava dal suo viaggio in Italia, proprio come María, che ha detto «torno» e invece non torna. Un risentimento che Carlo non riesce a provare. Ma poi, in un'altra versione di quel pezzo suonato e risuonato un milione di volte, precisamente in quella che viene ora dallo stereo del salotto, a un volume che riesce a trapassare il corridoio e arrivare fin lì, come se fosse suonata da una band nel bar sotto casa, ecco che quella rabbia delusa diventa delusione soltanto. Come se il senso di ingiustizia venisse meno, cadesse come una vestaglia che scivola sul tappeto, lasciando la solitudine nuda.

Quasi trent'anni dopo, in quella canzone le ferite sono diventate una malinconia morbida, persino affettuosa. Sì, certo, Dylan non cambia il testo di quel vecchio successo che è una delle sue cose migliori di sempre, le parole sono uguali, ma il senso... il senso è tutto diverso. Sono andato via, ti ho fatto male, ma oggi mi sembra tutto così... ragionevole, così coerente...

Lo spillone tra il cuore e l'ascella punge ancora di più, ora.

Carlo sa che ci sarà un tempo in cui quel dolore sarà sopportabile, ma ora non gli interessa, è già difficile consolarsi con il passato, figurarsi con il futuro. E poi lui non ce li ha trent'anni per curarsi le ferite, cazzo. Lui rivuole María, sa solo questo.

Poi chiude il Mac e va a cambiarsi, e dopo poco Oscar è lì che curiosa nel frigo. Carlo mette una tovaglia sul tavolo del salotto, porta piatti e bicchieri, mentre Oscar si dedica al beveraggio.

«Gin o vodka?».

«Vodka», dice Carlo, «se dobbiamo morire, facciamolo in fretta».

Così ora sul grande tavolo c'è un piatto di vitello tonnato, enormi cetrioli che Katrina, da brava soldatessa dell'Est non fa mancare mai, nachos per il guacamole, insalata di tonno e arance e una brocca di vodka tonic in cui galleggiano cubetti di ghiaccio e mezzo limone.

Il televisore è acceso e Flora De Pisis, investita dalla luce bianchissima che le spiana le rughe, sta arringando le folle impaurite. Il televisore è così enorme e piatto, i colori sono così vividi e veri che sembrano in tre, lì a tavola, Carlo, Oscar e Flora che, quasi trattenendo le lacrime, sta dicendo:

«Noi vogliamo vivere le nostre vite, belle o brutte che siano, ma viverle, capito? Perché volete ucciderci?».

Si sta rivolgendo direttamente agli ipotetici terroristi, o a un miliardo di musulmani, o a chissà chi, probabilmente lo sa solo lei.

«Vogliono ucciderla?», chiede Oscar.

«Spero di sì», dice Carlo.

Poi Flora mostra il sasso che ha in mano. Un sasso. Lo getta via, da qualche parte nello studio, Carlo spera che abbiano fatto le prove, prima, se no può colpire qualcuno del pubblico.

«Ecco cosa facciamo dei vostri sassi e del vostro odio! Li gettiamo via! Li rifiutiamo! Noi vogliamo la vita!».

Oscar ride di gusto. Carlo si chiede come cazzo ha fatto a infilarsi in una simile porcheria, a inventarsela, addirittura.

Poi è il momento degli ospiti. Entra per prima la vedova Crisanti, la prima moglie del secondo morto.

Avrà cinquant'anni o giù di lì, vestita come una signora della sua età, senza esagerazioni, senza orpelli inutili, ma i gioielli già dicono tutto. Con una collana così un dipendente statale può farsi licenziare per assenteismo a cuor leggero e campare lo stesso benone, lui e la famiglia, fino alla terza generazione.

La signora tesse le lodi del marito, che «si era fatto da sé», anche se tutti sanno che era erede di un'industria dal fatturato notevole e si era trovato in mano una fortuna. Poi passa a dire quanto era bravo e buono quell'uomo, che aveva cresciuto due figli con tutto l'amore del mondo e li aveva anche mandati a studiare nelle scuole più prestigiose... Insomma, la prima signora Crisanti disegna il santino del marito defunto, sparato per la strada come un cane, ma l'agiografia si ferma quando arriva alla svolta. Perché poi quel sant'uomo aveva incontrato, non si sa come, quella... quella...

«L'attuale moglie», interviene Flora. Non lo fa per fermare la rabbia dell'altra, ma solo perché non è ancora il momento. Lo vuole eccome, il crescendo rossiniano, ma adesso è presto, bisogna scaldare la platea.

Flora lo sa, Carlo lo sa, ma il gentile pubblico pensa che sia umana.

Insomma, lui, quell'uomo affettuoso, se n'era andato con una che «poteva essere sua figlia», lasciando moglie e figli nell'indigenza: l'attico in corso Sempione, un bell'appartamento a ognuno dei due rampolli, la villa a Portofino e soldi per camparci sei vite senza guardare i conti. Ma Flora fa gli occhi del disgusto, come se la prima signora Crisanti uscisse ora da una miniera.

«Ma magari si era innamorato», butta lì Flora, solo per essere smentita.

«Macché innamorato!», sbotta quella. «Era solo sesso!».

Oscar ride: «Uh, solo sesso! Quel trascurabile dettaglio!».

«Vai a sapere», dice Carlo, «magari in quello stato di indigenza avevano un solo paio di lenzuola e la signora non voleva sporcarle».

Come se non bastasse, poi, il Crisanti da questa qui nuova aveva avuto un figlio e l'aveva pure sposata, due giorni dopo che il divorzio aveva fatto il suo corso come una malattia terminale, per lei; come una liberazione, una specie di 25 aprile, per lui.

Ora l'astio della prima moglie è tagliente come una scheggia di cristallo, e Flora sente che può affondare:

«Capiamo tutti il suo dolore, signora... ma lei ha qualche sospetto? Ha pensato a chi avrebbe voluto far male a suo... al suo ex marito?».

«Non saprei», risponde la vedova, «... sento tante fantasie, il terrorismo, i maomettani... ma il mio Cesare era benvoluto da tutti, gentile e corretto nel lavoro... davvero non me lo spiego... ma certo...».

«Certo?», incalza Flora De Pisis che vede uno spiraglio per la sua intemerata, quella che le regalerà primi piani così intensi da far sembrare Eleonora Duse una ballerina di terza fila.

«Certo che quando uno tradisce i valori in cui ha creduto per tutta la vita, quando prende una strada sbagliata... può accadere di tutto...».

Insomma, la signora non ha la più pallida idea di chi le abbia fatto secco l'ex marito, certo che se lui non si faceva abbindolare da quella troia giovane... in soldoni sta dicendo questo, no?

Oscar ride apertamente: «Che sagoma, la sciura... dovrebbe fidanzarsi con il profiler israeliano, mi sa che vanno d'accordo».

Ora ride anche Carlo, ma smette subito, perché sa che adesso va in scena il dramma, e si fa sul serio.

Infatti la signora esce, parte la pubblicità e quando si rientra in studio sulla poltroncina bianca di fronte a Flora c'è una ragazzina minuta, dai lineamenti gentili.

Non si può dire se sarà una bella donna, a quell'età certo non ancora, ma la ragazza promette bene. Sta seduta composta dentro un vestitino nero che fa molto vedova adolescente, con le aperture nei punti giusti, non abbastanza corto per essere chiamato minigonna, non abbastanza lungo per nascondere le cosce toniche quando la ragazza accavalla le gambe. Ha un paio di anfibi bordeaux che, a dispetto di quello che dice il reparto costumi, le donano assai, i capelli con una striscia di verde e un piccolo orecchino al naso.

«Ciao, Greta», dice Flora De Pisis come se parlasse a un gattino prima di metterlo sotto col trattore.

«Ciao». Ha una voce calda e un leggero accento francese, ma non proprio un accento... un retrogusto, ecco.

Flora si lancia nella presentazione della ragazza, che la sfortuna ha già colpito duramente, perché ha perso la mamma, e ora la tragedia del padre... Gli studi in Svizzera, dai nonni materni, e poi la terribile notizia, l'angoscia, la tristezza infinita di essere rimasta sola...

«Perché ora sei sola, vero, Greta?».

«Ho i nonni... sì... sono sola», dice quella, a cui si sta incrinando la voce. Questo provoca un moto di stizza in Flora De Pisis, come se pensasse: non ancora, cazzo! Non mi piangere adesso!

Allora fa il giro largo:

«E cosa studi, Greta?».

«Liceo artistico con specializzazione multimediale, farò la film-maker, ho già girato un documentario su un gruppo post-punk rumorista tedesco... i Die Stinkenden Lärm, avevo una storia col chitarrista... suono il pianoforte, dipingo...».

Certo, se la ragazza, così piccola, giocava al dottore con un animale post-punk rumorista, ora la strada per farne l'orfanella stile Heidi diventa impervia, pensa Carlo... un punto per Alex, l'autore giovane...

«Parlami del tuo papà, vuoi?».

«Vorrei», dice Greta, «ma non lo conoscevo molto...

avevo sette anni quando sono andata dai nonni, e lui veniva due volte all'anno, per qualche giorno...».

Flora ora guarda in camera con gli occhi che dicono: ma sai che 'sti terroristi, tutto sommato...

«Gli volevo bene, sì», continua la ragazza, «dovevamo fare un viaggio, dopo la maturità, io e lui, in America, sa, i motel, le strade secondarie... Ci tenevo tanto...». Ora è veramente sull'orlo della crisi di pianto, e sembra persino sincera. Ma Flora non è soddisfatta:

«Regalaci un ricordo di lui, Greta... una cosa che ti è cara, che ti fa sorridere quando ci pensi...».

«Era bravo coi giochi di parole... cioè, mi diceva una parola e giocavamo a storpiarla e a cambiarla... è difficile da spiegare, ma insomma, sì, mi faceva ridere... poi papà aveva un segreto...».

Flora si fa attenta come un cardiochirurgo mentre gioca a tennis.

«Un segreto?».

«Sì, qualcosa che aveva fatto da giovane e di cui non parlava con nessuno... ma diceva sempre di pensarci bene, alle proprie azioni, che alcune poi diventano un peso per sempre...».

«E tu non vuoi dirci questo segreto?», dice Flora, «... magari può aiutare i signori che fanno le indagini...».

Carlo e Oscar drizzano le antenne, in attesa, come probabilmente i sette-otto milioni di spettatori che stanno guardando *Crazy Love*.

«No, io non lo so... se è un segreto!», dice quella, come se fosse la cosa più ovvia del mondo, cosa che in effetti è.

«E qualcuno lo sa, questo segreto?».

«Non credo... non lo sapeva nemmeno mamma, e so che si volevano bene e si dicevano tutto... beh, quasi tutto, se non lo sapeva, no? Ma non so che tipo di segreto fosse, magari era solo un suo modo di dire di stare attenti, di comportarsi bene...».

Si vede che insegnano logica, nella scuole svizzere, pensa Carlo.

La diva Flora è davvero seccata. Questa cosa del segreto non porta da nessuna parte e quella si è persino ripresa, ora farla piangere sarà un problema. Ma mai sottovalutare Flora De Pisis...

«Però, Greta... tu hai un fratello... non sei sola... ora che papà non c'è più il tuo fratellone ti starà vicino, no?».

«No, per fortuna... è un tale stronzo...».

Ora Flora si avvicina alla telecamera, che fa una zoomata sul suo volto inondato dalle luci bianche... fa brillare gli occhi, sbatte le ciglia più volte e assume l'espressione della comprensione estrema, di più, della complicità e della sorellanza:

«Il dolore... il dolore ci fa dire cose che non vorremmo, certo... la fragilità di questa ragazza, una giovane negli anni della formazione che ha perso il padre, ha perso la madre, il fratello non l'aiuta... cosa sarà di questa ragazza... oggi tutti pensiamo a suo padre barbaramente assassinato... ma lei? Che futuro avrà? Come attraverserà i grandi prati della vita?».

Dice proprio così, Flora: i grandi prati della vita. Pazzesco, pensa Carlo.

Così quella per un momento smette di pensare a quanto è stronzo il fratello, agli anfibi bordeaux e al vestitino di Moschino e viene colta da una paura vera: già, e io?

Flora vede lo spiraglio nella porta e ci infila il piede come i venditori di aspirapolvere.

«Come vedi il tuo futuro, Greta?».

«Io... io non lo so...».

«Ma certo, avrai i tuoi amori, magari dei figli... le cose belle arrivano sempre, Greta, anche se tu, per adesso...».

È un colpo basso, ovvio. Ma è anche il motivo per cui la gente vede quella merda in tivù. E poi Carlo scommetterebbe che quella lì, milionaria di diciott'anni, coi capelli verdi e gli scarponi, cresciuta nella bambagia elvetica, tanta pietà nel popolino del mercoledì sera non la suscita certo...

«Tutti, prima o poi, hanno un colpo di fortuna, una svolta nella vita», dice Flora De Pisis, che sta preparando il cazzotto del ko, «... certo, quando mancheranno i nonni... sono anziani vero?». Ha fatto il conto della serva: se il padre aveva sessant'anni, la moglie ne aveva una cinquantina, quindi quelli là, su nei pascoli con le caprette che fanno ciao, devono essere sull'ottantina, e tra un po' le caprette gli fanno ciao veramente.

Ora la giovane Greta si vede già orfana di padre, madre e nonni, con un fratello stronzo e un avvocato che probabilmente la imbroglierà per tutta la vita, e quindi sì, scoppia in un pianto dirotto e irrefrenabile, singhiozzi veri, annaspa con il fiato e rilascia nell'ambiente lacrimoni che rotolano sul vestitino... non c'è come prendere uno che ha subìto una disgrazia e dirgli «disgraziato!», per farlo star male.

Con la ragazza in controcampo che frigna come un vitellino, Flora ruota la sua poltroncina bianca e guarda dritto nella telecamera con un'aria contrita spruzzata di trionfo:

«Ecco, questa era Greta... una ragazza sola che ora combatterà come una tigre per la sua vita... Grazie, Greta, siamo tutti con te, siamo tuoi amici, siamo milioni, pensa quanti amici hai, non sei sola!».

È il segnale che deve andarsene, e infatti la ragazza si alza, Flora l'abbraccia come se fosse la figlia che ha sempre voluto, la tiene stretta per un secondo, poi dice:

«Pubblicità».

Sedici

Il vicequestore Gregori ha ordinato un cappuccino nel bar sotto casa, dalle parti di Porta Romana, sono le otto del mattino e lui è fermo impalato davanti a una piccola vetrina piena di paste, indeciso. Il diabete, di concerto con la signora Gregori e il medico curante, direbbe senza dubbio «integrale liscia», lui, se potesse votare, ne sceglierebbe una piena di crema da far schifo, ma poi prevale il compromesso, e allora prende una brioche integrale al miele. Che senso ha risparmiare due punti di glicemia e poi andare là, in questura, a farsi esplodere il fegato? E poi quegli appuntamenti fuori sede gli danno l'itterizia, insomma, che giochetti sono, questi? Lui parla e pensa meglio dietro la sua scrivania, ovvio.

Alle otto e cinque minuti Carella entra nel bar. Non c'è niente da fare, anche se è vestito e sbarbato di fresco sembra sempre caduto da un camion della nettezza urbana, stazzonato e stanco.

«Capo», dice a mo' di saluto.

Gregori prende il cappuccino e la brioche e si sposta verso un tavolino. Carella ordina un caffè e lo raggiunge.

«Allora?». Incredibile, ma la domanda la fa Carella.

«Siamo in mano ai matti», dice Gregori.

«Intende la stampa? Mai letto tante cazzate in così pochi giorni».

«Magari fosse solo quello. Da noi comanda quella squadra di deficienti dei servizi, ieri all'alba sono andati a fare una retata di islamici dalle parti di Corsico, abbiamo avuto in mezzo ai coglioni per tutto il giorno una decina di imam barbuti che non sapevano nemmeno di cosa stavamo parlando, poi sono venute le donne per farsi ridare i loro mariti... una scena che non ti dico, se non ci fosse da piangere...».

«Le pistole?».

«Niente, la Browning che abbiamo trovato è un ferrovecchio che non risulta aver ammazzato nessuno, prima di adesso, è una cosa che si trova a duecento euro, se sai dove cercare, sempre pregando che non ti scoppi in mano. L'altra, dicono che con tutta probabilità è una Beretta, vecchia anche lei... ma non l'abbiamo trovata, e quindi... i proiettili erano troppo deformati, dai bossoli si sa solo che era roba vecchia».

«Gli islamici non c'entrano niente», dice Carella.

«Ma certo, ovvio, lo capirebbe anche un bambino».

«Ma insomma, siamo a zero?».

«Stanno scavando nei conti del Crisanti. Il Gotti pulito come una monaca, lui invece... conti esteri, paradisi fiscali, soldi che non si spiegano».

«Ah, aveva un sacco di contanti nella barca ancorata a Stintino, ho mandato a vedere i colleghi di là».

«Quanti?».

«Ventimila euro e altrettanto in dollari, la barca piena di roba, come pronta per partire...».

«Vabbè, un classico di quelli lì... hanno messo i sigilli?».

«Sì».

«Bene, così butto un osso a quei cretini che corrono dietro ai musulmani», sospira Gregori. Sta pensando che quella riunione al bar non è stata del tutto inutile. Poi gli viene in mente una cosa: «Hai visto il programma di quella scema, ieri sera?».

«No, quale scema?».

«Ma sì, quella... De Pisis...».

«E?».

«E... c'era la ragazzina, la figlia del Gotti, quella che hai sentito tu... a un certo punto ha detto che il padre aveva un segreto... allora siamo andati a prenderla, lì, appena finita la diretta, e l'abbiamo portata in questura. I romani dicono che l'abbiamo sentita in modo troppo morbido, mentre loro... insomma, l'hanno spremuta un po'. Cazzo, che tipino!».

«In che senso, troppo morbido? Una bambina che stava in Svizzera, certo non è stata lei a fare secco il padre... A me sembrava solo una ragazzina impaurita».

«Eh, adesso sarà ancora più impaurita, perché quelli le hanno fatto il terzo grado, finché non è arrivato il suo avvocato svizzero a fare il diavolo a quattro... comunque niente, il famoso segreto del Gotti morto era forse un modo di dire del padre, lei non sapeva niente, abbiamo chiesto anche al fratello, per telefono da Londra, ma è caduto dalle nuvole, ha detto che la sorella è un po' scema e che lui aveva tentato di impedirle di andare in tivù...».

«Non è il programma del Monterossi, quello?».

Gregori alza gli occhi al cielo. Carlo Monterossi lo hanno già incrociato, quei due, e sanno che ha il dono di mettersi nei casini come pochi altri. Il fatto che in un paio di occasioni avesse visto giusto non vuol dire che lo vogliono fra i piedi.

«Ci manca solo quel coglione», dice Gregori.

«Ma non credo... è un bel po' che quel programma si occupa di cronaca nera, si figuri, capo, se con due morti così a Milano non mettevano su il loro circo...».

«Ma sì... come vedi non abbiamo in mano niente... voi?».

«Qualche idea ce la siamo fatta, ma tutta roba vaga, più che altro intuizioni del Ghezzi, roba che sta in piedi, ma solo per ipotesi».

«Sentiamo, meglio un'ipotesi strampalata delle cazzate che dice quel cretino israeliano... che poi ho scoperto che il ministero gli ha fatto un contratto di consulenza con cui io manderei avanti la questura per un anno... guarda, lascia perdere...».

Ora Carella non sa fino a che punto sbilanciarsi. Se l'idea che si sono fatti loro convince Gregori, capace che quello, pur di levarsi dalle palle gli invasori del ministero, se la rivende subito... se invece pensa che sia una cazzata loro fanno una brutta figura col capo, che potrebbe mandarli in vacanza sul serio.

Poi decide di giocare pulito.

«Pare che sia il Gotti sia il Crisanti, da piccoli, siano stati ragazzotti cattivi... politica, autonomia operaia, rivoluzione, quelle cose lì, ma non nei gruppetti, cani sciolti, come si diceva a quei tempi là».

«Tu hai quarant'anni, Carella, che ne sai di quei tempi là?».

«Anche i Beatles si sono sciolti nel '69, capo, non è che per questo non sentiamo *Let it be*, eh!».

Gregori incassa, sta pensando.

«E allora?».

«Ghezzi si è fatto l'idea che siccome dev'esserci un punto di contatto tra i due, bisogna cercarlo lì, perché dopo quegli anni, l'80, l'81, i due sono diventati diversi come il giorno e la notte».

«E tu che ne pensi?».

«Che ha ragione il Ghezzi, almeno... altri contatti non ne abbiamo trovati».

«E lì invece che contatti ci sono?».

«Nessuno... intendo prove, o gente che dice di averli visti insieme... però, insomma, l'ambiente era quello, poi uno si è messo a fare la Bocconi e quell'altro è filato in America come un missile, e dopo di allora lontani mille miglia, quindi...».

«Mi sembra poca cosa...», dice Gregori, che ha finito il cappuccino.

«Sempre meglio che guardare verso la Mecca», risponde Carella, un po' piccato.

«Sì, questo è vero... Però dovete portarmi qualcosa di più solido... se scoprono che mando in ferie quattro uomini durante 'sto casino, e che invece di andare al mare quelli fanno un'indagine parallela mi tagliano le palle e le mettono nella pappa dei cani antidroga».

«Capo, facciamo quello che possiamo, le assicuro che...».

«Lo so, Carella, lo so, non prendertela... e piuttosto, stai attento al Ghezzi».

«Il Ghezzi è in gamba, capo, in che senso stai attento?».

«È bravo, è bravo, lo so... però fa di testa sua, gli piace entrare nelle cose, non vederle da fuori... ecco, tu stai attento e basta».

«Abbiamo un accordo».

«Che accordo?».

«Lui fa il cazzo che vuole, ma me lo dice prima».

«E ti pare un bell'accordo, Carella?».

«A me sì, capo... nella situazione in cui siamo, meglio avere uno che pensa che un coglione che esegue gli ordini... anche perché io ora non ho molti ordini da dare, eh!».

«Va bene, ma tu stai attento lo stesso... dove lavorate?».

«A casa del Ghezzi, nutriti e coccolati dalla signora Rosa».

«Quella è una brava donna, l'ho conosciuta all'ospedale quando avevano picchiato il marito vestito da frate, che storia! Beh, salutamela».

Poi Gregori si alza e se ne va, facendo solo un cenno del capo. Tanto Carella sa dove trovarlo.

Il vicesovrintendente Ghezzi va su e giù per la sala operativa che era il suo salotto. C'è qualcosa che non gli torna. E poi Carella aveva detto alle nove, sono le dieci e un quarto e ancora non si vede... non può mica fargli il culo per il ritardo, perché è il capo, ma insomma... Il fatto è che lui ragiona meglio se qualcuno lo sta a sentire, come fa con Sannucci, come Carella fa con Selvi, però...

Poi suona il citofono e due minuti dopo Carella è lì, una tazzina di caffè in mano e la signora Rosa che va e viene cercando di dare una parvenza di ordine a tutta quella confusione da sbirri.

«C'è una cosa che non mi torna», dice Ghezzi appena quello si è seduto.

«Sentiamo», dice Carella.

«Se l'origine di tutta 'sta storia è dell'81... non saranno troppi trentasei anni? Voglio dire, va bene la vendetta, va bene sistemare i conti in sospeso, ma trentasei anni... e poi magari se quelli che li hanno fatti fuori sono arrivati fino a quel punto lì, di spargli in testa, forse prima hanno cercato altre strade per avere un risarcimento...».

«Pensi a un ricatto? Ma cosa fai, Ghezzi, ricatti due persone... potenti a loro modo, cioè il Crisanti decisamente potente... per una faccenda di trentasei anni prima? Un po' assurdo, no?».

«Sì, assurdo... dipende sempre dalla cosa con cui li ricatti... Comunque sarebbe interessante sapere se dalle perquisizioni è uscito qualcosa di simile, richieste di soldi, minacce... lettere, mail...».

«Hanno tutto in mano quelli là... però hai ragione, non si sa mai, chiederò a Gregori... a proposito», Ca-

rella si rivolge alla signora Rosa che fa avanti e indietro a passo di carica e che ora ha un cuscino in mano, «il
capo la saluta, signora».

«Ah, quel bell'uomo... ricambi, Carella, mi raccomando!».

Ghezzi alza gli occhi al cielo. Quel bell'uomo. Roba
da matti.

A mezzogiorno preciso, anzi mancano tre minuti, arrivano Sannucci e Selvi. Si siedono e immediatamente hanno una tazzina in mano.

Poi si mettono a fare rapporto e parla Selvi.

«Alla motorizzazione abbiamo fatto in fretta, perché
c'è uno che conosco... ah, tra parentesi, quelli là, la squadra mandata dal ministro, non si è fatta vedere, a studiare le targhe non ci hanno nemmeno pensato».

Poi mettono dei fogli sul tavolo.

«Più precisi di così non si poteva», dice Sannucci,
«abbiamo anche recuperato le targhe incomplete, tranne due... accanto a ogni targa c'è il nome e l'indirizzo
del proprietario».

Carella e Ghezzi si lanciano un'occhiata, poi Carella prende il pc portatile che ha lasciato lì e apre Google Maps, Ghezzi prende in mano i fogli che hanno portato quei due e comincia il rosario.

Cancellano per prima cosa tutti quelli che abitano
in zona. Là, in via Sofocle dove hanno ammazzato il
Crisanti sono tutti macchinoni e utilitarie superlusso – le mogli o i figli dei ricchi. In via Mauri c'è più
varietà.

Isolano le cose più facili: furgoni e macchine di aziende; sono ventisei, ne fanno un elenco a parte, e li danno a Selvi e Sannucci, che se li dividono e si attaccano al telefono. Basta chiedere se in quel tal giorno la ditta aveva qualcuno da quelle parti, chi aggiustava vetri, chi installava lavatrici, insomma, la città che lavora.

Ghezzi e Carella vanno avanti con il censimento per vedere se c'è qualcosa che non torna. Contano anche sul fatto che le strade, via Mauri e via Sofocle, non sono vie di grande passaggio, non hanno quasi negozi, via Sofocle nemmeno uno.

Alla fine i fogli sono tutti pasticciati, su alcuni nomi è stata tracciata una linea, altri sono sottolineati, altri ancora hanno un cerchietto intorno.

Sannucci si avvicina al tavolo e dice:

«Le aziende tutto bene, capo, gente che faceva lavori lì intorno, tranne uno... stiamo cercando di parlare con quello che guidava».

Carella annuisce e dà un piccolo colpo di gomito a Ghezzi indicandogli due fogli:

«Guarda qua».

Ghezzi guarda, e dopo che ha guardato sente qualcosa. Non saprebbe dire cosa, anche se gli capita da anni, ma è come una piccola scossa, un segnale. Annuisce.

In via Mauri, alle 19.17 del giorno prima dell'omicidio Gotti – l'ora precisa l'hanno ricavata dalla telecamera del negozio di vestiti per bambini ricchi – è passata una Golf scura, intestata a Antonia Caronia, nata a Siracusa il 10 giugno 1947. Invece in via Sofocle la sera stessa dell'omicidio Crisanti, per la precisione un'ora e mezza prima del fatto, alle 18.02, è passata una moto Honda intestata a Filippo Bentivoglio, nato a Milano il 9 novembre 1988. Entrambi, la signora Antonia e il giovane Filippo, residenti a Milano, in via Giacinto Gigante 7.

Ghezzi e Carella si guardano. Forse pensano cose diverse del caso e della coincidenza, degli scherzi del destino e dell'allineamento dei pianeti, però...

La signora Rosa, che è seduta al tavolo con loro, capisce al volo e si mette a cercare tra i cd, che ha ordinato e rimesso negli scatoloni con i nomi delle vittime. Carella digita su Google Maps «via Gigante, Milano», e sposta un po' il computer per far vedere anche a Ghezzi. Sono i casermoni popolari intorno a piazza Selinunte, zona tosta, una concentrazione abitativa che nemmeno Hong Kong.

Carella, che in una vita precedente, prima di decidersi a fare lo sbirro, aveva dato qualche esame ad Architettura, ricorda qualcosa, vagamente. Venuto su tra il '35 e il '47, gli pare, quel quartiere lì non lo avevano fermato nemmeno la guerra e i bombardamenti. Una specie di città che si chiamava D'Annunzio, all'inizio, ma senza enfasi mistiche e senza futurismo: scatole per italiani poveri già allora. Un quadrilatero, un rombo, a guardarlo sulle mappe, di case e case e case intorno alla piazza. Unica riforma, il teleriscaldamento per tutti quegli alloggi, che aveva prodotto un enorme camino al centro di piazza Selinunte. Che uno slargo coi giardinetti avesse per monumento centrale, altissimo e incombente, una specie di mostruosa ciminiera gli era sempre sembrata un'assurdità. E ora eccola lì, sulla piantina, e via Gigante è una di quelle che costeggiano gli enormi parallelepipedi di cemento, alcuni intonacati, altri no.

«Che cazzo ci fanno due abitanti della casbah di San Siro in via Mauri e in via Sofocle?», chiede ora.

«Possono farci qualunque cosa», dice Ghezzi, «certo che fa strano...».

È un filo sottilissimo, sì. Però ora che l'hanno scoperto, guardando di nuovo quei fogli, una via così, e che non c'entra niente con le zone degli omicidi, salta agli occhi, sembra un'anomalia, ecco. Dopodiché, siccome le anomalie esistono in natura, come le tigri bianche e i gatti senza pelo, si promettono tutti e due di non crederci troppo.

«Sannucci!», urla Ghezzi anche se quello sta a un metro e mezzo.

«E che grida, sov, sto qua!».

«Controllami 'sti due nomi, veloce!».

«Subito, sov... ah, la ditta che mancava, era un idraulico, uno giovane, che doveva andare in via Ravizza, ma ha fatto una deviazione, è passato in via Polibio a salutare la fidanzata... dice di non dirlo al suo capo...».

«Ecco perché non arriva mai l'idraulico», dice il Ghezzi, «si va a fare una sveltina tra un cliente e l'altro».

«Tarcisio!», e questa è la signora Rosa, che però sorride, perché ricorda quando a casa per una sveltina di pomeriggio scappava lui, qualche secolo fa.

Ora Sannucci è attaccato al telefono e parla con l'agente scelto Olga Senesi, poi mette giù e dice:

«Aspettiamo, sov».

«E aspettiamo», sospira Ghezzi.

Anche Carella sta parlando al cellulare, il diretto di Gregori.

«Capo, che mi dice di via Gigante?».

«Novità, Carella?».

«No. Che mi dice di via Gigante?».

«E che cazzo devo dirti, Carella, non ce l'hai un computer? Credo che stia là dalle parti dello stadio».

«Sì, capo, questo lo so... volevo dire, ci sono quelle case popolari, casermoni... decine e decine... sa se qualcuno al commissariato di zona conosce la situazione?».

«Ti richiamo, Carella».

«Appena può, capo».

«No, pensavo di andare al cinema, prima», e mette giù.

Sono le quattro e un quarto, la signora Rosa scompare in cucina. Torna con una grande zuppiera piena di macedonia di frutta, dei bicchieri e dei cucchiaini.

«Merenda», dice, proprio mentre Sannucci interrompe la comunicazione con l'agente Senesi che ha fatto il controllo per lui.

Tutti si servono, Selvi guarda la mappa sul computer, Sannucci fa il suo rapportino.

«Della signora Caronia non si sa niente. Solo che abita lì, pensionata, la macchina è sua ma non risultano né bollo né assicurazione. Quell'altro, il Bentivoglio, un po' lo conosciamo, ha un paio di fermi per tafferugli, cose di occupazioni, sgomberi, sempre lì alle case popolari, ogni tanto capita che ci scappa un po' di casino, magari gli abbiamo anche tirato qualche bastonata, una volta abbiamo cercato di dargli resistenza a pubblico ufficiale, ma non è andata, archiviato e vaffanculo... scusi, signora».

La signora Rosa non solo lo scusa, ma gli porge un bicchiere pieno di tocchetti di frutta colorata.

Poi suona il telefono di Carella.

«Carella!».

È il vicequestore Gregori che urla. E anche se quello ha il telefono attaccato all'orecchio sentono tutti. Sannucci ride, Selvi è sempre piegato sullo schermo del pc e studia la mappa.

«Ecco, capo».

«Al commissariato San Siro c'è un vecchio dei nostri. Perini, si chiama, vicesovrintendente Carlo Perini... dicono che lui sa tutto su quel posto lì... zona difficile, se vi serve qualcosa parlate con lui... Novità?».

«No».

«Carella, non farmi incazzare».

«A dopo, capo, vado».

«Carella!».

Ma stavolta mette giù lui, e dice:

«Ghezzi, andiamo».

Per andare da via Farini in fondo, dove abita la famiglia Ghezzi, fino a via Novara dove c'è il commissariato San Siro, a metà pomeriggio, possono volerci quaranta minuti, trentacinque se guidi veloce, trenta se sei un delinquente che imita Fangio e venti se sei

Carella, hai messo il lampeggiante sull'Alfa grigio topo e non risparmi sulla sirena. Ghezzi si regge alla ma-
niglia della portiera sperando che non gli rimanga in mano, intanto ha chiamato il suo parigrado Perini, gli ha
annunciato la visita e gli ha chiesto se c'è un bar in zona, perché vorrebbero parlargli.

Così dopo poco sono seduti a un tavolino all'aperto,
sul marciapiede davanti a un locale dove sono gli unici
bianchi, a parte il padrone cinese che dà sul giallino e li
serve con tutti gli onori, perché il Perini è in divisa.

Giocano un po' coi convenevoli, il tempo, i turni, tutto in fretta e solo perché si fa e si deve.

Poi comincia Carella:

«Ci dicono che sai tutto di via Gigante».

«Tutto? Magari! Però, sì, un po' ne so... non è solo via Gigante, cioè quello è un ingresso... ma lì ci sono più di seimila appartamenti, intorno alla piazza, intendo, quella col camino...».

«Ecco, lì».

«E cosa volete sapere?».

«Non so, ambiente, traffici, se è un posto in cui possiamo andare a fare qualche domanda o se ci tirano i
mattoni dalle finestre... vorremmo fare una cosa sottotraccia».

«Abbiamo solo un'idea», dice Ghezzi, «non vogliamo far casino».

«Non è un posto facile, se volete vi accompagno».

«No, no», di nuovo Carella, «per il momento vogliamo solo farci un'idea...».

«E come mai volete farvi un'idea di quel posto lì?».

«Questo non te lo possiamo dire, Perini», dice Ghezzi che si sta spazientendo. Insomma, va bene che conosce la zona, ma non è mica di sua proprietà, eh!

Quello sorride. È vecchio del mestiere e capisce le cose al volo.

«Non lo dico per ficcare il naso. È che lì ci sono degli... equilibri, ecco, e non ci fa piacere che arrivi l'elefante nel negozio di porcellane... Ora vi spiego, così capite perché ve l'ho chiesto».

Poi gli viene un pensiero improvviso:

«Ma è per la roba dei sassi?».

«Ma no», dice Carella, «come ti viene in mente!».

«Boh, se vi muovete voi del centro per venire qui nel Bronx, di solito c'è qualcosa di grosso in ballo, e oggi di grosso c'è solo quella cosa lì».

«Guarda che il Bronx adesso è una zona figa, eh!», dice Ghezzi, che l'ha visto alla tivù... certe case...

«Questa no, vi assicuro», dice quello, che sta ridendo.

Poi il vicesovrintendente Perini comincia tutta la storia. Le case popolari intorno a piazza Selinunte erano una specie di roccaforte operaia, una volta, roba del Pci, case per lavoratori, nuclei famigliari, proletariato del dopoguerra che puntava a diventare piccola borghesia, senza farcela quasi mai.

Il poliziotto non lo dice proprio così, ma Carella e Ghezzi sanno tradurre.

Sono più di seimila appartamenti, di piccole o medie metrature, infilati in tanti parallelepipedi, niente di ricercato, ma insomma, un tetto sulla testa, costruiti molto prima del boom economico.

Oggi ci stanno i vecchi abitanti, quasi sempre soli, più raramente in coppia.

«E quando dico vecchi intendo proprio vecchi», dice Perini, «pensionati con la minima, gente che campa con cinquecento euro al mese, e se li spende quasi tutti in medicine».

Poi c'è l'immigrazione. Quella del sud è del tutto assorbita, è roba vecchia.

«Sì, c'è ancora qualche famiglia che fa clan, ma io li considero milanesi... e anche di loro quelli rimasti lì sono i vecchi... Poi ci sono gli stranieri, quasi tutti Nord Africa, come dappertutto, prima sono arrivati marocchini e tunisini, poi un po' più da sud, ma ci tengo a dire che anche loro non sono un problema... anzi», riflette per un attimo il vicesovrintendente Perini, «quelli che ci abitano non sono quasi mai un problema, è gente che si fa la sua vita e tira avanti come può... Ho visto famiglie con due o tre bambini in quaranta metri quadri, dignitosissimi, i padri lavorano, i ragazzi vanno a scuola, almeno quella dell'obbligo... non è mica un reato essere poveri».

«Chi comanda?», va giù dritto Carella. Non è a lui che bisogna fare le lezioncine sui poveri, e nemmeno a Ghezzi, se è per questo.

«Al momento la situazione è messa così. C'è un vecchio del posto, si chiama Mafuz Gebrail, libanese, ma è qui da cinquant'anni, aveva un negozio di frutta e verdura, poi ha dovuto chiudere. Ha una banda di ragazzini, vendono fumo e marijuana, più fumo, perché credo che i canali li abbia ancora col Libano o col Marocco. Probabilmente spacciano anche altra roba, ma senza far troppo casino, e nemmeno troppi soldi, secondo me, perché 'sto Mafuz non è un riccone... Però ci tiene che vada tutto liscio... un paio di volte ci hanno addirittura chiamato i suoi...».

«Motivo?», chiede Carella.

«Una volta perché uno suonava la moglie come un tamburo... queste cose si sanno, ma se si sanno troppo è meglio arrivare prima che le sberle diventino coltellate... un'altra volta per un porco che dava fastidio ai bambini... quella volta ha chiamato Mafuz in persona e ha detto: o venite a prenderlo o domani mattina lo appendiamo a un lampione. Noi siamo andati a prenderlo ed è finita lì».

«E sullo spaccio?».

«Cosa vuoi che ti dica, Carella, lo spaccio ci sarebbe comunque... meglio in mano a uno che non fa troppe stronzate che alle bande che si fanno la guerra per un metro di marciapiede...».

«Cazzo, Perini, pare il paradiso...», dice Ghezzi.

«No, no, che paradiso... le coltellate volano come dappertutto... mi avete chiesto chi comanda...».

«Hai ragione, scusa, vai avanti», dice Carella.

«Poi ci sono i calabresi. Li chiamano così ma non sono tutti calabresi, cioè i capi sì, Santo e Salvatore. Ogni tanto svuotano qualche negozio, ovvio che se lo sappiamo ci mettiamo a correre... ne abbiamo preso uno per dei televisori, qualche mese fa, ma la merce non l'ab-

biamo trovata, quello che entra lì difficilmente salta fuori... poi, ecco, diciamo che o ci si va in forze e si fa un...
rastrellamento... brutto, vero?, oppure conviene lasciar perdere... comunque sono anni che non ci scappa il morto o la rivolta, e questo non è male, come bilancio, per un posto simile».

«Le case?».

«Sempre i calabresi. Sfondano e sistemano gente, da
tre a cinquemila euro, e poi è difficile buttarli fuori,
quindi chi entra sa benissimo che può stare tranquillo
tre o quattro anni, minimo, se poi ha i bambini è più
complicato ancora... Ogni tanto c'è qualche casino
perché succede che si occupino case già occupate, ma
in generale se la vedono tra loro...».

«Ma... le graduatorie? L'Aler?», questo è Ghezzi.

«La situazione ufficiale è questa: molte case sono vuote perché devono essere ristrutturate e per ristrutturarle
non ci sono i soldi, quindi le chiudono... ma piuttosto che
dormire alla stazione, o in macchina, meglio una topaia,
no?, ed ecco fatto... Sì, i lavori si fanno, ma sono più di
quaranta casermoni, finito uno, ora che arrivi all'ultimo,
il primo sta da capo... è come svuotare il mare col cucchiaio. Alcuni di quei palazzi hanno quasi un secolo, sono del '35, e non è che li aveva fatti Renzo Piano, eh!».

«La situazione non ufficiale, invece?».

«La vuoi davvero, Carella? È una mia opinione, ma
calcola che sto lì in mezzo da trent'anni, ci ho pure
abitato...».

«Dai, Perini, siamo colleghi, eh, mica dame di San
Vincenzo».

«Io dico che si lascia correre per non peggiorare la situazione. Il difetto vero che ha chi abita lì è di essere povero... uno con la moglie incinta e due bambini cosa fai, lo cacci fuori? E dopo? Quando lo abbiamo fatto, che non si poteva evitare, abbiamo avuto lacrimogeni e quelli che tiravano i sassi, e se c'è di mezzo la casa con chi credi che stia quello con la donna incinta e due marmocchi, mica con noi, sai?».

«Politica?».

«Una volta c'era il comitato inquilini, ma parlo di venti, trent'anni fa... Adesso ci sono ancora piccole associazioni, brava gente... poi c'è quello che si chiama collettivo per il diritto alla casa, saranno trenta-quaranta, quasi tutti giovani che hanno occupato o che stavano lì da prima... sono gli unici che quando occupano lo dicono, fanno i cartelli, dicono che loro mettono a posto e l'Aler no, e un po' hanno pure ragione... certo gli allacciamenti non sono mica legali, ma noi non facciamo gli elettricisti, giusto?».

«Islam?».

«Lo vedete che è la faccenda dei sassi?», dice ora il vicesovrintendente, che fa un gesto al barista per avere un altro spritz. Carella fa tre con le dita e il cinese annuisce e sparisce nel bar.

«Macché sassi, solo un cretino può credere che coi morti dei sassi c'entrino i musulmani!», sbotta Carella.

«Allora nei giornali ce n'è parecchi», ride quello, beffardo.

«Che scoperta», dice Ghezzi. Che però sulla faccia ha una smorfia che fa capire: dai, su, non facciamo notte.

«Islam quanto ne volete, barbe e donne velate, sì, anche tutte coperte. Ma casini grossi mai. L'imam del posto è uno perbene, amico del prete della parrocchia, insomma, se cercate quelli dell'Isis lì per me non ci sono... oh, stiamo parlando di ventimila persone, eh, quindi qualche testa di cazzo ci sta sempre, ma non di quel tipo lì, ringraziando la Madonna, e per ora. Piuttosto...».

«Piuttosto?».

«... Mi hanno detto che da un po', poche settimane, c'è una banda nuova, africani, che fa qualche affare... ma quale affare ancora non s'è capito, e io personalmente confido che se è qualcosa che può rompere gli equilibri ci penserà Mafuz, o di suo, o se è una cosa troppo grossa per lui ci avverte o ci fa avvertire...».

«Una che si chiama Antonia Caronia, la conosci?».

«Mai sentita, sta lì?».

«Così dice la motorizzazione, ha una Golf, niente bollo, niente assicurazione, vecchia come Mosè».

«Posso informarmi».

«Ecco, fa' il piacere, Perini, informati. Senza allarmare nessuno, eh, tipo visita di cortesia... una cosa come cara signora, ma lo sa che la sua macchina posteggiata qui sotto non ha l'assicurazione? Una cosa così».

«Così mi fate incuriosire, eh!».

«Sì, lo sappiamo», interviene Ghezzi, «ma tu non incuriosirti e noi ti promettiamo che al momento buono ti diciamo tutto».

«Ve lo ripeto, meglio non far casino, lì dentro... è una polveriera».

Ghezzi allarga le braccia.

Carella va dritto come un treno: sarà anche una guida indiana di tutto rispetto, 'sto Perini, ma non è lui che fa le indagini, non siamo mica un'assemblea, qua.

«Uno che si chiama Filippo Bentivoglio lo conosci?».

«Questo sì. È uno di quelli lì del collettivo... i rivoluzionari. Non dei peggiori, avrà sui trent'anni...».

«Ventinove», dice Ghezzi. Vuole fargli capire che non scendono proprio dal pero. Carella annuisce.

«Ah, vedo che lo conoscete anche voi... ha fatto qualcosa? Qualcosa che devo sapere?».

«No, che ci risulti non ha fatto niente».

«Ultimamente no di certo, perché ha un braccio ingessato dalla clavicola al polso, caduto in moto, dice lui, va' a sapere».

«Da quando?».

«Mah, sarà due o tre settimane».

Ghezzi e Carella si guardano. Non è lui di certo che guidava la Honda in via Sofocle.

Poi si alzano, si stringono la mano. Carella entra nel bar per pagare le consumazioni e Ghezzi approfitta:

«Se voglio una casa lì, una di quelle schifose che si occupano, con chi parlo?».

Ora quello in divisa lo guarda piegando un po' la testa.

«È un'operazione autorizzata?».

«Ma quale operazione! Me lo dici o no?».

«Chiedi di Salvatore, il calabrese. Lo chiamano bronzo basso, perché il fratello invece è il bronzo alto, sai quelli di Riace...».

Ghezzi sorride, gli sbirri di strada gli piacciono sempre. Ringrazia e raggiunge Carella in macchina, che parte piano, senza sirena, stavolta.

«Ci facciamo un giro in 'sto paradiso dei poveri?», chiede Carella. Non è una vera domanda.

«No, non adesso», dice Ghezzi.

«Tu hai in mente qualcosa, i patti erano che mi dicevi tutto».

«Infatti te lo dico. Ci voglio entrare, lì dentro, ma non da sbirro».

«E come ci entri, Ghezzi?».

«Non ho abbastanza la faccia da povero, Carella? Porca puttana, la casa è un diritto, no? Un pover'uomo della mia età può essere anche stufo di dormire in macchina o sotto i ponti, non ti pare? Occupazione!».

Carella fa partire una risata che non smette più, ha quasi le lacrime agli occhi... si ferma e ricomincia, un *fou rire*, insomma...

«Lo dicono tutti che sei matto, Ghezzi, finalmente lo vedo dal vivo».

«Ridi, ridi, ma domani mi accompagni da 'sto calabrese che fa l'immobiliare dei disperati».

«Va bene... se lo sa Gregori...».

«Non è mica il prevosto, Gregori, che bisogna dirgli tutto».

«Anche questo è vero», dice Carella. Che poi ha come un'idea improvvisa e frena deciso davanti a una fermata della metro.

«Allora, visto che sei disperato vai a casa in tram... dai, scendi, che devo andare in un posto».

«E dove?».

«Che cazzo te ne frega, Ghezzi, avrò una vita privata, no?».

«Beh, mi fa piacere, a dirla tutta sembrava di no», dice scendendo dalla macchina.

Carella riparte e pensa: infatti no, non ce l'ho, cazzo. Però sta ancora ridendo.

Diciassette

«Non starai esagerando?».

Carlo ha messo un paio di pantaloni eleganti, una camicia scura e una giacca scura pure quella. Invece del bicchiere, che gli sembrava un sistema artigianale, per simulare l'artiglieria si è infilato nella tasca interna della giacca un portaocchiali, e così, con quell'effetto ti-vedo-non-ti-vedo, uno con la coscienza sporca e la coda di paglia può pensare che il rigonfiamento sia veramente una pistola.

«È che punto all'Oscar, Oscar, e sento che questa è la mia grande occasione».

Poi spegne la macchina e fa per scendere, ma quell'altro lo ferma:

«Fai parlare me».

«Come al solito, capo».

«E non fare il cretino».

Il bar non è veramente un bar, sembra più un club privato, ma quando entrano nessuno chiede tessere o cose del genere. Solo, quello che sembra un gestore, in piedi accanto alla porta, li squadra per capire se sono tipi che possono spendere, e decide di sì.

«Cerchiamo un nostro amico», dice Oscar.

«Qui si cercano soprattutto amiche».

«Quelle dopo», dice Carlo, «c'è un posto tranquillo?».

«I séparé sono quasi tutti liberi, è presto».

Oscar si avvia a un tavolino da dove si vede la porta e si siedono. Séparé significa che c'è una piccola parete in legno e carta crespa che possono spostare a piacimento per nascondere quello che fanno, ma per ora la lasciano scostata, in modo da osservare il movimento, chi entra e chi esce. È l'una meno dieci e sanno che uno non arriva in anticipo a un appuntamento del genere, quindi si mettono comodi e ordinano da bere.

«Due Oban 14», dice Carlo a una signorina vestita solo con una maglietta attillata e una cintura larga, o forse è una minigonna corta, chissà, «con acqua ghiacciata a parte».

Quella sorride e va via, verso il bar. È una cintura, pensa Carlo, da dietro si capisce meglio.

«Non distrarti», gli dice Oscar.

Tre minuti dopo arriva la stessa signorina con un vassoio e i bicchieri.

«Quaranta», dice mettendo un foglietto sul tavolo.

«Va bene», dice Carlo, «però non ci sposiamo, eh!».

Quella ride, bei denti bianchi, raccoglie la banconota da cinquanta euro e se ne va com'era venuta, cioè ondeggiando parecchio. Carlo sa che il resto non lo vedrà mai, ma cosa sono dieci euro davanti a certi spettacoli della natura?

All'una e dieci si apre la porta ed entra un tizio che si guarda in giro. L'energumeno elegante di prima lo ferma con un gesto gentile e gli fa una domanda quasi sottovoce: non è così sicuro che il nuovo arrivato sia solvente come vuole lui. Allora Oscar si alza e li raggiunge vicino alla porta.

«Il signore è l'amico che aspettavamo», dice al buttafuori in smoking e cravattino. Quello sorride e si fa da parte, così Oscar scorta il nuovo venuto al loro tavolo, gli indica la sedia libera con un cenno del capo e sposta un po' il séparé in modo che nessuno possa vederli.

«Veramente avevo appuntamento con un'altra persona».

«Il signor Venanzi non può venire, ma ha incaricato noi», dice Oscar

«E la cosa strabiliante è che è ancora vivo», dice Carlo.

Quello fa la faccia del non-me-ne-va-bene-una e si sgonfia come una mongolfiera in caduta libera.

Ora si guardano. È un tipo sui quarantacinque, forse quaranta portati male, vestito come aveva detto lady Adele Bellini vedova Sironi, la madre di Katia, un completo blu a cui manca solo il cartellino del prezzo, si vede che lo tiene per le grandi occasioni, e si vede anche che è uno che non ne ha molte.

«Io non bevo?», dice.

«Come no!», dice Carlo. Gli basta allungare una mano fuori da quella parete mobile con disegni astratti e la signorina della cintura si materializza dopo un secondo.

«Una vodka», dice il tipo.

«Svedese o polacca?».

213

«Ghiacciata».

Carlo le allunga un'altra banconota da cinquanta e dice:

«Portagliene due, ne avrà bisogno».

Stanno zitti finché arrivano due bicchierini opachi di condensa, quello ne butta giù uno in un sorso solo, come fanno gli ussari prima della carica a cavallo e certe contadine ucraine delle pianure, poi si decide a parlare:

«Avevo altri accordi».

Carlo sta per dire una delle sue freddure da killer dei film, ma Oscar lo ferma con un'occhiata.

«Sei qui per fare un affare, ti proponiamo un affare. Per te è uguale con chi lo fai, no?».

«Uguale uguale non direi, se siete poliziotti o detective dell'assicurazione non è proprio come parlare con un ricettatore».

Carlo fa la faccia offesa, Oscar invece è contento, sembra sveglio, il tipo, e questo renderà tutto più semplice.

«Ora ti racconto una storia e tu mi dici se sbaglio. Poi ti faccio una proposta, ok?».

«Sentiamo», dice il tizio. La seconda vodka non l'ha ancora toccata.

«Allora, tu fai un colpo a casa di una vecchia ricca. Bel colpo, non c'è che dire, tecnica antica, ma insomma, proprio perché è roba già vista bisogna saperlo fare, dice la signora che hai una bella parlantina...».

«Sì, di solito ci cascano, il difficile è entrare, dopo...».

«Però oltre che la certezza che sei bravo viene anche il sospetto che sei un coglione, perché in quella casa c'era una cassaforte aperta con dei certificati al por-

214

tatore che si danno via facile, e persino assegni circolari, per non dire di due o tre quadri tascabili che possono valere un bel po'... invece hai preso solo un po' di contanti che hai visto lì, nemmeno nascosti, e una manciata di gioielli... cos'è, ti fanno schifo i soldi?».

«Non è andata così».

Lo dice come se si sentisse punto sul vivo, come se qualcuno facesse un appunto alla sua professionalità.

«E com'è andata?».

«Quella aveva una voglia matta di parlare, si vede che era sola, che ne so... Io avevo preparato qualcosa per farla dormire, due Roipnol tritati in polverina sottile, speravo nel tè... il tè è l'ideale, è caldo e la roba si scioglie subito... invece quella è arrivata con due gin tonic belli carichi... in più era vecchia davvero, per quanto tipa beat... Insomma, due sorsi e si è addormentata di botto... ho provato a sentire il polso ma non c'era niente, anche sotto la gola... insomma...».

«Ti sei cagato sotto».

«Sì... ho cercato la camera da letto, ho preso quello che c'era nel portagioie, e i soldi che stavano lì all'ingresso... ho pensato che doveva averne parecchi, se lasciava duemila euro lì così, in vista, ma la priorità era uscire in fretta senza farsi vedere da nessuno, perché se la vecchia era schiattata davvero... c'è una certa differenza...».

«Diciamo una differenza tra quattro anni e l'ergastolo?».

«Preterintenzionale... diciamo tra quattro anni e quindici abbondanti... ma mi risulta che sta bene, no? Non c'era niente sui giornali, quindi...».

«A quanti hai offerto la roba?».

«Tre».

«Un po' imprudente, no?».

«Non avevo valutato l'anello... quando vedevano quello scappavano tutti come lepri, ci ho pensato dopo e ho fatto delle ricerche... ma è scema quella, che lascia un affare così nel portagioie come se fosse bigiotteria?».

«Il resto?».

«Qualche altro anello, buono, ma non come quello... due collane, una di perle, e orecchini, un paio di diamanti buoni e un altro paio che sembrano antichi. Poi mi sono informato sull'anello, un pezzo così... ho capito perché non lo voleva nessuno. Non è roba per me, in effetti... è come rubare un Picasso».

Oscar pensa. Sì, torna tutto, il tizio non mente, non sul malloppo, almeno. Carlo allunga un'altra volta la mano e miss Meraviglia compare come se uscisse dal pavimento.

«Altri due», indica i bicchieri di whisky e allunga un'altra banconota. Quella sorride come se vivesse sul bordo di una piscina allo Sheraton di Nassau e sparisce. Stanno di nuovo zitti finché arriva da bere.

«Senza l'anello, insomma l'affare era andato benino», dice Oscar.

«Sì, niente male».

«Quanto ti dà Venanzi dell'altra roba?».

«Ha offerto cinquantamila, ho tirato a sessanta, ma poi quando ha visto l'anello ha preso tempo e chiesto un altro incontro... questo».

«Ce l'hai qua la roba?».

«Non scherziamo, mica vado in giro di notte carico di diamanti».

«E dove ce l'hai?».

«Mi prendi per scemo?».

«Sì, hai ragione».

Oscar finge di pensare, come se valutasse varie opzioni. L'uomo ha un buon controllo dei nervi, ma si vede che comincia a sudare. Comincia anche a chiedersi chi sono quei due, quello che parla e quello che fa il buffone. Ora è chiaro che non li manda Venanzi, però è ovvio che ci hanno parlato. Beve un sorso di vodka. Piccolo, stavolta.

Oscar sospira e si decide a parlare. Dà l'idea di farlo dopo un lungo ragionamento sui pro e i contro.

«Ti propongo un affare».

«Sento già arrivare l'inculata», dice quello.

«Meno di quanto pensi e più di quanto potrebbe se dipendesse da me», dice Carlo, «ma il mio amico, qui, è un pacifista».

«Sentiamo 'sto affare».

«Allora, tu domani vai dal Venanzi, diciamo alle quattro, in negozio. Io lo chiamo alle quattro in punto e gli dico che la signora ha ritirato la denuncia, per cui tu gli vendi roba pulita e puoi chiedere anche settanta... Sai cosa vuol dire questo?».

«Sì, che non c'è stato nessun furto».

«Bravo, vedi che se ti sforzi... Non andare da qualcun altro a chiedere cento con la scusa che è roba pulita, però, non fare lo stronzo con noi, hai capito? Col

217

Venanzi abbiamo un accordo, lo convinco io ad arrivare a settanta».

«Se è roba pulita lui può farci anche trecentomila, cazzo!».

«Forse non hai capito che ti stiamo cavando dai guai», dice Oscar.

«Che ingrato», dice Carlo.

«E in cambio... scommetto che...».

«Hai vinto. In cambio ci dai l'anello e noi non ci siamo mai visti».

«Porca puttana, ma così fate l'affare del secolo».

«Esatto, ma vedi... noi abbiamo trovato te, non viceversa... guardala da un'altra angolazione: tu hai fatto un colpo da settantamila senza quasi correre rischi, ti è andata di lusso, quando hai toccato il polso della vecchia, là in corso Magenta, avresti firmato dieci volte per un finale così... non è il momento di fare il difficile, no? In più, tu quell'anello non lo vendi manco morto, e anzi hai corso un bel rischio, perché il Venanzi è avido... se non lo era faceva una telefonata all'assicurazione e quelli qualcosa gli davano, sai?».

«Sì, ci ho pensato dopo...».

«Allora?».

Il tizio fa finta di pensare. Da un lato capisce che è una buona offerta, dall'altro non vuole fare la figura di quello che cede subito. Oscar capisce tutto e butta lì:

«Se vuoi ti dico le alternative... Fuori di qui ti portiamo in questura, e questa è la migliore... altrimenti

218

ti lascio da solo con lui», indica Carlo, «tu canti come Beyoncé e tra un quarto d'ora abbiamo in mano sia l'anello che gli altri gioielli».

«Ci sarebbe la seccatura del corpo da far sparire», dice Carlo, «ma sono cose che si risolvono».

«Ma questo dove lo hai trovato?», chiede il ladro rivolto a Oscar, indicando Carlo.

«All'orfanotrofio. L'ho cresciuto bene e adesso fa tutto quello che dico io».

«Compresi i buchi nelle giacche dell'Upim», sorride Carlo.

«Va bene», dice il tizio, finalmente. Voleva dirlo già da un po', ma che figura ci faceva... Oddio, non che così...

«Però l'anello ce lo dai subito», aggiunge veloce Oscar, «perché siamo spiritosi e di compagnia, ma non siamo del tutto cretini».

Sì, questo lo aveva messo in conto.

«Dovrete seguirmi, sto un po' lontano».

«Facciamo che usiamo la nostra macchina».

«Ma ho la mia qui fuori».

«Vieni a prenderla domani, vedrai che non la rubano».

Così si alzano tutti insieme, Carlo sposta il séparé e vanno verso la porta. Il buttafuori li saluta con un cenno. La ragazza dei drink, invece, li sfiora passando con un vassoio in mano e dice:

«Ve ne andate di già? Che peccato».

Carlo la guarda. È proprio carina.

«Magari torno con un cavallo bianco», le dice.

Quella ride: «Io sono brava anche senza sella».

«Sì, si vede».

Ora vanno dritti per corso Lodi, passano le tangenziali e Rogoredo, poi la via Emilia finché il tizio indica una strada a sinistra e si addentrano in San Donato Milanese, una specie di Queens, se conoscete New York, ma con meno italiani.

Destra, sinistra, destra, sinistra, poi il cancello di una casa rossa con decine di portoni interni e appartamenti, poi le scale e poi un soggiorno minuscolo.

Carlo fa sedere il tipo sul divano e Oscar fa un giro per l'appartamento, due stanze, una cucina e un cesso, quindi torna subito.

«Non abbiamo fatto le presentazioni», dice, «come ti chiami?».

«De Caro», dice quello, «Franco De Caro... e voi?».

«Tizio», dice Oscar.

«Sempronio», dice Carlo, «il nostro amico Caio è andato sotto il tram».

«Cazzo che ridere», dice Franco De Caro, e intanto si alza, «vado a prendere l'anello».

Carlo lo segue: «Non ti offendi, vero?».

L'uomo va in camera da letto, si inginocchia davanti all'armadio, cerca con le dita e fa scattare un pulsante. Si sente un piccolo clic meccanico e si apre uno sportello nello zoccolino del mobile appoggiato al pavimento. Ci infila la mano, ne cava un sacchettino viola, di pelle, che porta in cucina, sempre seguito da Carlo.

Ora sono seduti intorno al tavolo. Oscar si rigira tra le mani l'anello della vedova Sironi e trattiene il fiato.

È davvero un pezzo magnifico, la foto dell'assicurazione non gli rende giustizia. È una croce di diamanti montata su un cerchio di pietre verdi e rosse incastonate in una ragnatela di oro antico. Sì, è una cosa da esporre al museo, non da andarci a giocare a canasta con le amiche.

Ora che il più è fatto, Oscar si appoggia allo schienale della sedia, rilassato. Guarda il ladro, Franco De Caro, come se lo vedesse per la prima volta.

«Beh, non ci offri da bere?».

Quello si alza e torna con tre bicchieri e una bottiglia di vodka presa dal freezer. È proprio un vizio, questo di bere la benzina, pensa Carlo.

«Allora, racconta», dice Oscar.

Carlo lo guarda come se quello fosse impazzito. Ma come, non ce ne andiamo a gambe levate? Non lasciamo di corsa Culver City per tornare a Los Angeles sfrecciando su Venice boulevard? pensa Monterossi che fatica a uscire dalla parte. Ma sa che Oscar adora le storie e che un tipo così ha pure il suo fascino, anche se nell'occasione non sembrava proprio Diabolik.

«Cosa vuoi sapere?».

«Mah, se sei bravo, per esempio».

Quello non sembra stupito. Si è fatto l'idea che sono delinquenti e quindi in qualche modo le considera chiacchiere tra colleghi.

«Direi di sì, ma con dei limiti... certa roba, come vedete, non riesco a venderla... Però i colpi con le vecchiette li faccio raramente... lì in quel palazzo solo perché il custode ha un debole per una mia amica, una che batte in casa, in via Rembrandt, ma va anche in visita, e una volta si è portata la cera e ha fatto un duplicato della chiave del portone».

Carlo si segna di dirlo a Katia.

«La mia specialità sarebbe lo scasso, niente armi, mai, se le porti finisce che le usi, è una cazzata, non vale la pena».

«Tipo saggio», dice Carlo. Oscar ascolta, e poi fa un'altra domanda:

«Lavori su commissione?».

«Se capita, ma devo fidarmi molto del cliente, più gente sa e più gente parla, meglio fare da soli... ai quadri ci avevo pensato... Depero, vero?».

«Sì, studi a matita».

«Eh... peccato».

«Non ci riprovare con la vecchia, eh, non fare lo stronzo».

Quello ride: «Va bene scemo, ma non proprio matto del tutto, eh!». E poi: «Perché queste domande?».

«Perché uno bravo può sempre servire... uno che pensa in fretta e parla bene... e che sa aprire le serrature».

«Sì, ma non fatevi l'idea che sono Fantômas... con le casseforti ci vuole tempo, non sono uno veloce... però le serrature non sono un problema, anche quelle difficili, basta che le veda prima, però, per avere gli attrezzi giusti... ho la regola di viaggiare leggero e non mi porto dietro la cassetta dei ferri».

Oscar annuisce.

Carlo, invece, deve avere la faccia di quello che vede Charlie Manson al bancomat in fila davanti a lui:

ma dove sono finito? Però nota che anche il ladro sta recuperando, che la tensione lo lascia e ora è rilassato e tranquillo. Sarà la vodka.

«Bene che finisce 'sta storia», dice ora, «perché la faccenda dei morti dei sassi è una bella rottura di coglioni».

«Ma che c'entri tu con la storia dei sassi?», dice Carlo, «mica cercano i topi d'appartamento».

«No, certo, ma sai come succede... tutti i poliziotti di Milano spremono gli informatori, e quelli, magari per levarseli dalle palle, qualcosa dicono, anche se coi morti dei sassi non c'entra niente. Tipo: sai qualcosa di 'sti omicidi? No, però uno ieri mi ha offerto due collane... cose così, è un periodo che è meglio stare cagati, se il Venanzi molla i soldi cambio aria per un po'».

Oscar annuisce ancora, e quello va avanti. Ora ha voglia di parlare.

«Che poi secondo me non ci stanno capendo un cazzo... La pista islamica, che idiozia... la verità è che quei due se lo meritavano, e questo lo so per certo».

Lo vedete ora Carlo Monterossi? Beh, guardatelo bene, perché gli si drizzano le antenne, si mette rigido sulla sedia e piega un po' la testa di lato mentre guarda fisso l'uomo che ha appena parlato.

«Cioè? Cosa sai per certo?».

Anche Oscar ha stretto un po' gli occhi, ma lui non è come Carlo, è un tipo più freddo e maschera bene.

«Sono stato in galera... due volte... e sapete com'è radio carcere... nessuno parla ma tutti sanno tutto».

Ora Carlo e Oscar stanno zitti. Quello ha cominciato e quello deve finire, di solito funziona così.

«Una volta, a Vercelli, avevo in cella uno che aveva girato un po' tutta Italia... non in treno, in galera, intendo... omicidio, quindi un cliente fisso... e lui sapeva di uno che aveva incontrato da qualche parte, che raccontava la storia di 'sti due che l'avevano fatta franca, mentre il complice si faceva trent'anni... Non ci ho pensato più, sapete, lì dentro se ne sentono tante... Però poi quando ho letto i nomi, mi sono ricordato. Era una specie di favoletta morale... tipo lo sfigato in galera e i due ricconi fuori a spassarsela...».

«E lo sfigato non aveva parlato... strano...».

«Strano fino a un certo punto, perché era una roba di politica, e quelli lì... alcuni di quelli lì... pochi a dire il vero, non hanno mai parlato. Ma poi girava voce che questo qui, lo sfigato, aveva avuto una specie di crisi mistica e si era fatto... che cazzo ne so, cristiano rinato, o pentecostale, non me ne intendo... insomma, aveva perdonato e morta lì».

«E come si chiama, 'sto sfigato rinato del Settimo Giorno, lo sai?».

A Oscar ora brillano gli occhi. Informazioni. Il suo pane.

«Macché, non so nemmeno in che carcere stava, poi è roba di tanti anni fa, e anche quello che me lo raccontava... era un pugliese... simpatico... lo diceva come una specie di leggenda delle patrie galere, vai a sapere se è vero. Però i nomi sì, Gotti e Crisanti, me li ricordo... quella non era una leggenda, no?».

«Politica di destra o di sinistra?», chiede Oscar.

«Boh... è importante?». Lo dice come se per lui fossero tutti uguali... brutta roba il qualunquismo.

«E sai se è ancora in giro, 'sto detenuto politico che poi è diventato chierichetto?», chiede Carlo.

«No, mi pare che sia morto in galera. Tumore, o leucemia, una cosa così... sapete com'è là dentro, magari pisci sangue e ti danno un'aspirina».

«E nemmeno che carcere era?».

«No... voci... credo del nord, ma non sono sicuro...».

«Però i nomi erano quelli».

«Sì».

«Quando sei stato dentro?».

«Undici mesi nel 2004 e altri sedici e mezzo dal 2009, la storia l'ho sentita quella volta lì».

Oscar finisce la sua vodka e Carlo lo imita, perché è come un segnale. Poi si alzano e si stringono la mano come buoni amici.

«Grazie della collaborazione», dice Oscar. Carlo non dice niente, perché ora come ora che lui è un feroce killer non lo crederebbe nemmeno un bambino e non è più il caso di fare la recita di Natale.

De Caro esita un attimo e parla di nuovo:

«Me lo fareste un piacere?».

«Sentiamo».

«Lo chiamate subito, il Venanzi? Ora che è tutto sistemato non è che non mi fido, ma... ecco, se io sono presente a 'sta telefonata preferisco».

Oscar ci pensa un secondo, poi estrae il telefono dalla tasca e cerca un numero in agenda. Dall'altra parte suona tre o quattro volte e poi si sente un «pronto» tra l'assonnato e il nervoso. Sono le quattro e venti, non è l'ora di telefonare alla gente perbene.

«Venanzi».

«Chi è?».

«Quello che ti ha fatto un piacere al bar, là in via Lomellina». Si sente che quello si sveglia.

«Che c'è a quest'ora? Lo stronzo non è venuto?».

«Ho due notizie...».

«Che palle, una buona e una cattiva, scommetto».

«No, Venanzi, una buona e una buonissima».

«Sentiamole, allora».

«Quella buonissima è che tutta la roba che domani... domani alle quattro, ti porta il tizio è pulita come acqua di fonte. Entro mezzogiorno ritiriamo la denuncia e nessuno la cerca più».

«Bene, sentiamo quella buona».

«Che tu gli dai settantacinquemila sull'unghia e senza fiatare. L'ho vista, la roba, ci fai trecentomila puliti, esentasse, mi sembra un buon prezzo».

«Cazzo, gli andavano bene sessanta».

«Sì, ma ci ha offerto da bere e dobbiamo conguagliare».

«E conguagliate coi soldi miei? Che storia è?».

«È una storia così: tu fai un affare, il signore è sotto la nostra protezione e il mio amico cattivo ha vinto un viaggio al mare, torna solo se fai lo stronzo».

«Settantacinque, non un euro di più».

«Credimi, Venanzi, se volevamo un euro di più ti dicevo settantacinquemila e uno».

«Che palle».

«Dimmi che sei d'accordo e sei contento».

«Sono d'accordo e sono contento».

«Bene, buonanotte».

Ora stanno tornando a Milano. Sono le cinque del mattino e c'è in giro solo chi lavora a quell'ora, poliziotti, puttane e quelli che vanno a pulire gli uffici.

«Il giallo dei sassi diventa una cosa da ergastolani», dice Oscar. Lo ha detto come tra sé e sé, non per iniziare una discussione.

«Vai a sapere se è vero».

«Perché doveva inventare una balla simile?».

«Non dico lui, ma magari quell'altro, il pugliese con la lingua lunga».

«Eh, ma nomi e cognomi, se li sai prima, è difficile pensare che sia un'invenzione...».

Vero anche questo, pensa Carlo.

Poi sono quasi arrivati, sono sui bastioni di Porta Venezia.

«Io scendo qui», dice Oscar, e infila nella tasca della giacca di Carlo la bustina viola con dentro quell'anello da principesse. «Tienilo tu, domani lo portiamo alla signora, nel corso di una toccante cerimonia».

«Allora avverto Katia».

«Sarà meglio, almeno lo porta in banca, quell'altra capace che se lo mette per lavare i piatti».

«Chissà di chi era duecento anni fa», dice Carlo.

«Secondo me di una come la tua barista, ma più vestita, almeno in pubblico».

«Sei una brutta persona, Oscar», ride Carlo.

«Sì, non sei il primo che lo dice».

E sparisce nella notte scendendo le scale dei bastioni e perdendosi nel labirinto del Lazzaretto.

Diciotto

«E tu chi sei?».

«Diego».

Il vicesovrintendente Tarcisio Ghezzi, seduto su una branda che cigola sotto il suo peso come un vagone di terza classe, sta valutando il suo nuovo alloggio popolare, ottenuto sganciando duemila euro a Salvatore, il bronzo di Riace basso. Carella ha gestito la trattativa alla perfezione, sistemando la cosa come un vero delinquente: metà ammiccante, metà minaccioso, con una spruzzata di mistero.

Insomma, questo vecchio – il Ghezzi – senza una lira in tasca né un posto dove stare gli aveva fatto un favore, e lui ricambiava trovandogli un tetto. Non aveva chiesto sconti né trattato sul prezzo, ma aveva detto «questione di qualche mese, sicuro, non di più». Il calabrese aveva fatto qualche domanda: non è che porta guai? Lo cercano? Noi non nascondiamo ricercati. Carella aveva riso, come tutta risposta, perché il Ghezzi così combinato, pantaloni da lavoro, una camicia strappata su un gomito e un piccolo gilet sintetico che gridava «morto di fame» da ogni punto della maglieria industriale, non aveva l'aria del ricercato. O forse sì: ricercato dalla vita, che già dava l'impressione di aver picchiato duro.

Salvatore si era detto che poteva mollargli il locale in cima alla scala G, uno di quelli che pensava di tenere per gli sfigati del collettivo, qualche mese più, qualche mese meno, le zecche non avrebbero protestato.

«Chi ti ha detto di chiedere a me?», aveva domandato, come ultimo sussulto di prudenza. E Carella lo aveva guardato come se fosse la parete scrostata dietro di lui, come rispondere: certe cose si sanno, non mi seccare. Poi aveva dato una pacca su una spalla al Ghezzi, aveva detto qualcosa come «grazie, amico», e se ne era andato a piedi, giù per via Gigante, senza guardarsi indietro.

Dieci minuti dopo due ragazzotti avevano sfondato la porta – quarto piano, niente ascensore – e buttato lì malamente una rete e un materasso sporco, Ghezzi aveva appoggiato la sua valigia malmessa sul pavimento e si era seduto sul letto.

«Veniamo tra poco a mettere una serratura», aveva detto uno dei due, e Ghezzi aveva annuito sentendoli scendere le scale, ridendo e spintonandosi come adolescenti.

E ora, ecco che sulla porta è comparso questo ragazzino, che lo guarda senza dire niente.

«E tu chi sei?».

«Diego».

«Sicuro ti chiami Diego?».

230

«Certo, Diego Kahamil», dice quello, che si accuccia sui talloni vicino al muro.

«E come mai non sei a scuola, Diego?».

«Perché siamo qui da poco», indica il piano di sotto, «e dice mamma che mi iscrive l'anno dopo... L'italiano me lo impara Illa, la maestra, là», dice indicando vagamente il cortile.

«Me lo insegna».

«Anche a te?».

«No, si dice me lo insegna», spiega Ghezzi. Pensa che la Rosa si intenerirebbe, un ragazzino così...

«Sei arrivato oggi, vero?».

«Adesso adesso... come si sta qua?».

«Bene. Prima siamo stati in un centro... brutto... papà aspetta asilo». E ride.

«Perché ridi?».

«Mamma ride di questo... dice che io aspetto scuola e papà aspetta asilo, mamma dice: i miei bambini».

Ora ride anche il vicesovrintendente Ghezzi. Il piccolo si alza in piedi:

«Vado, dice mamma di non parlare con gli stranieri».

Ghezzi ride ancora di più, lo straniero sarebbe lui, questa è bella.

«Ha ragione mamma, Diego, vai», e quello sparisce giù per le scale.

C'è un sole stitico, fuori, ma fa caldo, per essere metà marzo. Ghezzi tocca la parete esposta a sud, cemento, niente intonaco fuori, pittura scadente tutta crepata all'interno: deve fare una temperatura del diavolo lì dentro. Già ora l'aria è pesante, ma in luglio dev'essere davvero l'inferno. In quel buco di pochi metri, la cosa migliore è la finestra, ampia, da cui si vede bene il cortile, una specie di cinema. Il cesso è una stanza di un metro per due con la tazza, un lavandino, una di quelle minuscole vasche a semicupio piena di polvere e insetti morti.

Poi arrivano i due ragazzi di prima e mettono un chiavistello alla porta, gli danno una chiave. Insieme a loro c'è Salvatore, il calabrese piccolo, che sta in piedi vicino a un muro, attento a non appoggiarsi.

«Regole della casa», dice.

Ghezzi sta zitto, così quello va avanti.

«Niente rotture di palle, niente coinquilini. C'è il boiler elettrico, ma non scommetterei che funziona, possiamo allacciarti il gas, ma la caldaia te la paghi tu, anche se per qualche mese non vale la pena, e poi tra poco è estate».

Poi aziona l'interruttore della luce e la lampadina che pende dal soffitto si accende.

«La luce c'è, sei fortunato... che piacere gli hai fatto al tizio di prima? non sembra uno che ha bisogno favori da te».

«Non posso parlarne», dice Ghezzi.

«Tutti 'sti misteri non è che mi fanno felice, eh?».

«Ho visto una cosa, ma ho detto che non l'ho vista».

Il calabrese ride e se ne va senza salutare.

Ora il vicesovrintendente Ghezzi occupante abusivo di alloggio popolare, uno che potrebbe essere sgomberato a manganellate dai suoi colleghi, avvicina l'unica sedia alla finestra, si mette a cavalcioni con lo schienale che gli tocca il petto e appoggia i gomiti sul davanzale. Vede dall'alto le aiuole sabbiose in mezzo al cortile, conta le scale: dalla A alla L, dieci, osserva il via vai, è mezzogiorno e c'è una certa animazione.

Vecchi, pensa. Tutti vecchi. Li vede arrancare per il cortile, entrare nei portoni, trasportare sacchetti e borse della spesa, salutarsi come se si conoscessero da una vita, e probabilmente è così. I ragazzini saranno a scuola, quindi non può sapere quanti sono e quanto abbasseranno l'età media, ma probabile che chi ha meno di quindici anni, lì dentro, non sia nato qui... in Italia, intende. Due donne velate, una con un semplice foulard e una coperta integralmente da un drappo nero, chiacchierano vicino al cancello d'ingresso. Il resto sono suoni da cortile popolare, e odori, anche, si sente che qualcuno cucina. I ragazzotti del calabrese fumano seduti in un angolo dove sono posteggiati moto e motorini. Ghezzi si dice che poi andrà a vedere se l'Honda di via Sofocle è lì, o magari nei cortili vicini, ma decide che è presto per farsi vedere a ficcare il naso. Sa come fare, prima devi entrare nel paesaggio, e poi nessuno farà caso a te.

Per ora gli basta quel cinema che ha lì sotto, e intanto pensa che magari è tutto un equivoco. È sempre così quando ha un'intuizione. La segue d'istinto, le va dietro come un cane, e poi comincia a ragionarci su. Una Golf che passa in via Mauri, una moto che passa in via Sofocle, tutte e due di gente che sta lì. È una cosa che non prova niente. Però ancora ricorda la sensazione di quando l'ha notato su quei fogli, a casa, il drizzarsi dei peli sulla nuca, qualcosa dentro che gli diceva: bingo! eccola, la pista!

Ora pensa a Rosa, a casa da sola, con quelli che vanno e vengono per consultare carte e tabulati telefonici e documenti, o anche solo per fare il punto della situazione. Li ingozzerà come maiali, la pastasciutta, il caffè, il dolcetto... Scuote la testa: stai invecchiando, Ghezzi... la nostalgia dopo appena tre ore, roba da matti.

Va al cesso, controlla che esca l'acqua, che in effetti arriva, color ruggine, poi un po' più chiara, poi apparentemente pulita. Beve direttamente dal rubinetto e sta tornando nella stanza quando gli suona il telefono in una tasca dei pantaloni.

Legge il display e alza gli occhi al cielo.

«Pronto!».

Diciannove

«Non ci parlo più di Dio con lei, giovanotto. L'ultima volta è stato così noioso che mi ha fatto addormentare, e si è pure preso un anello... che modi sarebbero, eh?».

Katia Sironi sbuffa, e allarga le braccia, ma si vede che è contenta come una che ha vinto al Lotto.

«Non era lui, mamma, lui l'anello l'ha ritrovato».

Oscar Falcone sorride, perché quella vecchia stralunata, vestita come una principessa dell'epopea beat, lo diverte parecchio. Carlo, che questa volta è meno timido, passa in rassegna le pareti per vedere bene quei quadri che l'ultima volta aveva guardato distrattamente. Il Balla – ora si ricorda – si chiama «Ballafiore», 1924 o giù di lì, un olio su tela che potrebbe illuminare il grande salotto anche da solo, tant'è radioso. Poi, senza chiedere il permesso, gira per l'appartamento per vedere anche i disegni a matita di Depero che il ladro non ha portato via. Notevoli pure quelli.

Quando sono entrati, Oscar ha posato con cura sul tavolo una pezzuola di velluto verde, e sopra di essa l'anello. Katia lo ha stretto in uno di quei suoi abbracci che sembrano un documentario sui boa constrictor, e lui si è liberato a fatica, mentre donna Adele Bellini vedova Sironi ha solo storto un po' il naso e proclamato a gran voce:

«Bene, era ora, e non si permetta più, giovanotto!».

Il sollievo di Katia era tale che ha sganciato una risata da far tremare i vetri. Carlo non ha potuto che ridere anche lui: quel portento di donna, quella tonnellata concentrata di determinazione e potenza, sa anche liberare buonumore, solo che quando lo fa sembra che arrivi il terremoto.

«Questo lo prendo io», ha detto avvolgendo l'anello nel drappo e riponendolo con cautela nella borsa di Prada, «poi vado in banca e finisce in una cassetta di sicurezza».

La madre l'ha guardata con un accenno di tristezza sul volto: che senso ha avere un bell'oggettino come quello e tenerlo nascosto? Ma non ha osato dirlo.

Poi Katia si è appartata per qualche minuto con Oscar, ha firmato un assegno e gli ha stretto calorosamente la mano – questo significa che poteva stritolargli qualche falange – guardandolo fisso negli occhi e dicendogli un grazie che veniva dal cuore.

Oscar, contravvenendo al suo stile, sembrava quasi ciarliero. Non ha detto nulla delle sue indagini, ovvio, ma sembrava, insomma... meno misterioso del solito.

La vecchia ha colto l'aria di giubilo ed è saltata su come un grillo dalla poltrona – poltrona Lady, Marco Zanuso, Italia, 1951 – e ha battuto le mani come una bambina:

«Bene! Facciamo festa! Preparo i drink!».

«Drink un cazzo, mamma, sono le dieci e mezza di mattina! E oggi ti presento una signora che starà qui con te, ti aiuterà, vedrai».

«Le amiche me le trovo da sola, Katia, tu sei capace di portarmi qui una che non ha nemmeno letto Whitman!».

Carlo ha pensato che, anche se in quella casa non ci sono problemi economici, beh, trovare una badante che abbia letto Whitman... ma i suoi pensieri sono stati interrotti dalla signora Adele, che lo ha squadrato da capo a piedi come se lo vedesse per la prima volta:

«Che bell'uomo, Katia, è il tuo fidanzato?».

Carlo ha riso, Katia ha scosso la testa come chi perde ogni speranza.

Poi escono tutti. Katia corre in questura a ritirare la denuncia di furto. Oscar si è raccomandato di farlo entro le 15, sono i patti, e lei non deve fare domande. Non ne fa, anzi sì, una:

«Cosa dico alla polizia?».

«Dica che l'anziana madre fuori di testa si è inventata tutto e che i gioielli li ha ritrovati la donna delle pulizie, sotto un mobile», dice Oscar.

«Non ci crederanno mai».

«No, non ci crederanno, ma gli togliamo un peso e gli alleggeriamo il lavoro, e quindi decideranno di crederci».

Voi lo sapete che questa è una città pragmatica, vero?

«E poi», aggiunge Oscar, «ora che stanno impazzendo dietro all'assassino dei sassi saranno solo contenti di vedere un caso che si risolve da solo».

Ecco, l'assassino dei sassi.

Quando Oscar e Carlo raggiungono un bar a cinque stelle in largo Cairoli, si accorgono che non si parla d'altro. Non sono solo i titoli dei giornali, le assurde ipotesi dei commentatori, la pista islamica, le maratone televisive, i programmi per guardoni del crimine, la paura diffusa a piene mani dai corsivi delle grandi firme che invitano a non aver paura. Anche gli avventori, i baristi, le cassiere, i camerieri, non parlano d'altro. Lì nella città modernissima, «capitale morale» e modello per il paese, una cosa così premoderna come mettere un sasso sui morti ammazzati è argomento troppo ghiotto. Senza contare che ancora non si è trovato un legame tra le due vittime, e questo induce chiunque a pensare che potrebbe finire sparato così, senza motivo, da un momento all'altro, con una pietra sulla pancia.

Paranoia.

Seduti a un tavolino all'esterno, guardano il passaggio indaffarato di Milano. Carlo affronta l'argomento.

«Lo sai che dobbiamo dirlo a qualcuno, vero?».

Oscar fa il finto tonto: «Cosa?».

«Ma come cosa, dai, non fare il coglione... quello che ci ha detto il ladro. Può essere una pista».

«E da quando lavori per la polizia?».

«Dai, Oscar, che dici! È evidente che non ci stanno capendo un cazzo, magari quella può essere una cosa importante... c'è uno che va in giro a sparare alla gente, se si può dare una mano...».

«Il tuo senso civico mi commuove. Ma forse stai sottovalutando l'abilissimo profiler israeliano», dice Oscar.

Ha parlato con un sorrisino che dire sarcastico è poco, è più la sua modalità «faccia da schiaffi», e gli viene proprio bene.

«Insomma...».

«E sentiamo come faresti, dai, descrivi la scena... ti presenti in questura, chiedi di quei geni mandati dal ministero, quelli che fanno le retate di imam al Giambellino, alla Barona, che frugano negli scantinati dove pregano gli arabi, che seguono la pista del terrorismo... arrivi tu... cari signori, sapete cosa? Uno che non so chi è, morto in carcere, ma solo forse, e non so quando, aveva fatto i nomi delle vittime prima che fossero morte, perché si stava facendo la galera anche per loro, ma quale galera non so nemmeno questo... però non posso dire chi me l'ha detto, perché lui è un delinquente e voi siete la polizia... vado bene?».

Carlo pensa.

Messa così, in effetti, è una faccenda che porta scritto «rotture di palle» in neon azzurro come le insegne degli alberghi art déco di Miami Beach. E deve fare una faccia che dice proprio quella cosa lì, perché Oscar ride:

«Vedi?».

Poi si alza e saluta con un cenno del capo. Chissà che misteriose faccende ha per le mani, a parte correre in banca a versare l'assegno che Katia Sironi gli ha firmato.

Così ora al tavolino di largo Cairoli Carlo è seduto da solo. Guarda passare i milanesi veloci e indaffarati, un flusso in cui si infilano i turisti che fanno su e giù tra il Duomo e il Castello. Sarà il genius loci, o che si fanno contagiare, ma sembrano frettolosi e indaffarati anche loro.

Quello che dice Oscar è vero: c'è una storia da raccontare, sì, ma non c'è modo di raccontarla senza tirarsi addosso una quantità infinita di rogne, interrogatori, verbali, domande...

E poi gli viene un'idea. Dopotutto lui un amico poliziotto ce l'ha. Dubita che si occupi dell'inchiesta, perché a dar retta ai giornali le indagini sono affidate a una task force superefficiente, tecnologica, modernissima, e il vicesovrintendente Tarcisio Ghezzi, invece, è un tipo piuttosto all'antica, e soprattutto sta alla base della scala, non in cima, dove si avvitano le lampadine.

Però il Ghezzi non è solo un poliziotto. Le loro strade si sono incontrate un paio di volte, è uno che ha bevuto il suo whisky, che ha trepidato insieme a lui per un caso complicato... insomma, non si tratta esattamente di fare il confidente, ma due chiacchiere con un amico... perché no?

Voi lo sapete come funziona con le idee, no? Si affacciano per un istante e poi scompaiono appena le colpite con una raffica di «no, no, ma che mi viene in men-

240

te». Poi fanno ciao con la manina e si sporgono un po'
di più. Poi tu fingi di non vederle e loro sono lì a dirti: «beh, e a me non ci pensi?». E tutto questo può av-
venire anche nel tempo di un secondo caffè, un'occhiata al telefono per vedere se ci sono messaggi dalla diva Flora De Pisis, un intervallo di sguardi nel vuoto sul-
l'umanità che gli sfila davanti, sul marciapiede.

Così, alla fine, Carlo Monterossi si riscuote. Al massimo sarà una perdita di tempo, ma se l'alternativa è tra
andare in ufficio, alla Grande Fabbrica della Merda, a
raccogliere pettegolezzi sui prossimi ospiti piangenti, e ber-
si un bicchiere con il vicesovrintendente Ghezzi... E un
minuto dopo sente quella voce tonda che dice:

«Pronto!».

Solo che non dice solo «Pronto!», dice anche: «Monterossi, quando il suo nome compare su questo telefono, c'è una vocina interna che mi dice: rotture di palle in arrivo».

«Anch'io sono contento di sentirla, Ghezzi».

L'ultima volta che si sono visti hanno fatto qualche
chilometro per andare in un cimitero di provincia,
quello gli ha raccontato com'era finita una brutta storia, pioveva e Carlo era immerso nel suo blues fino al
collo, e cercava un tesoro.

«Non faccia così, Ghezzi, so che in fondo è contento di sentirmi. La signora sta bene, spero, quella donna è la sua parte migliore, lo sa, vero?».

«Sta bene, sta bene... cosa vuole, Monterossi? Lo dica in fretta perché sono al lavoro e non ho tutto 'sto
tempo».

È un timido, il Ghezzi, non è uno da convenevoli.

Così Carlo gli propone di vedersi, che potrebbe dirgli delle cose che... non sa nemmeno lui... insomma, dieci minuti glieli dà o fa il difficile? Vuole un invito scritto? Glielo manda con un corazziere a cavallo?

In effetti sente che quello tentenna, che pensa.

«Lo conosce il bar che c'è fuori dallo stadio, quello vicino all'ippodromo del trotto?».

«Dice quello davanti alla biglietteria rotonda?».

«Sì, proprio quello... facciamo tra mezz'ora? Però non ho tempo da perdere, eh, Monterossi, non mi porti una di quelle sue faccende da matti ricchi, che ho da fare fin sopra i capelli».

In realtà deve solo guardare un cortile dall'alto e diventare parte del paesaggio, ma è un lavoro pure quello, no?

Carlo è un po' stupito, ma sono le dodici e mezza, ha la macchina lì vicino e...

«Ok, posso farcela, Ghezzi, se ritardo cinque minuti non si dia fuoco, eh?».

«No, Monterossi, se ritarda cinque minuti do fuoco a lei».

Ventinove minuti dopo Carlo posteggia come Vallanzasca su un angolo vietatissimo di piazza Axum e cammina verso il bar di scommettitori, tifosi quando c'è la partita, perdigiorno spesso, lettori della *Gazzetta* sempre. Anzi, quelli che bevono lì la sanno a memoria. Ghezzi invece ha attraversato due o tre mondi: dalle case popolari, in un paio di chilometri a piedi, ha percorso vie di buon ceto medio, poi di appartamenti signorili, poi di ville di lusso, perché zona San Siro contiene tutto questo, ma del resto anche nella Parigi di Zola, piena di pezzenti, non si andava dalle Halles a Palazzo Reale in dieci minuti?

E allora arrivano quasi insieme davanti al bar, che ha qualche tavolino male in arnese fuori, due ombrelloni con una marca di birra stampata sopra, entrambi impegnati a guardarsi intorno per vedere se l'altro è già lì che aspetta.

Solo che Carlo stenta a riconoscerlo. Sì, va bene, il Ghezzi è un poliziotto di basso grado, lo stipendio è quello che è, ma lo ha sempre conosciuto come un tipo decoroso, certe volte persino in giacca e cravatta. Va bene anche la crisi, ma così... pantaloni verdi, sformati, con qualche macchia che pare vernice e un gilet di maglia troppo brutto persino per spolverare la macchina.

La sua faccia deve dire quello che sta pensando, perché il Ghezzi lo prende per un braccio e lo guida verso la porta del bar:

«Non mi rompa i coglioni, Monterossi, la prossima volta vengo più elegante, ma adesso sto lavorando e... meglio che entriamo, qua fuori non vorrei che qualcuno mi vedesse con un figurino come lei».

Così Carlo capisce al volo, cioè, intuisce. Sa che Ghezzi ha questa passione delle missioni sotto copertura... solo che così, pensa... non sarà un po' troppo?

Si siedono su due sgabelli un po' distanti dal bancone che serve i panini.

«Sicuro tutto bene?», chiede ancora Carlo, ma siccome quello sbuffa decide di lasciar perdere. Per il resto, il vicesovrintendente Ghezzi ha il solito sguardo sveglio, la battuta pronta e soprattutto una certa fretta.

«Sentiamo», dice quando arrivano le due birre e lui ne ha già bevuto un sorso, perché la camminata che gli ha fatto tagliare come il burro le classi sociali di Milano gli ha messo sete.

E ora Carlo Monterossi mette un sacco di mani avanti. Non sa se la cosa che gli dirà può essere utile, ma non saprebbe a chi dirla. Naturalmente è tutto aleatorio e approssimativo. Anzi, ci ha pure pensato se dirgliela o no... insomma, tutta una manfrina che alla fine raggiunge un solo scopo: far spazientire Ghezzi che sì, sembrerà uno travolto dalla valanga del destino, ma non è che per questo è diventato scemo.

«Allora, la finiamo? Parla o no?».

Ecco fatto. Carlo mette da parte la prudenza e racconta tutto. Quasi tutto.

«E da quando frequenta gli ex detenuti, Monterossi?».

«Questo non glielo posso dire, Ghezzi, ma posso assicurarle che non è importante, perché questa... persona, ehm... riferiva un sentito dire di un sentito dire, insomma, chiacchiere da galera, ecco».

«Ma i nomi erano quelli? Sicuro? Gotti e Crisanti?».

«Sì».

«Quindi riassumo, Monterossi... vediamo se ho capito tutto... un carcere probabilmente del nord... un detenuto politico condannato per un reato grave che poi è morto in galera... informazioni databili circa sette-otto anni fa, quindi la storia è precedente... forse anche di molto precedente... un pugliese dentro per omicidio che l'ha raccontata in giro ma non sa più bene dove l'ha sentita esattamente, o non l'ha detto... è tutto?».

«Se può servire ci sarebbe anche la conversione... cioè, il tipo che diceva di essersi fatto la galera anche per i due morti dei sassi a un certo punto è diventato una specie di ultras cristiano, un mistico, o qualcosa così... ma anche questo vago... e sì, mi pare tutto».

«Le pare?».

«È tutto».

«Morto in galera?».

«Sì... che ne so, magari all'ospedale, magari in infermeria... morto da detenuto, ecco, questo sì, sembrerebbe».

«E il tipo che le ha raccontato 'sta storia lei lo conosce bene?».

«Ma no, Ghezzi, che dice!».

«Intendo... aveva particolari motivi per raccontarle una storia simile, che so, voleva farsi bello per quella sua trasmissione da deficienti in tivù... avete questioni di soldi in ballo...».

«No, Ghezzi, non ci guadagnava né perdeva niente, non so come si chiama», qui Carlo dice una piccola bugia, «e mi è parso totalmente sincero... tra l'altro raccontava quella storia per sottolineare quanto siete coglioni, che cercate gli arabi per la faccenda dei sassi».

Ora Ghezzi lo guarda, ma non lo guarda veramente, è più giusto dire che lo trapassa con gli occhi come se non esistesse, perché sta pensando.

245

«Va bene, Monterossi... non so a cosa serva 'sta roba che mi ha detto... però io la registro e vedo se può venir buona in qualche modo... naturalmente non mi occupo del caso dei sassi, sa che c'è una squadra apposta e che la faccenda è un affare nazionale, ministero, servizi...».

Un'altra pausa. Non ti occupi del caso, pensa Carlo, però ci stai pensando...

«Ora, Monterossi, lei mi fa una promessa solenne».

«Sentiamo».

«Lei se ne torna là nei quartieri alti, fa il suo lavoro, sente il suo... come si chiama là, quello per cui ci ha la fissa, che vince i premi e non li ritira... Bob Dylan, sì, fa le sue porcate in tivù, la bella vita, e questa faccenda se la dimentica».

«Quale faccenda?», dice Carlo con l'aria di quello che si è già scordato tutto, e sorride.

«Non faccia il coglione, Monterossi, dico sul serio. Non è una delle sue avventure del cazzo da cui bisogna cavarla per i capelli, lei e quel suo amico là, quello che gioca al detective... questa qui è una cosa grossa e già i professionisti mandati da Roma sembrano bambini dell'asilo, ci mancano solo dei dilettanti in giro».

«Non solo prometto, Ghezzi, ma giuro. Al massimo i miei, là alla tivù, intervistano qualche vedova in lacrime, ma quella, lo sa anche lei, è tutta fuffa...».

Ha l'aria sincera. Ghezzi decide di fidarsi, e del resto che può fare?

Così scende dallo sgabello e gli stringe la mano.

«Paghi le birre, Monterossi, che se vedono uno conciato così che paga da bere a uno come lei mi arrestano per adescamento».

Poi esce dal bar nel sole pallido delle due del pomeriggio e si avvia con passo svelto. Carlo Monterossi lo guarda allontanarsi e si accorge che già non lo vede più. Ha fatto solo cento metri, il vicesovrintendente Ghezzi travestito da anziano povero, e già fa parte del paesaggio, niente da vedere, niente da segnalare.

È una città cattiva, sapete? Se venite qui portatevi dei soldi.

Quanto al Ghezzi, cammina e pensa, pensa e cammina, ora che è tornato nel quartiere popolare si sente più a suo agio, un pensionato con la minima nel suo habitat naturale. Certo che quel Monterossi lo sorprende sempre. Non che sia stupido, ma... Ora entra nel grande cortile su cui si affacciano i palazzoni grigi, sono appena passate le due e non c'è in giro quasi nessuno. Mentre raggiunge la porta della scala G gli suona il telefono e lui risponde senza nemmeno guardare.

«Pronto».

«Ghezzi, sono Carella». La voce sa di allarme, così lui tace e aspetta.

«Ne abbiamo un altro, Ghezzi, un altro morto, col suo bel sasso addosso».

«Cazzo!».

«Esatto».

Venti

Seduto al posto di guida della sua Lexus, la testa poggiata sul volante, le braccia abbandonate, una tra il sedile e lo sportello, l'altra vicino alla leva del cambio automatico, la faccia stupita, un piccolo buco nella nuca da cui parte un rivolo di sangue ormai nero e secco.

E un sasso poggiato in grembo.

Giorgio Campana è stato trovato così, nel grande parcheggio sotterraneo di un bel complesso di appartamenti in via Solari. Lo ha visto un condomino – «Ho pensato che si sentisse male» – che ha chiamato il 113.

Le nove del mattino, minuto più, minuto meno.

Dopodiché, il caos.

Il vicequestore Gregori, arrivato sul posto dopo la prima volante, insieme al sostituto procuratore e ai titolari dell'indagine, ha studiato la scena, ha lasciato il morto ai medici, è salito in casa della vittima con le chiavi trovate nella tasca della giacca del cadavere. Un primo sopralluogo, e subito la perquisizione, i sigilli, il veloce trafficare della scientifica sulla scena del delitto, le solite luci azzurre delle volanti, il chiacchiericcio dei condomini scesi per curiosare.

Alle dieci sono arrivati i cronisti.

Alle dieci e venticinque minuti i principali giornali online hanno rivoluzionato le loro home page con toni da fine dell'umanità: il killer dei sassi colpisce ancora. Milano ha paura. Sangue senza fine. Ora basta. Cose così.

Prima delle undici Gregori ha avvertito Carella, dicendogli di non andare lì, di ricordarsi che è in vacanza, gli ha dato appuntamento per mezzogiorno al Parco Solari, vicino alla piscina, e lì gli ha detto quello che avevano scoperto al momento, cioè pochissimo: identità della vittima, dettagli e ipotesi sulla dinamica, prime mosse decise dagli inquirenti. Gli ha detto che l'agente Senesi è già impegnata a fotocopiare tutto, a intercettare ogni dettaglio in modo da farlo avere alla squadra clandestina, che duplicherà i cd delle telecamere del parcheggio sotterraneo, quando li avrà in mano.

Gregori era nervoso e incazzato, ma anche – è sembrato a Carella – preoccupato di dover fare quello strano doppio gioco.

Poi Carella ha telefonato al Ghezzi, che ha detto solo «Cazzo!».

E ora sono lì, nel piccolo salotto della signora Rosa, Carella stropicciato più del solito, Selvi silenzioso, Sannucci che si torce le mani, un po' perché si accorge che non ne vengono a capo, un po' perché ha paura che la copertura di Gregori non sia poi questa gran cosa, e che se viene fuori che lui e gli altri giocano in proprio fingendo di essere in vacanza, addio carriera, e lui ci tiene.

Quando arriva il vicesovrintendente Tarcisio Ghezzi, sempre vestito da profugo, occupante abusivo, sottoproletario, la signora Rosa si porta le mani alla bocca. Il suo Tarcisio, conciato così... Lui chiede scusa e sparisce in bagno, dove fa una doccia calda, cinque minuti ed eccolo lì, insieme agli altri con una tazzina in mano.

Carella fa il punto della situazione.

La vittima: Giorgio Campana, mediatore finanziario, qualunque cosa voglia dire, anni quarantotto, benestante, sposato senza figli. La moglie è stata avvertita, stava in un grande albergo sul lago ed è corsa subito a Milano, accompagnata dal capo della sicurezza dell'hotel, perché è uno di quei posti superlusso affacciati sull'acqua verde dove i clienti sono serviti e riveriti come nobili a corte. La signora non ha pianto, ma era turbata, sotto choc, accompagnata da un medico, visitata e imbottita di tranquillanti, ora a casa di un'amica.

Questo Campana era una specie di procacciatore d'affari, dice Carella, accertamenti in corso, carte, traffici. «Vedremo cosa viene fuori».

L'arma. Carella riferisce quello che gli ha detto Gregori, che ha visto il corpo. Il buco era piccolo, una .22, quasi sicuro, ma aspettano la balistica e l'autopsia, colpo a bruciapelo, comunque. La cosa più probabile è che il killer abbia aspettato sul sedile posteriore, sdraiato, buono buono, e appena quello è salito, prima che mettesse in moto, bum. Nervi saldi. Nel garage c'è una sola telecamera che inquadra l'imbocco della rampa. Secondo il medico il Campana è morto verso le sette, sette e mezza, era uno che andava in ufficio presto. Altri condomini sono usciti dopo quell'ora ma non hanno notato niente, perché il posto riservato al Campana era in un angolino, e che quello stava lì riverso sul volante l'ha notato uno che usciva tardi e che aveva la macchina accanto.

«Entrare in un garage sotterraneo, alla mattina quando c'è un certo via vai, aspettare, uscire senza farsi vedere... un rischio grosso», dice Ghezzi.

«Non più grosso che sparare in via Mauri alle undici di sera», dice Selvi.

«Sì, chiunque sia, il killer è poco prudente e molto fortunato».

Ora devono dividersi i compiti.

Selvi va a dare un'occhiata alla scena, appena sarà sgombra, per prima cosa deve capire come si può entrare e uscire da quel posto senza essere visti e senza essere inquadrati dalle telecamere: data l'abilità nello schivarle nei primi due omicidi, partono dal presupposto che l'assassino non comparirà in nessuna inquadratura.

Sannucci starà lì, dalla signora Rosa, ad aspettare tutto il materiale che la Senesi riesce a mandargli, sono d'accordo che lo chiamerà ogni ora per riferire sviluppi e novità.

Carella va a tentare di ricostruire chi è, chi era, questo Campana, e Ghezzi torna al suo alloggio occupato, perché quella pista là è l'unica che hanno in mano e non vogliono mollarla, non ancora.

Ma prima dice una cosa, e l'avevano pensata un po'
tutti, senza ancora metterla a fuoco:

«Qualcosa non torna».

«Spiega», dice Carella.

«Quanti anni aveva questo Campana?... Quarantotto, ho capito bene?».

Nessuno fiata.

«Allora nell'80, nell'81, quanti anni aveva? Dodici?
Tredici? Un po' giovane per fare la rivoluzione proletaria insieme agli altri due morti. È una falla nella nostra ipotesi».

«È un po' presto per dirlo, Ghezzi», anche Carella
sta pensando ad alta voce, «magari sapeva qualcosa, magari... vediamo, forse questa volta esce un legame col
Gotti o col Crisanti, forse...».

«Anche la modalità è diversa», Ghezzi continua
per il suo binario, «una .22 non è una pistola da killer... però abbiamo visto che lo stronzo spara con
quello che trova, armi vecchie, armi da signorina...
questo conferma che non è un professionista, una cosa che ci dà ragione, ma ovviamente può essere un
caso».

«Stiamo camminando sulle nuvole», dice Carella, «ci
servono più elementi. Ci vediamo qui questa sera, va
bene? Verso le sette».

Tutti concordano e se ne vanno. Ghezzi mette qualche vestito vecchio in una borsa, Sannucci si sistema
comodo e aspetta le telefonate dalla questura, dove Gregori farà la sua opera di spionaggio mettendoli al corrente di quello che trova la squadra mandata da Roma.

La signora Rosa comincia il suo rosario di raccomandazioni al marito:

«Ma Tarcisio, ma là ce l'hai l'acqua calda? Perché non prendi anche due lenzuola?».

Sì, le lenzuola sono una buona idea.

Poi Ghezzi si avvicina a Sannucci.

«Mentre stai qui a fare un cazzo, Sannucci...».

«Eh, che modi, sov!».

«Sì, che modi... fammi un piacere. Ti attacchi al telefono e cerchi qualcuno che sappia le cose all'amministrazione carceraria, a Roma. Quello che voglio sapere è questo: i morti di malattia in galera... diciamo dal 2000 al 2009, nomi e motivo della condanna. Non i suicidi, eh, Sannucci, se no non finiamo più...».

Quello lo guarda con la faccia di chi non ci capisce più niente.

«Dai retta, Sannucci, dopo ti spiego, però tu fammi 'sto piacere... guarda che non sarà una cosa facile, perché ammesso che ce li abbiano, quei dati non li danno volentieri, inventati qualcosa...».

«Ci provo, sov».

«Bene».

Ora Ghezzi fa per uscire davvero e tornare alla sua missione clandestina, ma ci ripensa, accende la tivù e scanala veloce. Tutti i programmi del pomeriggio stanno parlando del terzo omicidio dei sassi. Immagini del garage di via Solari, Gregori che allontana i microfoni con una mano, il sostituto procuratore che invece si fa inquadrare e dice: «Speriamo che questo terzo omicidio consolidi le piste che stiamo seguendo», cioè nessuna. Poi i microfoni passano sotto il naso di passanti e inquilini del complesso residenziale, e qui la linea è una sola: paura e rabbia. «Ci stanno ammazzando come cani», dice una signora elegante, «cosa aspettiamo a mandarli a casa tutti?».

Tutti chi? pensa Ghezzi, tutti i killer? Che scemenza.

Ma il concetto, con qualche variante, è ripetuto da una maggioranza nemmeno troppo silenziosa, gente umile e alti redditi, cittadine che vanno al mercato con il carrello con le ruotine e proprietari di BMW che escono rombando da quel garage sotto terra, passanti generici e signore dei piani alti. Sempre la stessa storia. Dateci un nemico da odiare, dicono.

Quando il vicesovrintendente Tarcisio Ghezzi torna in via Gigante, il cortile è invaso da un sole pallido, la primavera intimidita e guardinga c'è ma non si fa vedere.

Si avvia verso la porta della sua scala, fa un cenno ai ragazzotti dei calabresi che sono seduti lì vicino al cancello, uno su un motorino, l'altro su una sedia di legno, inclinata, lo schienale appoggiato al muro. La guardia. Quelli non rispondono. Più in là c'è un ragazzo nero, seduto per terra, sembra un'altra guardia, pensa Ghezzi, ma non familiarizza con i due italiani. La cosa gli sembra strana, ma continua dritto. Fare parte del paesaggio, diventare invisibile.

Ma poi, quando passa davanti alla porta della scala

C vede un piccolo assembramento, tre persone, una vecchia che fatica a tenersi in piedi, sostenuta da una ragazza, e un altro giovane che sta dritto a discutere.

«Senta!». È la ragazza. Ghezzi capisce che si rivolge a lui. Si ferma e la guarda come dire: Io? Che c'è?

«Ci aiuta?».

Gli spiega che la signora non può usare le gambe, proprio non ce la fa. L'hanno accompagnata dal neurologo, e ora è un problema riportarla su, in casa. La ragazza indica in alto: «Quarto piano», dice, «noi due non ce la facciamo».

Ghezzi studia la situazione per un attimo. La vecchia sta in piedi con una smorfia di dolore, o fastidio, o chissà, ora si regge al ragazzo. La ragazza non sa cosa fare.

Così Ghezzi torna verso l'ingresso del cortile e si rivolge al tipo che si dondola sulla sedia.

«Mi presti la sedia?».

«Eh?», dice quello.

«La sedia, te la riporto tra dieci minuti, aiutiamo la signora», dice Ghezzi.

L'altro, quello seduto sul motorino, ride, ma quello della sedia si alza, forse perché nel tono di quel nuovo arrivato c'è qualcosa...

«Dieci minuti», dice, perché in qualche modo, pur cedendo, deve fare il duro.

Ghezzi torna con la sedia verso il gruppetto, fanno sedere la signora, poi fa cenno al ragazzo, che prende la sedia per lo schienale, mentre lui si mette davanti.

Così cominciano la scalata e si fanno quattro piani trasportando quella portantina che scricchiola, tipo il papa in processione.

Quando entrano in casa, Ghezzi sente un caldo stantio, puzza di chiuso e di cibo rancido. Mettono la vecchia sul letto, sdraiata. Il ragazzo dice che se ne deve andare, allora Ghezzi gli indica la sedia:

«Porta quella allo stronzo giù sotto», dice. E alla ragazza, additando la signora che ora sembra spossata, la testa sul cuscino, il vestito di cotone da mercato rionale un po' rialzato sulle gambe: «E questa che fa qui dentro se non può camminare?».

La ragazza si stringe nelle spalle:

«Ogni tanto passa qualcuno, o di noi, o le altre vecchie della scala».

Ogni tanto, pensa Ghezzi.

«Lei è nuovo, vero?», dice la ragazza.

«Sì».

«Io mi chiamo Chiara».

«Io Franco», dice Tarcisio Ghezzi. E poi gli viene un'idea.

«C'è un pronto soccorso qui vicino?».

«Sì, quello del San Carlo».

«Ce l'hai una macchina?».

«No, ma ce l'ha lei», indica la signora, «è una carcassa, ma qui la usiamo un po' tutti».

«Vieni con me», dice Ghezzi. Certe cose bisogna prenderle al volo, se ci pensi poi non le fai più, ma lui sa che il buonsenso ogni tanto bisogna lasciarlo perdere. Così cinque minuti dopo sono a bordo di una Golf che perde i pezzi, Chiara al volante, lui sul sedile del passeggero che le spiega la sua idea.

Al pronto soccorso c'è una fila infinita. All'accettazione parla lei: suo padre si è sentito male. È svenuto, gli gira la testa, possono visitarlo?

«Tessera sanitaria?».

«Non ce l'ho qui, siamo venuti di corsa».

«Mettetevi lì, vi chiamiamo».

Così si siedono in sala d'attesa e studiano la situazione. Hanno un codice giallo, quindi capace che dovranno star lì alcune ore, c'è un via vai di infermieri, pazienti che pazientano, gente che si lamenta, uno con una mano che sanguina avvolta in un cencio ormai quasi tutto rosso, una signora con un bambino in braccio, che piange piano. Lei, non il bambino. Le porte si aprono e si chiudono in continuazione, una dà sulla sala dell'accettazione, una su un passaggio per le ambulanze. Nessuno fa caso a loro. Ghezzi si alza, esce dalla porta delle ambulanze e si accomoda su una sedia a rotelle. Chiara lo raggiunge, lui la guarda. È una bella ragazza, ha una ciocca di capelli viola, una felpa blu e i jeans chiari. Ha un anellino d'oro che le pinza un sopracciglio.

«Non ancora», le dice Ghezzi, «vai dentro, torna tra dieci minuti».

Diventare parte del paesaggio, diventare invisibili. Portantini e infermieri, infatti, passano senza vederlo. Dieci minuti dopo Chiara esce e comincia a spingere la carrozzina verso l'uscita delle ambulanze. Piano, come se portasse il malato a prendere aria, o forse lei vuole fumare in attesa che li chiamino per la visita. Nessuno li nota, raggiungono la macchina, piegano la sedia e la mettono sul sedile di dietro, salgono e partono.

Ora la signora Antonia, scala C, quarto piano, è seduta sulla sedia a rotelle rubata all'ospedale, prova a muoversi, impara i gesti, gli angoli, le traiettorie, le mani sulle ruote della carrozzella.

Ghezzi sposta un po' il tavolo della cucina in modo che quella ci passi, che non trovi ostacoli. Si siede e chiede: «Va un po' meglio, signora?».

«Almeno posso andare al cesso», dice lei. Non dirà grazie, Ghezzi lo sa e non gliene importa. Invece lo dice Chiara, che non trattiene la curiosità:

«Bel colpo, Franco... lei dove sta?».

«Scala G, quarto piano».

«I calabresi?».

«Sì».

«Ora vado... grazie».

«Grazie di che? Io sto qui un po' a riprendermi, poi vado anch'io».

Lei sorride e va verso la porta. Prima di uscire mette la chiave della Golf su un mobile all'ingresso, ma lui la ferma:

«Scusa, Chiara...».

«Sì?».

«La macchina della signora... dovesse servirmi, come faccio?».

«Vieni qui e prendi le chiavi... la porta la lascia aperta, così quando qualcuno viene a controllare non deve alzarsi... diglielo, però... la usiamo un po' tutti, qui, occhio che non ha l'assicurazione, se ti fermano sono cazzi...».

«La prenda quando vuole, Franco», e questa è la voce della signora Antonia, «almeno per la mia macchina c'è il socialismo, qui dentro... tanto adesso le ruote ce le ho anch'io», e ride mentre va su e giù per quel minuscolo appartamento di due stanze con la sua sedia a rotelle nuova. Pare contenta.

Allora anche lui si alza, saluta e scende giù per le scale.

La macchina. La Golf che era passata in via Mauri il giorno prima dell'omicidio Gotti.

La usano tutti.

Bingo.

Quando risale nel suo buco sono le cinque passate. Mancano due ore all'appuntamento a casa sua, coi mezzi a tornare là ci mette più o meno mezz'ora, quindi ha un po' di tempo. Allora tira fuori dalla borsa le lenzuola, con cui copre quel materasso macchiato. Poi prende detersivi, spugnette e stracci e si mette a pulire il bagno. Alle sei e mezza esce, chiude la porta e scende le scale piano. In cortile ci sono dei ragazzini che giocano a pallone, tre contro tre, impolverati e sudati, due sono proprio neri neri, gli altri olivastri, o appena un po' scuri. C'è anche Diego, che lo saluta con la mano. I due di guardia sono sempre lì, lui china il capo come a salutare, ma quelli non lo vedono nemmeno.

Fare parte del paesaggio, come un cespuglio, come un muro.

Tarcisio Ghezzi sorride e va verso la fermata della metropolitana.

Quando arriva a casa, Rosa lo accoglie come se fosse un profugo, manca solo la coperta di alluminio che danno a quelli salvati in mare e la scena sarebbe perfetta. Ghezzi sparisce sotto la doccia e dopo poco sono tutti lì.

Sannucci gli si avvicina.

«Ancora niente, sov. Mi hanno passato un ufficio, poi un altro ufficio, poi un funzionario che mi ha rimbalzato a un'associazione che collabora con loro, poi all'associazione mi hanno detto che devo parlare con uno che però non c'era...».

«Non mollare, Sannucci, può essere importante».

«Certo, sov... poi mi spiega, eh!».

«Quando abbiamo i nomi ti spiego, Sannucci, stai buono».

Carella è al telefono. Selvi è seduto sul divano, aspetta che il capo smetta di parlare al cellulare e poi inizia lui:

«Nel garage ci si arriva in tre modi. Dalla rampa, ovvio, ma è l'unico posto dove possono vederti le telecamere, dal palazzo, naturalmente, ci arrivano sia le scale che un ascensore, però per fare quella strada lì prima bisogna entrare, e il portone non è facile da aprire senza chiavi... è un posto di ricchi, abbastanza ben controllato... Poi c'è un passaggio tra la rampa e un muro, lì bisogna scavalcare e le telecamere non ti vedono... basta un saltino e sei dentro, facile che è passato da lì».

«Però bisogna aprire la macchina», dice Sannucci.

«Quello son buoni tutti», dice Selvi.

Carella apre la porta finestra che dà sul balconcino e fuma, come sempre.

«L'autopsia conferma: calibro .22 dritto alla nuca, a bruciapelo, poco sangue e poco rumore, anche se là dentro il rimbombo si dev'essere sentito, ma testimoni niente. Il Campana è morto verso le sette, anche questo è confermato, ma nessuno l'ha trovato fino alle nove, o non l'hanno visto o è gente che si fa i cazzi suoi, tra le sette e le nove sono uscite sei macchine, dal parcheggio, ma erano un po' distanti, ci sta che non l'abbiano visto».

Nessuno fiata, tranne la signora Rosa che dice: «Metto su la pasta, la volete?».

Ancora Carella:

«'Sto Campana era un figlio di puttana. Un po' ce lo dicono le carte, un po' la moglie. Cioè, lei non l'ha detta così, ma sostiene che col marito le cose non andavano molto bene. Signora elegante, anzi, direi una riccona... bella donna. Insomma, da un po' di tempo faceva in modo da stare lontana, al lago in quell'albergone grande, e ha una casa a Roma. Una separazione non detta, sembrerebbe, anche se lei la fa più complicata... un periodo di riflessione... una pausa nel rapporto... quelle cose lì».

261

«Perché dici figlio di puttana?», chiede Ghezzi.

«Un socio che l'ha denunciato per truffa, una quantità di gente che gli ha affidato i risparmi e l'ha presa nel culo... scusi, signora... anche qualche minaccia, nel telefono aveva numeri di diverse puttane, roba di lusso, e poi una cosa più grave, ma ci stanno lavorando quelli là e aspetto che Gregori mi dica qualcosa, per ora sta abbottonato».

«Soldi?».

«Tanti. La casa di Milano è una piazza d'armi di duecento metri quadrati, poi il tizio aveva una tenuta nell'Oltrepò con le vigne, la barca da qualche parte, ovvio, quattro o cinque conti correnti che stanno studiando e due cassette di sicurezza che stanno aprendo in questo momento».

«La casa di Roma?».

«Quella è della signora, i soldi non mancano nemmeno a lei, anzi era lei quella ricca. Famiglia di banchieri, modella da giovane, poi ha sposato il tizio e ha fatto solo la bella vita. Lui invece laurea in Economia e Commercio e tanti traffici. In casa avevano camere separate, quella di lei sembra quella di un'intellettuale, libri dappertutto. Quella di lui piena di computer, pare che facesse trading su tutti i mercati, quindi anche di notte».

«Bella coppia», dice Selvi.

«Sì, la bella e la bestia», dice Carella.

«Quindi un bel po' di nemici...», e questo è Ghezzi, che pensa ad alta voce, come al solito.

«Sì, ma nessun legame con gli altri due...», dice Carella, che ora si stacca dal gruppo per rispondere al telefono, esce sul balconcino, si sente che parla, ma non le parole.

Arriva la pasta – col ragù – e tutti cominciano a mangiare. La signora Rosa sorveglia il suo Tarcisio.

«Ma là ce l'hai il frigorifero?», chiede.

Lui scuote la testa.

Poi Carella rientra e dice:

«Questa è davvero grossa».

Tutti lo guardano con un punto di domanda sulla faccia, come dire, dai, su, cosa aspetti.

Allora lui racconta.

«Hanno convocato uno, un idraulico, sui quaranta, e lo hanno torchiato per bene. Motivo: il tizio ha una figlia di quattordici anni che due mesi fa è stata ricoverata per percosse. Due costole rotte, il naso spaccato, segni di violenza... ve la faccio breve, ma è una cosa brutta». Carella non dice tutto perché la signora Rosa si è già portata le mani alla faccia. «Nel telefono del Campana hanno trovato dei messaggi. Minacce, accenni alla vendetta e alla ragazzina. Insomma, pare che lo stronzo si divertisse con le bambine, e con questa qui ha esagerato. Cose violente...».

«Quindi l'hanno torchiato, ovvio...», dice Sannucci.

«Quattro ore filate, sì. Ma quello ha detto che la cosa si era chiusa con un versamento del Campana... cinquantamila per non fare la denuncia, e forse anche per non andare a spaccargli la faccia. Non è stato lui a sparargli, comunque, perché aveva un lavoro a Mantova, l'impianto di una lavanderia, e ha un alibi forte. Gli altri due non li conosceva nemmeno, stanno controllando se ha un alibi anche per gli altri omicidi, ma pare di sì... hanno convocato anche la moglie, la madre della ragazzina... Insomma, alla fine la piccola è caduta dalle scale e basta, hanno dovuto lasciarli andare».

«Che bastardo», dice la signora Rosa. Non si sa se del Campana che si scopava la bambina o del padre che se la vendeva, fratture incluse, per cinquantamila euro. Probabilmente di tutti e due, o del mondo, o del genere umano, specie se maschio.

«La signora?», chiede Ghezzi. Intende la vedova Campana.

«È caduta dalle nuvole, inorridita... dice che sì, che il marito poteva essere violento lo sapeva, ma che fosse anche pedofilo no, non l'avrebbe mai detto... sinceramente colpita... rabbiosa, dice Gregori, le hanno promesso che la cosa non uscirà sui giornali, ma io non ci giurerei».

«Il sasso?», ancora Ghezzi.

«Niente, un sasso».

Ora è tardi. La Senesi ha fatto l'ultima telefonata a Sannucci per gli aggiornamenti, e lui riferisce. Stanno spulciando le carte, di minacce, al Campana, ne hanno trovate un bel po', anche due lettere anonime, probabilmente gente truffata con fondi, obbligazioni, titoli che dovevano rendere come una miniera d'oro e sono crollati dieci minuti dopo l'acquisto. La pista delle ragazzine la stanno battendo palmo a palmo: se l'ha fatto una volta magari l'aveva già fatto, cercano versamenti come quello all'idraulico che si vendeva la figlia. Però, aggiunge la Senesi, ci credono poco, perché non si incastra con le loro ipotesi... cioè, ipotesi vere non ne hanno, ma gli altri due morti di sicuro con quelle faccende non c'entravano, quindi... un legame ancora non l'hanno trovato...

Insomma, potrebbe essere un vizietto privato che non c'entra con l'omicidio, se non per dire che se lo meritava, ecco. Niente di nuovo, è la conclusione, solo che in questura hanno avuto l'assedio dei giornalisti per tutto il giorno, che Gregori è fuori di sé, che...

Quando Ghezzi torna nel suo palazzone sono quasi le dieci e le guardie sono cambiate, ora ci sono altri ragazzi, si direbbe nordafricani. È la prima volta che torna col buio, quindi quelli lo guardano più attentamente, ma se si allarmano in qualche modo non lo danno a vedere. Ghezzi sale nel suo buco, apre la finestra e si mette lì con la sedia. Di notte il cortile è quasi deserto, ma vede lo stesso qualche movimento furtivo. Tre neri, molto neri, escono dalla porta dell'interno D e prendono delle scale che scendono nelle cantine. Poi uno sta lì fuori e gli altri due escono dal cancello principale. Tornano dopo qualche minuto con una cassa, e la portano giù per quelle scale dove l'altro fa sempre da sentinella. Poi i due tornano fuori e se ne vanno tutti e tre. Ghezzi pensa che devono essere gli africani di cui gli ha detto quello là, il poliziotto del commissariato San Siro, e in effetti sì, è evidente che lì ci sono dei traffici... ma quali?

Poi si stende sulla sua branda. Le lenzuola pulite sono una consolazione, un punto per la Rosa, pensa, e si addormenta come un bambino.

Ventuno

Carlo Monterossi apre gli occhi a un'ora invereconda, che per lui significa alba, mondo sommerso, gelo dell'anima, insomma, troppo presto, perché sono le nove meno un quarto e tre piani sotto, nella strada già affollata, un martello pneumatico suona il suo valzer di dolore. Di dolore mio, pensa Carlo, e dopo essersi rigirato più volte nel letto decide che la giornata comincia male, che tanto vale affrontarla, il toro per le corna, il cuore oltre l'ostacolo e tutte quelle scemenze.

Come se non bastasse, sul tavolo della cucina c'è la solita pila di giornali che Katrina porta su ogni mattina, senza mai fargli la grazia di scordarsi quella sua incombenza.

Quindi, sedendosi, lancia un gemito e lei, quella legnosa moldava, fa un sorrisino dei suoi, che contiene affetto ma anche un piccolo sarcasmo per «signor Carlo» costretto ad alzarsi così presto, quando lei è in piedi da ore, ha già detto le sue novene, ha già affrontato le dure prove della vita, bagnato le piante nel cortile condominiale e sta combattendo il solito corpo a corpo con il gigantesco frigorifero di casa Monterossi.

«Lavori dura una settimana», dice riferendosi ai rumori che vengono dalla strada.

«Chissà se ci arrivo alla fine della settimana», dice Carlo, che si versa il caffè dalla moka. Poi, come fa ogni tanto – non tanto che diventi un'abitudine, non poco che sembri una cerimonia – prende un'altra tazzina bianchissima e la mette sul tavolo.

«Su, Katrina, fammi compagnia per il caffè».

«Signor Carlo ancora tre puntate», dice lei, «nemmeno un mese. Ha pensato cosa fa dopo? Se signor Carlo non lavora combina guai, tutti sappiamo questo».

Tutti chi? Possibile che uno appena alzato debba farsi psicanalizzare dalla governante moldava? Ma lei ha comprato i mirtilli e li ha messi lì, in una ciotola, in modo che lui possa versarci sopra lo yogurt, e decide che quella mossa è una cinica trovata per farsi perdonare tutto, cosa che lui farebbe comunque.

«Questa cosa di sassi non finisce più», dice lei indicando i giornali, «ora danno colpa a arabi, io non credo questo, ma arabi ha tante colpe che una in più...».

«Non ti ci mettere anche tu, Katrina... secondo me non lo prendono, questo qui dei sassi, a giudicare da quello che si dice non sanno dove sbattere la testa».

«Signor Carlo parla di giustizia di uomini, ma quando verrà il giorno di giustizia vera...».

«Eh, aspettiamo, Katrina, aspettiamo e speriamo».

«E preghiamo», chiude lei.

No, sul versante millenarista di Katrina non vuole rotolare, ora, non alla mattina presto, non prima della spremuta d'arancia, non prima di essersi reso conto che la giornata sarà lunga e uguale alle altre. Lei, si sa, tifa per il Dio degli eserciti, feroce e vendicativo... perché ha vissuto di là della cortina di ferro, quando era una ragazzina, e sa che la vendetta, almeno quella della storia, è una cosa che succede davvero. Non è che dopo andrà meglio, ma la soddisfazione di vedere i giganti cadere nel fango, beh, almeno quella vale il prezzo del biglietto.

Allora Carlo smette di parlare e affronta il calvario dei giornali.

Il terzo omicidio dei sassi occupa quasi tutte le pagine. E del resto, con una questione così in campo, chi legge le recensioni di un film, le contorsioni della cronaca politica, le notizie brutte dell'economia?

Il terzo morto è questo Giorgio Campana. I giornali non lo dicono apertamente – e del resto come si potrebbe, di un morto? – ma si capisce che delle tre vittime del killer è quello che verrà pianto di meno. Carlo sa leggere tra le righe, e tra quelle righe che lui sa leggere si capisce che del terzo morto non si dice tutto. La vedova non piange, amici non se ne trovano, non, almeno, disposti a dire che era una brava persona. Emergono certi dettagli finanziari per cui il tizio non aveva nemmeno la nobiltà dello squalo, ma la rapida voracità del piranha. E poi ci sono accenni velati a «vizi inconfessabili», «condotta censurabile», «turpi abitudini». A farla breve, stavolta il morto è uno stronzo vero, non ve lo diciamo, ma ve lo facciamo capire. Carlo capisce e non gliene frega niente, così dalla cronaca passa ai commenti, ed è il solito delirio.

C'è pure un titolo che riempie tutta una prima pagina: «Reagire», ma poi non si capisce reagire a cosa, a gente che ti spara in macchina nel garage? Eh, certo, potendo... In generale prevale l'allarme, che scivola nel terrore e svisa nel panico. «Uno a uno», titola un commento, che prefigura scenari apocalittici, in cui più o meno tutti i milanesi abbienti saranno fatti fuori con un sasso appoggiato addosso. Ma se la città saprà avere uno scatto d'orgoglio, allora sì, allora c'è speranza...

Carlo scuote la testa. L'irrazionale prende il sopravvento. E poi, vista la figuraccia che stanno facendo i cacciatori, meglio concentrarsi sulla preda. Chi può essere il misterioso assassino? Un maniaco, un serial killer? Ecco, così impariamo a farci colonizzare dall'America, e questo lo dice, intervistato, un regista di filmacci per analfabeti, uno che scrive e gira gag sugli omosessuali e sulle donne grasse, che contesta sdegnato l'immaginario dei De Niro e dei Tarantino, insomma, la pulce all'assalto della tigre.

Poi c'è tutto il versante politico della questione. Si insiste ancora sui musulmani, la moschea, il significato dei sassi, con teorie che si arrampicano sugli specchi e pensatori del nulla che argomentano in modo assurdo. Non sono gli ebrei che mettono sassi sulle tombe dei loro morti? E allora perché questa cosa dei sassi non può essere uno sfregio antisemita di qualche gruppuscolo di integralisti musulmani? Un'attempata soubrette dice che lei ha paura a uscire di casa, ma riflette anche sul fatto che gli assassini «vogliono proprio questo» e allora lei uscirà lo stesso, anzi ha deciso di dare una festa. La destra è scatenata, i leader razzisti chiedono di rivedere la legge sulle armi, in modo che ognuno possa avere in tasca una pistola e non farsi ammazzare da quello dei sassi. Un'altra teoria sostiene che i morti sono tutti benestanti, addirittura ricchi, e che quindi siamo in presenza di una guerra di classe che non risparmia nessuno, «ma se la colpa è avere un buon reddito, belle case, macchine potenti, dove andremo a finire?».

E la fede? Non la vogliamo considerare la crisi della fede, delle vocazioni, dei matrimoni in chiesa, il dilagare del peccato?

Nelle pagine dell'economia si fa notare che è inutile farsi in quattro per attirare capitali e investitori stranieri se poi si ammazzano i cittadini abbienti come mosche: chi verrà qui coi suoi dollari, eh? Chi se la sentirà?

In sottofondo, in ogni riga, in ogni titolo, in ogni commento, anche tra i più assurdi, anche tra i più ragionevoli e moderati, anche tra coloro che riescono a non perdere del tutto la piccola bussola del buonsenso, si legge in ogni caso solo questo: giustizia. Dura. Implacabile. Subito.

Carlo riflette su questo punto. Tre morti ammazzati in modo così clamoroso, in modo così spettacolare, suscitano nel paese più furore che mille altre ingiustizie, anche più grandi, quantitativamente immense, incorniciate ogni giorno in piccole notiziette nascoste a pagina venti. Ma anche questo – si rende conto – è un discorso cretino. Un'ingiustizia è un'ingiustizia, grande, piccola, minuscola. È roba che brucia. Eppure... Eppure sa che c'è nella richiesta di giustizia qualcosa che stona sempre, che distinguere la sete di giustizia dalla voglia di forca è sempre un'operazione ardua. Gli viene in mente una cosa, si alza e cerca un libro nella libreria in salotto. Non che gli serva una citazione a colazione, ma vuole vedere se si ricorda bene. Poi trova il famoso simil-romanzo di Dylan – non è certo per quello che gli hanno dato il Nobel –, sfoglia, cerca, gira le pagine. Sì, perfetto.

Perché mai bisognerebbe preoccuparsi delle messinscene degli altri?
È una cosa che porta soltanto alla tortura.
Ma come, è incredibile!
*Il mondo è pazzo di giustizia.**

Ecco, si dice Carlo Monterossi. Il mondo pazzo di giustizia. Proprio così. E mentre si compiace di aver trovato la citazione che cercava, mentre pensa che il white boy del Minnesota, lo Zelig del blues, ha molto spesso ragione e sa trovare parole che a lui sfuggono, suona il telefono, e il display dice l'ultima cosa che lui vorrebbe leggere su quello schermo: Flora De Pisis. Preme il tasto di ricezione e non dice niente, così parla lei, la regina di *Crazy Love*.

* Bob Dylan, *Tarantula*, Milano, Feltrinelli, 2007, pp. 58-59, traduzione a cura di A. Carrera e S. Pettinato.

«Il mio autore preferito ci degnerà della sua presenza, oggi?».

La voce è la solita, un miscuglio di seduzione e preghiera, che nasconde l'ordine secco. Dovrebbe parlare in tedesco, Flora De Pisis, e sarebbe tutto più chiaro.

«Il tempo di farmi bello e arrivo».

«Mmm», finge di gemere lei, «un giorno o l'altro...».

«Dai, Flora, arrivo, dammi un'oretta», dice Carlo, e chiude la comunicazione. Un giorno o l'altro... Anche solo pensarci per scherzo, l'idea gli dà un brivido di disgusto. Ma poi, mentre sceglie una camicia, una cravatta, e cerca una giacca leggera ma non troppo, pensa che per fargli una telefonata così la diva Flora deve avere qualcosa in mente. La modalità standard, infatti, è di farlo chiamare da qualcuno, autori giovani, assistenti, segretarie, e non fare il numero di persona, con il rischio terrificante di scheggiarsi un'unghia.

Quando sale in macchina, quindi, si sta ancora chiedendo cosa succede.

Siccome fare il bagno nella vasca dell'orca assassina non è una priorità dell'uomo dotato di buon senso, Carlo non va subito nella stanza della divina. Si sporge sulla porta dello studio della produttrice, Bianca Ballesi, e dice:

«Caffè?».

Lei lo segue verso la macchinetta del corridoio e indossa un sorriso sarcastico.

«Che c'è?», chiede Carlo. «Qualcosa che è meglio che io sappia?».

«Lo scoprirai presto», ride lei. Ma siccome lo vede impaziente cede subito: «Flora ha scoperto che alla fine della stagione lasci la nave».

Lui fa una faccia così, ma non si turba più di tanto: tenere un segreto lì dentro è come legare un elefante con un filo di zucchero filato.

«E come l'ha presa?».

«Non sembra furibonda, ma credo che in qualche modo te la farà pagare...».

«Tu sai che sono anni che voglio lasciare questa baracca, vero?».

«Lo so, Carlo, e se potessi... anzi, se vai su un'isola deserta puoi provare a invitarmi».

«Se ci sono io non è più deserta, Bianca».

«È vero anche questo, ma tu chiama lo stesso, eh!».

Lo ha detto con un tono finto-ammiccante, poi ha gettato il bicchierino nel cestino ed è tornata verso il suo ufficio, lasciandolo lì a pensarci... tutto sommato, chissà come se la cava con le noci di cocco...

Quando entra nella stanza di Flora De Pisis, una specie di ufficio grande come un campo di calcio, con le pareti che sono immense finestre, il tavolo di cristallo lucido come una lastra di ghiaccio, piante aziendali che sembrano alberi centenari e riviste di moda sparpagliate in modo studiatissimo sui tavolini, Flora De Pisis è semisdraiata su un divano, due o tre telefoni accanto, i quotidiani squadernati, due giganteschi schermi accesi senza sonoro, uno su un programma *all news*, l'altro sulla registrazione dell'ultima puntata. È una che si riguarda, Flora, anzi, che non farebbe altro.

Gli punta addosso il dito indice, tipo Zio Sam, ma senza cilindro:

«Traditore». Però dicendolo sorride anche.

«Dai Flora, non fare la regina offesa... lo sai da quanti anni facciamo 'sta roba?». Carlo indica lo schermo dove la ragazzina svizzera, l'orfana Gotti, piange a dirotto. «Tu sei la diva e non ti basta mai, ma io sono un po' stufo...».

«Traduco dal Monterossi all'italiano: tu sei la cretina drogata di Auditel, mentre io sono un artista sensibile che è stanco di questa merda».

È una stronza irriducibile, ma non è mica scema.

«Quello che mi fa incazzare», dice ora Flora, «è che non sono la prima a saperlo, ma addirittura, mi sa, l'ultima».

«Certo», dice Carlo, che decide di attaccare, «a te l'avrei detto a decisione presa, non ti meriti i miei tentennamenti».

Lei scuote la testa:

«Come menti male... Va bene, è stato bello eccetera eccetera, ma ora mi devi un piacere, quindi ti chiedo di essere sul pezzo per queste ultime tre puntate... lo sai quanto ha fatto l'ultima? Trentadue per cento, otto milioni e seicentomila, con il picco della ragazzina svizzera che mostrava le cosce piangendo il povero papà, trentasei e quaranta. Come una finale dei mondiali, Carlo, come Sanremo».

«La gente sta male, Flora».

«Mai come te, Carlo».

Insomma, volano piccoli coltelli, ma Carlo pensa che le lame che ha dentro lui fanno più male, e quelli finiscono per essere i graffi di un gattino.

Ora lei cerca qualcosa sui giornali, trova una pagina che galleggia su quel mare di fogli accartocciati e ci batte sopra l'indice.

«Voglio questa qui».

Carlo prende la pagina e guarda. È la vedova Campana, tre foto in sequenza, scattate là, fuori dal garage, nel sole pallido delle undici del mattino, in via Solari. Una donna bellissima, anche se la definizione delle foto sulla carta del quotidiano non le rende giustizia. Capelli raccolti ma disordinati il giusto, un vestito nero sopra il ginocchio, quasi sicuramente Chanel, un trench leggero di Marni, le scarpe sono Roger Vivier, la borsa non la riconosce...

«Valextra», dice Flora, «non è una tipa da Prada».

In un altro scatto la signora guarda in macchina, senza volere, o forse sì. Ha uno sguardo dolente ma intenso, come se dicesse: anche con questa botta del marito stecchito qui sotto nel parcheggio, eccomi, sono ancora in piedi, non mi vedrete piangere. La terza foto la mostra mentre sale su una macchina, una Mercedes nera lucida come un pianoforte a coda, i vetri oscurati, un ginocchio piegato in una posa elegante, come se salire e scendere da quelle carrozze da un milione di dollari fosse per lei un movimento quotidiano, i suoi personali esercizi di pilates, e forse è così.

«Bella donna», dice Carlo, «non sembra una che va a piangere in tivù... a parte che per quel marito lì non piangerebbe nessuno».

«Per questo lo chiedo a te e non ai ragazzini di là», dice Flora facendo un gesto vago con la mano verso le stanze degli autori.

«E perché la vuoi così tanto?».

«Guardala, Carlo».

Lui fissa ancora le foto. Sì, certo, capisce. Flora vuole in trasmissione, per una volta, una signora vera, una che sa scegliersi le scarpe décolleté giuste, che non chiederà vestiti in omaggio, che allontanerà con un gesto regale le ragazze del reparto costumi come la contessa di Champagne congederebbe le dame di camera. Ma non solo. Una donna forte, sottoposta a una dura prova eppure fiera e, anzi, con addosso un'aria di sfida: quel primo piano con gli occhi di lei fissati nell'obiettivo, le piccole rughe intorno agli occhi, la bocca perfettamente vestita di rossetto, il bavero del trench sollevato con la noncuranza di chi non bada a quelle cose e quindi ci bada moltissimo. Una che sembra uscita da un film francese, anche se vive tra Milano, Roma e il lago di Como. Una specie di regina che potrebbe pure mettersi i jeans e una camicia e tutti le farebbero l'inchino lo stesso. Carlo non saprebbe dire perché, ma pensa che sia bella, ovvio, e pericolosa.

«Hai capito?».

Sì, ha capito. Flora vuole in onda, seduta davanti a lei, nel fulgore delle luci bianche che la illuminano in diretta, una che lei ritenga alla sua altezza. È che sopravvaluta la sua altezza, pensa Carlo, perché questa qua, la vedova Campana, è di un'altra caratura e sta a Flora De Pisis come i Jardins du Luxembourg stanno al parchetto di quartiere.

«Anni?», chiede.

«Trentotto, laurea in filosofia, dottorato alla Sorbona, modella da giovane, per Yves Saint-Laurent, pardon, indossatrice... qualche consulenza nella moda, dopo, ma più per hobby, credo, perché il papà è banchiere, la famiglia ha qualche quarto di nobiltà e, insomma, non stiamo parlando delle solite sciurette».

«Questo è poco ma sicuro... ma com'è che una così ha sposato uno stronzo simile, una mezza tacca, un ladro di polli?».

«Sai qualcosa che io non so, Carlo?».

«Solo quello che c'è sui giornali... di solito non c'è quel... disprezzo trattenuto, ecco... per le vittime di omicidio».

«Sì, l'ho notato anch'io... è una buona domanda, ma è presto per scrivere i testi. Prima cerchiamo di avvicinarla. Vendile quello che vuoi. Puntata speciale, unica ospite, volo privato se viene da Roma, insomma, fai tu... unlimited budget. La voglio».

Carlo sospira.

«Potrebbe essere una missione impossibile, Flora».

«Sì, lo credo anch'io... ma tu non vuoi deludere la tua amica Flora, no? E poi... mi lasci sola qui, con questa banda di dilettanti... vorrai farmi un regalo d'addio, me lo merito, che dici?...».

Lui direbbe di no, ovvio. Però quello che conta ora

è uscire di lì prima che quella cominci con le sue smancerie da diva.

Così, dice:

«Ok, Flora, ti giuro che ce la metto tutta... però non ti incazzare se il colpo non riesce».

«Tu metticela tutta, Carlo, prometti».

«Promesso».

Quando si riaffaccia alla stanza di Bianca Ballesi, Carlo Monterossi ha la faccia di quello che ha visto l'onda anomala a sei metri dal canotto.

«Porca puttana!».

Quella ride:

«Allora, sei alla ricerca della donna del mistero?», e gli allunga un foglio.

Sopra ci sono stampati una decina di nomi con i numeri di telefono accanto. Molti avvocati, un paio di agenzie di moda che forse hanno ancora il recapito della signora, la redazione di una rivista di studi filosofici per cui la bella vedova fa ogni tanto qualche traduzione, e un nome di donna, Olga Fioroni Casti.

«Questa?», chiede Carlo.

«L'amica da cui si è rifugiata dopo il terribile dramma», dice la produttrice. Non è che lì dentro si consuma cinismo, lo si fabbrica proprio.

«Così non ci arriverò mai, mi serve un numero diretto, approccio umano, cuore in mano, sai quelle cose...».

«A me serve il diretto di Obama», dice lei, «lo cerco dal primo mandato, e adesso che ha tanto tempo libero, magari...».

«Ma guarda che quello ha Michelle», ride Carlo.

«Non sono mica gelosa!», dice lei e gli fa segno di andare, che lì si lavora.

Ora, mentre cammina a passo d'uomo nel traffico dell'ora di pranzo, Carlo pensa alla donna misteriosa. Trovarla, chiamarla, chiederle di andare a fare lo spettacolo del lutto in tivù. Non è il tipo, quella, lo manderà al diavolo con una risata di disprezzo. O almeno lui se la figura così. Al semaforo di piazzale Loreto, che è lungo come la guerra dei Trent'anni, fotografa il foglio che gli ha dato la produttrice.

Poi dice alla macchina di chiamargli Oscar Falcone e tre secondi dopo sente il segnale di libero:

«Ciao, Carlo».

«Ciao Sherlock, sei da queste parti? Ti credevo già ai Caraibi, con l'assegno di Katia Sironi».

«I Caraibi sono per voi parvenu, Carlo, dimmi cosa vuoi e fai in fretta, noi ricchi siamo molto occupati». Ride.

«Visto che trovi le opere d'arte smarrite vorrei affidarti un incarico, mi serve un numero di telefono».

«Dio, che banalità».

«Dico sul serio, la vedova Campana, signora Isabella De Nardi Contini, ti mando un po' di riferimenti dove mi hanno consigliato di chiamare... Pago, stai tranquillo».

«Scherzi? Soldi da te non ne voglio, lo sai».

«La diva Flora ha detto unlimited budget, quindi...».

«La cerchi tu o la cerca quella stronza?».

Carlo resta interdetto. È una domanda che non si era posto e a cui non sa rispondere. Certo, ha avuto un incarico preciso, anzi, una specie di ordine, ma... La vuole lei? La vuole lui? E se la vuole lui, perché? Si è fatto un'idea di quella donna, e se mai riuscirà a parlarle non crede che le cose andranno come vuole Flora...

«Non lo so».

«Che palle che sei, Carlo».

Ora, mettetela come volete, ma il Monterossi ha anche lui i suoi limiti e in un giorno solo farsi psicanalizzare dalla governante moldava e dall'amico misterioso, beh, è un po' troppo...

«Tu trovami 'sto numero e nessuno si farà male».

L'altro ride:

«Dai, manda 'sto elenco, che ci lavoro».

«Ecco, bravo».

Poi dice alla macchina di interrompere la comunicazione. Aspetta il rosso successivo e manda a Oscar la foto del foglio con i numeri, via WhatsApp.

Però non riesce a togliersi dalla testa quella conversazione. Per lei? Per il programma? Per lui? E in questo caso, perché? Per dire alla signora, senta, non ci vada in quel caravanserraglio della televisione. Io sono qui per portarcela, ma in cuor mio per dirle no, non lo faccia, non ceda... È possibile? Non sarebbe un'impareggiabile figura da cretino? Ma poi cos'è lui? Sicuro che non sia scemo per davvero?

Poi pensa se c'è una strofa di Dylan con una situazione così assurda, e fruga nella memoria. Ma sì, cer-

to. Armeggia con il telefono e cerca quella canzone poderosa, quella pietra miliare. La scova in un disco delle bootleg series, un concerto del 1966, la svolta, la rivoluzione, il tradimento. E si sente bene quando un im-
becille dalla platea gli grida «Judas!», perché Dylan ha
cominciato a suonare elettrico, e ai puristi questo non
piace.

Vaffanculo ai puristi.

Lui si rivolge alla band e dice: «*Play it fucking loud*»,
e attacca, furibondo, fino al verso che Carlo cercava, e
ora lo canticchia anche lui:

You've gone to the finest school
all right, Miss Lonely.
But you know you only used to get juiced in it
And nobody has ever taught you how to live on the street
And now you find out you're gonna have to get used
*to it.**

Anche se, naturalmente, sa benissimo che lui a quella
là, a Isabella De Nardi Contini, circonfusa di Chanel,
non potrà insegnare niente.

Lui. Figurarsi.

* Bob Dylan, *Like a Rolling Stone*: «Sei andata alle scuole più prestigiose /
Tutto ok signorina solitaria / Ma sai che ti piaceva solo ubriacarti / Nessuno
ti ha mai insegnato come vivere per la strada / Ed ora dovrai abituartici».

Ventidue

Chiara è sdraiata sul letto, a pancia in giù, legge un libro, una matita in mano, e sottolinea qualcosa. Fuori c'è una pioggia sottile che cade tranquilla, silenziosa, e fa un velo nell'aria che si vede dalla finestra spalancata. Francesco è uscito presto, senza dire niente. Lei lo trova un po' strano, da qualche tempo, più distante, ombroso. Pensa che la morte della madre... insomma, sono cose che lasciano il segno, e lui è uno che si tiene tutto dentro.

Le ha parlato di un lavoro da consegnare entro la fine del mese, quindi sa che lo vedrà piegato sul Mac. Le piace guardarlo lavorare, è bravo, preciso, veloce, non come lei che improvvisa.

Ora si alza e si mette alla finestra. Ha una gonna corta e il reggiseno, anche se non fa caldo, ma è proprio quel freddino sulla pelle che le piace, e sa che lì dentro, quando verrà il caldo vero...

In cortile c'è il solito movimento del mattino: i vecchi dei palazzi escono per la spesa, lenti come insetti in esplorazione. Chiara pensa che se si potessero tracciare quei movimenti con delle linee – vettori, ecco – sarebbero sempre uguali e formerebbero un disegno futurista di angoli e traiettorie.

Vede il signore di ieri. Sbuca dalla porta della sua scala e attraversa il cortile, per uscire dal cancello principale. Poi esita davanti alla scala C, come se pensasse qualcosa, infila la porta e sparisce.

Ne ha parlato con Francesco, di quella trovata geniale della sedia – la vecchia l'avevano sempre portata su a braccia, che cretini – e poi del colpo all'ospedale, della carrozzella, di come la signora Antonia sembrava rinata. Ora il vecchio va su da lei, ci scommette.

Francesco aveva riso del furto, «vi avranno visto decine di telecamere», ha detto, ma aveva alzato le spalle concludendo che se il welfare non te lo danno tu te lo devi prendere, e che una sedia a rotelle non è diversa dalla casa... un diritto, no?

«Brava Chiara!», aveva detto abbracciandola, facendole festa.

E bravo il vecchio.

Però Francesco sembrava anche turbato, sospettoso. Chi è? Da dove viene? Possibile che uno che è appena arrivato sia già lì ad aiutare, addirittura a rischiare, per una che non ha mai visto? Come mai? Che sappiamo di lui?

C'era stata una piccola discussione: perché cazzo non accettare che ci possano essere in giro anche brave persone? Perché non ci sono, aveva detto lui.

E ora eccolo che entra. Ha preso una brioche per lei, la mette sul tavolo insieme al giornale e la raggiunge alla finestra, le appoggia il mento su una spalla e guarda giù anche lui, in cortile:

«Com'è lo spettacolo, oggi?», chiede.

«Il tizio di ieri è andato su dalla signora Antonia».

«Mi pari quello là di Hitchcock», dice lui.

La finestra sul cortile. Sì. Chiara ride.

Però lo vede ancora strano, come se avesse addosso un'agitazione calma, come se fuori fingesse normalità e dentro invece...

«Che c'è, Francesco?».

«Niente».

Ovvio. Cosa si aspettava? Allora cambia discorso:

«Tutti parlano di questa faccenda dei morti dei sassi, è diventata una specie di ossessione. Da ridere, tra l'altro... ieri ho sentito uno degli africani che ne parlava con due vecchie della scala B, una cosa surreale. All'improvviso sono tutti criminologi. Delinquenti e sottoproletari che parlano di cronaca nera... come se gliene fregasse qualcosa di qualche riccone che viene ammazzato... invece di festeggiare!».

Francesco sorride. È uscito presto proprio per quello. Fare colazione, leggere i giornali. Il terzo morto, roba da matti. Poi si è fatto due risate sulle ipotesi dei grandi maestri della stampa nazionale. Gli arabi, la moschea, il serial killer... L'intervista alla ragazzina svizzera figlia di quel Gotti, che ora avrà il problema, lei, appena maggiorenne, di gestire la cospicua eredità insieme al fratello. Non ha senso, pensa, ne muore uno e ne spuntano due, la lotta di classe non ha fatto i conti con le faccende di eredità. E poi c'è quell'altro coglione, il profiler israeliano, che parla di simbologie massoniche per i sassi sui cadaveri... che ridere.

Intanto Tarcisio Ghezzi è seduto nella cucina della signora Antonia. Ha fatto il caffè e l'ha messo in due bicchieri, e ora se lo bevono tranquilli, la finestra aperta e il rumore impercettibile della pioggia. Lei sembra fiera della sua sedia a rotelle, Ghezzi non si stupirebbe se quella gli dicesse di averci passato la notte. Il resto sono chiacchiere tra gente che non ha niente da fare.

Lei è lì da sempre, da quando si ricorda. Prima, coi genitori venuti dalla Sicilia, stava alla scala A, poi si è sposata ed ha cambiato alloggio. Poi il marito se n'è andato – Ghezzi non chiede, lei non spiega – ed eccola lì, finché un po' la vita grama, un po' la vecchiaia... Ha fatto di tutto, Antonia, anche la cassiera al supermercato. Per cinque anni. Dice che per cinque anni, arrivata a casa, sentiva ancora quel plin della cassa elettronica che leggeva i codici a barre. Plin, plin, plin, era diventata una tortura e non ne poteva più. Appena ha avuto l'età della pensione è scappata come un gatto spaventato, e ora sono anni che sta lì a far niente e vive con 638 euro al mese, metà se ne vanno in medicine, l'affitto non lo paga più da due anni, il famoso fenomeno dei morosi, ma tanto mica possono buttarla fuori, no? Lo chiede come volesse una conferma, una rassicurazione.

E lui?

Lui sta sul vago, però attento a non fare il misterioso. Lei non insiste e senza che lui lo chieda – anzi, senza accorgersi che lui lo chiede – gli racconta le dinamiche della Caserma. Mafuz e i suoi ragazzi vendono la droga. Ma sì, quando era giovane se le faceva anche lei, le canne, non c'è niente di male, e poi che possono fare, poveri figli? lavoro non ce n'è. Tengono in ordine, questo sì, anche se mettono su quell'aria da padroni del posto, alla fine sono innocui, come i calabresi, del resto. Poi ci sono i ragazzi. Li chiama così, quelli del collettivo, due li ha visti, no? La ragazza di ieri e quell'altro, quello che l'ha aiutato con la sedia. Ce ne sono un'altra trentina, in tutti i casermoni.

«È gente che si incazza ancora», dice, «io non mi incazzo più, lo so che non è bello, ma insomma, tocca a loro, no?».

Lei le sue lotte le ha fatte, quand'era ragazza. Nei gruppetti, poi nella Fiom quando faceva l'operaia, ma è durato poco, piegava lamiere alla Singer, sì, quella delle macchine da cucire... Non sopportava il clang secco della pressa, così è andata al supermercato, le sembrava un salto di qualità, ma lì non sopportava il plin della cassa.

«Volevamo tutto e cosa abbiamo avuto? Un cazzo di niente». Ride.

Ride di sé, pensa Ghezzi, e gli piomba addosso una tristezza senza fine.

Allora finisce il caffè e saluta.

Scende le scale e sbuca in cortile con la pioggerellina sottile che lo bagna. Non se ne cura e va verso il cancello, ora esce per davvero.

Affacciata alla finestra, Chiara lo segue con gli occhi finché non scompare dietro l'angolo. Francesco è seduto davanti al computer e sposta il mouse con gesti chirurgici, come se il suo polso sapesse sempre cosa fare. Tiene la radio a basso volume, parlano dei killer dei sassi. E se fosse una donna? Una setta? Alla pista dello spionaggio internazionale qualcuno avrà pensato?

Chiara dice:

«Ecco il nostro amico che esce».

«La signora Antonia ha trovato il fidanzato», ride Francesco.

«Bella coppia, lei che non può camminare e lui che ruba una carrozzella per lei, molto romantico».

«Sì», dice lui senza staccare gli occhi dallo schermo, «il romanticismo ai tempi del colera».

Ventitré

«Ma lei dorme, ogni tanto, giovanotto?».

La signora Rosa sta porgendo un caffè al sovrintendente Carella, che è arrivato a casa Ghezzi prima degli altri, si è seduto sul divano e ha chiuso gli occhi.
Lei non l'ha disturbato e ha aspettato che li riaprisse,
una mezz'oretta dopo, per accendere il fuoco sotto la
moka. Poi si è seduta al suo fianco, mentre quello metteva un cucchiaino di zucchero, ringraziando.

«Ogni tanto», dice lui con un sorriso storto.

Ma guardatelo lì, Carella il duro, in imbarazzo davanti alle domande materne di una signora in pantofole rosa che si preoccupa per lui. Non è abituato, ecco.
Così si nasconde bevendo il caffè.

«Non stiamo facendo molti passi avanti, eh?», dice
lei.

«È sempre così, signora... sembra che non succeda
niente, poi le cose accelerano. Magari suo marito scopre qualcosa, là dove sta».

«Eh, magari! così torna a casa... chissà come si trova, in quel posto, chissà che sporcizia...».

«Su, signora, non è poi quell'inferno che si dice... ci
vive gente normale, sa?».

Lei sospira. Anche se fosse all'Hilton, il suo Tarcisio, quel che conta è che non è lì, e quindi lei lo considera automaticamente in pericolo... anche se lì non ci sta mai, sempre in questura, o in giro, e lei si è ritrovata più volte, a notte fonda, addormentata su quel divano, davanti alla tivù, come Carella poco fa.

Poi arriva Selvi, che ha incontrato Gregori in un posto fuori mano, lontano dalla questura e, sì, ha qualcosa da dire, ma non rivelazioni decisive.

«Aspettiamo tutti, allora», dice Carella.

Anche Selvi ha il suo caffè, poi arrivano gli altri, Sannucci e Ghezzi, che entra per ultimo e fila a farsi la doccia. Quindi eccoli tutti lì.

Comincia Selvi.

«Allora, le novità vengono dalla balistica e da quelli che stanno dietro l'ultimo omicidio, quello del Campana. La pistola era effettivamente una calibro .22, i bossoli sono Remington, quaranta grammi, recenti, diciassette euro una scatola da cento, praticamente impossibili da rintracciare... il tipo ha abbandonato le pistole d'epoca e ora va in giro con un revolver da borsetta... questo si sa dal bossolo, che stava in macchina, perché il proiettile è rimbalzato nel cranio del morto ed è troppo deformato per qualunque analisi...».

Ghezzi sbuffa. È chiaro che quello butta le armi dopo ogni colpo e questa cosa, anche trovassero la pistola, non li aiuta granché.

«Invece», continua Selvi, «ci sono novità sulla vittima. Le ragazzine molestate o in qualche modo... sedotte, diciamo così, sono tre, almeno i casi che hanno scoperto, magari sono di più. Convocati tutti i genitori. Una coppia aveva fatto denuncia per molestie ma l'ha ritirata, soldi anche lì, diecimila euro. Un'altra ragazzina, sedici anni, viveva sola con la madre, che la mandava a battere. Dice che il Campana pagava bene, era gentile e faceva alla ragazza regali extra tariffa. Denunciata per sfruttamento della prostituzione minorile eccetera, eccetera, ma la ragazza ora è maggiorenne e...».

«Era un bel bastardo, ma non ci porta agli altri due».

«No».

Poi tocca a Carella.

«La Senesi mi ha mandato tutte le ricerche sui soldi. I conti incrociati dei tre, nessun legame. Anche qui il Campana è il più zozzo, i suoi affari sono abbastanza inestricabili, ma insomma, a questo punto si può dire chiaro che era un truffatore. Anche il Crisanti aveva i suoi traffici, ma tutto risulta come consulenze, versamenti da aziende immobiliari, grandi gruppi... niente che ci porti agli altri due. Il Gotti pulito come un neonato, guadagnava con le sue bistecche e basta, e guadagnava tanto, ma senza trucchi... nel 2011 si è persino sbagliato e ha pagato due volte l'Imu, dice il commercialista che quando lo ha saputo si è fatto una risata... era un tipo per bene... però...».

Ora lo guardano tutti. Se uno sgancia un però così a mezz'aria ci si aspetta che lo riprenda al volo e vada avanti. Infatti.

«Però ho parlato con uno... come dire, studioso dei movimenti, dice lui. Io dico uno che stava ai margini della rivoluzione, a quei tempi là, e che poi ci ha fatto una specie di carriera di storico, censendo sigle, aggregazioni, gruppi... Il Crisanti se lo ricorda perché era il figlio di un grosso industriale e giocava al bolscevico. Dice che aveva qualche amico in Prima Linea, ma che più che altro creava gruppetti volanti di cinque o sei persone, si inventavano un nome di battaglia, facevano qualche danno e si scioglievano subito. Poi ricominciava daccapo. Il tizio si ricorda che c'era, in uno di quei gruppetti, anche il figlio di un macellaio, lo chiamavano proprio così, il macellaio, ma non sa se si trattava proprio del Gotti. Il Crisanti invece era lui oltre ogni dubbio».

«Mordi e fuggi», dice Ghezzi, «tattiche di guerriglia, dico bene?».

«Sì, più o meno... qui c'è lavoro per te, Sannucci».

Sannucci si fa attento, non c'è bisogno di dirglielo.

«Nel '79 o '80, il tipo non ha saputo essere più preciso, c'è stata una rapina in un'armeria, a Milano, in via Pier della Francesca, e correva voce, nel movimento, che il giovane Crisanti sapesse qualcosa, se non l'aveva fatta addirittura lui coi suoi compagni del momento. Niente di sicuro, ma si diceva in giro a quei tempi, e lui non faceva niente per smentire, anzi... era un pezzo di merda già allora, e uno sbruffone... Sannucci, vedi un po' se c'è ancora la denuncia e l'elenco delle armi rubate, sai mai che...».

«Va bene, sov, anche se una denuncia di quasi quarant'anni...».

«Tu prova lo stesso».

Ora toccherebbe a lui, al giovane Sannucci, ma si vede che esita, che non sa cosa fare. Si china verso Ghezzi e gli sussurra in un orecchio. Ghezzi annuisce e parla lui.

«Sannucci ha fatto una piccola ricerca per conto mio», dice. «Non ho detto niente perché mi sembrava una cosa esilissima e senza molto senso...».

«Eravamo d'accordo che io dovevo sapere tutto, Ghezzi», dice Carella. È incazzato e non lo nasconde. C'è tensione, ora. Sarà perché non si muovono di un millimetro, e la frustrazione comincia a farsi sentire.

«Sì, è vero, ma non c'era niente da sapere, Carella. Ora invece forse c'è».

E spiega in poche parole quello che gli ha detto il Monterossi, del detenuto che si faceva il carcere per gli altri due, dei nomi che erano quelli, Gotti e Crisanti, unica cosa sicura, di questo tizio che era morto in galera e del fatto che la cosa è assurda e sottilissima, ma al punto in cui sono è meglio di niente...

Poi guarda Sannucci e gli fa cenno che può parlare.

Carella è ancora incazzato, ma Ghezzi scuote la testa come per dirgli: prima ascolta, poi mi fai il culo.

«Allora, cercavo i detenuti morti in carcere dal 2000 al 2009, come mi ha chiesto il sov», indica Ghezzi, come se volesse dire al tempo stesso che ha eseguito gli ordini e che lui non c'entra con quell'insubordinazione di averlo taciuto a Carella. «Però i dati l'amministrazione carceraria non li dà. Cioè, fanno quella resistenza... un ufficio, un altro ufficio, il dirigente non c'è, provi domani, l'altro dirigente non c'è, eccetera...

Alla fine mi hanno rimbalzato a un'associazione che collabora con loro, come se volessero togliermi dai piedi...».

«Su, Sannucci, il tuo calvario ce lo dici un'altra volta», taglia corto Ghezzi.

«Insomma, i dati che ho sono dal 2002 al 2012, prima è difficile sapere qualcosa. Il sov mi ha chiesto nomi e motivo della condanna, ma il tipo dell'associazione, lì, un radicale o qualcosa del genere, mi ha detto che i reati non li ha, per loro uno morto in galera è uno morto in galera, e non gli importa quello che ha fatto per finire dentro».

«E allora?», stavolta è Carella che preme.

«E allora, senza quelli morti nei centri per stranieri o ai domiciliari, escludendo le overdose e i suicidi... abbiamo quasi duecento morti per malattia in galera, sov, in dieci anni, precisamente 183... il tipo dice che ci sono un altro centinaio di casi per cui è stata aperta un'inchiesta, ma insomma, quelli sicuri morti di malattia in galera sono questi qua». Mostra dei fogli stampati scritti fitti.

La signora Rosa si copre gli occhi con le mani. Quasi duecento morti di malattia. Capisce anche lei cosa significa: non curati, lasciati crepare.

Ghezzi e Carella si guardano. Ora lo scazzo di prima non c'è più, e nemmeno la tensione. C'è solo l'enormità di quel numero. E loro due, che sono poliziotti, non boia o giustizieri, ne capiscono la portata. Loro li catturano, si fanno il sangue marcio per prenderli, ci perdono il sonno e la salute, ma non vogliono essere complici di omicidio, e se non curi un malato, quello è: omicidio. Lo pensano tutti e due e se lo dicono con uno sguardo lungo.

«Porca puttana, ma sono tantissimi!», dice Selvi.

«Il venti per cento dei morti in galera», dice Sannucci, «gli altri sono quasi tutti suicidi, quelli sì che sono tanti».

Ora c'è un silenzio brutto, pesante, come se tutti stessero osservando al microscopio qualche povero cristo che si rotola nella brandina in un buco del cazzo di due metri per tre. Il primo che si riscuote è Carella.

«Sannucci, prendi quei fogli lì, elimina quelli morti dopo il 2009, poi metti in una lista separata gli stranieri. Di quelli che rimangono cerca le imputazioni, va bene? Hai capito? Selvi, il lavoro dell'armeria fallo tu».

«Bene», questo è Selvi.

«Capito, sov», questo è Sannucci.

«Più in fretta che puoi, nomi, reato e domicilio o residenza che avevano quando li hanno presi... prima che lo Stato li rieducasse così bene... nel nome del popolo italiano». Quest'ultima frase l'ha sputata con rabbia.

Poi si rivolge a Ghezzi:

«Il Monterossi?». Anche lui ha avuto a che fare con quel coglione, e non gli è piaciuto per niente, anche se va detto che gli ha servito un assassino su un piatto d'argento.

«Sì, ma stavolta non ci sta in mezzo ai piedi. È una cosa che ha sentito dire e me l'ha riferita subito... devo dire che si è comportato bene».

Carella fa una smorfia.

«Altro che mi tieni nascosto, Ghezzi?».

«Nient'altro, ma anche questa non è una pista solida, eh... vediamo cosa viene fuori...».

«E là?».

«Là sto lavorando. La padrona della macchina, la Golf che passava in via Mauri, è quasi mia amica, ma la macchina la prende un po' chi vuole, soprattutto i ragazzi del collettivo... c'è una specie di... welfare alternativo... si potrà dire? Insomma, nella sfiga nera che c'è là chi non è delinquente si aiuta un po'. Sono tutti vecchi, quella ha la macchina ma non può nemmeno camminare, allora la usano gli altri, per la spesa, o per portare i malati all'ospedale ogni tanto... La moto Honda lo stesso, anche se un po' meno... il proprietario, è effettivamente ingessato, e quando qualcuno deve muoversi in fretta gliela chiede».

«Lo prendiamo e gli rompiamo l'altro braccio», dice Selvi.

«No», dice Ghezzi, «non serve. La moto non è legata, in sostanza la usa un po' chi vuole e non è detto che lui lo sappia... In più una cosa del genere, che fermiamo uno e gli facciamo delle domande a brutto muso, là la saprebbero tutti in cinque minuti e noi rischiamo di non cavare niente di preciso da lui e di non scoprire più niente dagli altri».

«Non è che abbiamo tutto 'sto tempo, eh, Ghezzi, prima o poi Gregori ci farà tornare dalle vacanze».

«Sì, è vero, ma finché abbiamo tempo... poi lì ce n'è delle cose da scoprire...».

«Va bene, aspettiamo, però tu Ghezzi ora mi fai rapporto tutti i giorni». Lo ha detto in modo secco, quasi offensivo, ma poi ci ripensa e si ammorbidisce: «Lo so che per adesso tutti i progressi, pochi, sono una cosa tua, Ghezzi... le targhe, le telecamere, questa cosa qua dei morti in galera... va bene. Però capisci... io devo tenere al corrente Gregori, dirgli che stiamo combinando qualcosa, se non so a che punto siamo, come cazzo faccio, eh, me lo spieghi?».

«Va bene, ma tanto il lavoro di Sannucci dovevamo farlo anche se te lo dicevo... Sai cosa penso, Carella? Vuoi che te lo dica sul serio?».

«Sentiamo».

«Penso che Gregori è incazzato perché il ministero gli ha fregato l'indagine, e che non vede l'ora di metterlo nel culo a quei geni là venuti da Roma, e magari per il profiler israeliano userebbe un tronco di pino... però non vorrei che si fa prendere dalla fregola e appena ha qualcosa in mano scopre le carte, col risultato di farsi inculare lui... dai retta, Carella, a Gregori diamogli il poker d'assi, quando l'abbiamo, è inutile dargli una coppia di sette, che quello ci si gioca tutto per fare bella figura e rimane fregato... insieme a noi, tra l'altro... capito il concetto?».

Carella ora guarda il vicesovrintendente Tarcisio Ghezzi con altri occhi. Sì, è un'analisi che regge, e anche lui non vorrebbe farsi un culo a capanna per fare legna e poi quelli del ministero si scaldano al fuoco e si prendono il merito. Però, insomma...

«Sì, non hai torto», dice, «ma io non sono Gregori, a me le cose dille, cazzo!».

«Hai ragione, scusa».

Ora li lega un'altra occhiata. È un patto, una stretta di mano, un legame solido tra uomini che vogliono la stessa cosa, prendere lo stronzo che ammazza la gente e ci mette un sasso sopra.

Poi nella stanza entra la signora Rosa, che regge una zuppiera gigantesca.

«Pasta e fagioli», annuncia, «di solito mi viene bene… però mentre si mangia non si litiga e non si parla di lavoro».

I quattro uomini ridono, e dei quattro, quello che l'ha sposata scuote la testa.

«Allora ci guardiamo lo show», dice, e accende la tivù perché è l'ora dei telegiornali.

Come arriva l'immagine, la stanza si riempie della faccia affilata del sostituto procuratore e della sua voce grave che annuncia un'importante svolta nelle indagini. Un giovane di origine algerina, residente a Milano, si è consegnato alle autorità accusandosi dei delitti dei sassi e confessando tutto. Stanno vagliando la sua posizione. No, il nome non può ancora fornirlo. L'età? L'età sì, ha ventisei anni. Sono in corso accertamenti. Precedenti? Sì, per furto. Non possiamo dire di più. Le domande dei cronisti rimangono a mezz'aria, le macchine fotografiche scattano a raffica e si vedono i lampi dei flash.

Ghezzi spegne la tivù.

Carella si mette in bocca un cucchiaio di pasta e fagioli e dice: «Ma che razza di coglioni». Poi, più convinto: «Le viene bene davvero, signora! È buonissima!».

«Eh, la Rosa è sempre la Rosa», e questo è il Ghezzi che la prende in giro, ma gli brillano un po' gli occhi.

Ventiquattro

Carlo Monterossi è seduto alla gigantesca scrivania del suo studio, che ora è tagliata da una lama di sole che entra dalle persiane socchiuse. Pensa a quella storia del bicchiere mezzo pieno e mezzo vuoto. Nella parte vuota c'è tutto il suo blues e la strana inerzia del periodo: aspettare, non programmare nulla, scollinare quelle ultime tre puntate di *Crazy Love* che lo separano dalla sua personale Liberazione. Nella parte piena c'è la magra consolazione che, investito da Flora De Pisis della missione impossibile di convincere la bella vedova ad andare in tivù a piangere il morto – o a non piangerlo per niente, cosa più probabile –, non ha bisogno di farsi vedere là, nel grattacielo azzurro della menzogna.

Adesso che sono le undici passate, il rito della colazione è già stato celebrato, Katrina lo ha già aggiornato sul suo colloquio quotidiano con la Madonna di Medjugorje – non quella attaccata al frigorifero grazie al miracolo della calamita, no, quella del suo altarino giù da basso, nella guardiola di custode del palazzo – e i giornali sono stati sfogliati, decide che è ora di mettersi al lavoro. Anche perché Katrina lo ha sloggiato dalla cucina, dove sono cominciate le grandi manovre per riempire il frigorifero, organizzare cotture, prendere delicate decisioni: carne o pesce? E le alette di pollo da lasciare per ogni evenienza e necessità notturna di signor Carlo, quanto piccanti? E l'insalata di aringhe, con quale varietà di mele?

Così Carlo si è spostato nello studio, ha acceso il Mac, non il portatile, quello con lo schermo che sembra un cinema di prima visione, e ha accatastato mucchi di materiale per provare a mettere giù almeno una scaletta di massima, una traccia, dei sassolini di Pollicino per ritrovare la strada, dovesse andare su e giù per quella foresta. Quindi ha una pila di libri accanto, gli imprescindibili saggi critici del professor Carrera, la famosa biografia di Anthony Scaduto, le arruffate note di Dylan su sé medesimo, studi e ricerche, i giganteschi volumi con le liriche tradotte con testo a fronte. Dallo scaffale dei vinili ha scelto un campionario di album, quelli che conserva come reliquie, perché leggere le note di copertina è sempre un piacere, come guardare la bussola quando ti sei perso. In sottofondo, a volume basso, quasi impercettibile, suona uno degli ultimi dischi di Dylan, *Tempest*, che a lui sembra un campionario di disincanto, e che va d'accordo, ora, con il suo umore.

Però non riesce a concentrarsi, perché sente che gira per la stanza, come una mosca indolente, qualcosa di incompiuto.

Oscar Falcone si è presentato a tarda sera, poco prima di mezzanotte, senza preavviso, come fa lui, incredibilmente impaginato con giacca e cravatta, meno *urban bad boy* del solito.

«Di passaggio», ha comunicato urgente, «devo andare in un posto». Che posto non l'ha detto, naturalmente, e Carlo non ha chiesto.

Così si sono bevuti un whisky sui divani bianchi, la finestra aperta, la musica bassa, rilassati, quasi placati, come se quella mezz'ora fosse una specie di oasi prima di rituffarsi ognuno nel suo deserto.

Oscar ha messo sul tavolino ingombro di giornali un foglietto piegato in quattro. Sopra, scritti a penna, due numeri di cellulare e un indirizzo mail.

«I recapiti della bella vedova», ha detto.

«Di già? Ma come...».

Oscar ha sorriso senza rispondere. Però ha parlato eccome.

«Qualcosa che devi sapere».

«Sentiamo», ha detto Carlo portando la bottiglia di Oban 14 dalla cucina: quando Oscar ha cose da raccontare, un bicchiere di solito non basta.

I giornali hanno scritto in lungo e in largo della bella vedova Campana, Isabella De Nardi Contini, ma si sono accorti di non sapere bene cosa scrivere. Carlo ha letto con attenzione, ovvio, e il risultato è stato solo mistero. Lontana dalle cronache, dal chiacchiericcio e – più che mai – dallo stupido gossip, la signora si è sempre tenuta alla larga dai riflettori e dalla mondanità. Una vita semplice – se si può dire semplice l'esistenza di chi ha quelle sostanze da generazioni –, qualche accenno ai suoi studi, la tesi su Nietzsche, vecchie foto di quando sfilava per Yves Saint-Laurent e qualche immagine di cerimonie a cui evidentemente non poteva mancare, obblighi sociali che affrontava con uno stoicismo carico di sarcasmo, come si vede dal sorriso indecifrabile sul bel viso irregolare.

Tutto lì, nient'altro da dichiarare. La parola giusta, insomma, se non fosse insozzata dall'uso comune, sarebbe: fascino.

Oscar, invece, ha altre notizie. Racconta a Carlo quello che i giornali non hanno scritto sul terzo morto dei sassi, ma che in questura non è un mistero. Lui che bazzica, che sa sempre tutto, che raccoglie informazioni non si sa mai a che scopo, fa un breve resoconto. Le truffe, gli affari poco chiari, i soldi – tanti, troppi – accumulati in pochi anni, lui figlio di famiglia piccolo borghese. Uno per cui l'ascensore sociale somigliava piuttosto a un missile: da zero a quasi tutto nel giro di un decennio. E quel matrimonio incomprensibile, tra l'altro, che stona come una trapunta Ikea su un letto a baldacchino nella reggia di Versailles. Strano, eh?

«E poi c'è la faccenda delle ragazzine, che è proprio brutta», ha detto Oscar, lasciando di stucco Carlo, gli occhi a punto di domanda, l'espressione di chi scopre un topo sotto le lenzuola fresche di bucato.

Dunque violenza e pedofilia, cose che la questura è riuscita, per ora, a non far trapelare, ma che si mormorano apertamente là dove Oscar ottiene notizie e informazioni. Soldi per ritirare denunce ed evitare vendette, famiglie devastate dal disagio sociale e conseguente avidità, piccole vittime sacrificate per il piacere manesco dell'orco. Schifo e pietà. Pietà solo per loro, naturalmente, le ragazzine.

Carlo ha ascoltato, trasecolando.

«La signora è stata interrogata, ovviamente, con tutte le cautele del caso, perché con quelli lì il ministero si mette i guanti bianchi e azzecca i congiuntivi, ma non ne hanno cavato molto. Dolore poco, disprezzo tanto, e comunque una netta distinzione tra la vita e la storia sue e la vita e la storia del marito, abbondantemente sulla strada di diventare ex».

«Più ex di adesso è difficile», ha detto Carlo.

Poi Oscar se n'è andato, lasciandolo con un sapore amaro in bocca e le cose che si complicano: con quelle novità, invitare la signora in tivù e sottoporla alla vischiosa sorellanza di Flora De Pisis diventava davvero una missione impossibile. E poi: dire a Flora l'indicibile che ha appena saputo? Tacerlo? E se poi le cose escono sui giornali – succederà, non c'è dubbio – chi la tiene, quella iena?

Ma soprattutto: come contattare la bella vedova? Con quali parole?

In questi casi – Carlo lo sa – si lascia fare all'alcol e al passare delle ore. Il primo smussa gli angoli del pudore e induce al parlare diretto, il secondo rende la cosa urgente minuto dopo minuto, e accelera le decisioni.

Così alle tre del mattino si era risolto al grande passo. Una mail sincerissima, senza calcoli, quasi una confessione d'impotenza, e un messaggio sui telefoni per avvertirla di leggere la posta. Tutto scritto nella notte, con fatica, per quelle poche righe, e inviato alla mattina appena sveglio, verso le nove e mezza.

Il succo: una breve presentazione di se stesso, misurata e senza troppi dettagli, un accenno di condoglianze senza profumo di fiori né di opere di bene, e poi il nocciolo rovente del suo dilemma: come autore e professionista dovrebbe invitarla a fare una cosa che come essere umano invece le sconsiglierebbe con tutto il cuore. Una cosa da stupido, un mostrarsi nudo nei suoi dubbi etici, il tutto pensando che se Flora De Pisis leggesse quella mail – le chiedo di farlo ma la prego, non lo faccia – lo spellerebbe vivo con strumenti medievali.

Così ora sfoglia svogliatamente i sacri testi con l'idea di cercare una porta per entrare in quel labirinto dylaniano che conosce alla perfezione e in cui si perde sempre. Non servono a questo, i labirinti?

E poi, distrattamente, guardando lo schermo del Mac, vede che è arrivata una risposta, la apre, legge:

Gentile dottor Monterossi,
La sua lettera è davvero stupefacente e faccio conto di averne ricevute due. Quella che mi invita in quel letamaio di pensiero debole per cui lavora è liquidabile con un divertito «se lo scordi»; l'altra è più interessante, sembra scritta da un essere umano.
Come saprà, domani si svolgono a Milano i funerali del mio compianto consorte, motivo per cui io sarò nella mia casa romana. Se desidera un incontro – diciamo verso ora

di pranzo? – potrà trovarmi e non mi sottrarrò, ma venga solo nella versione umana, il procacciatore di madonne piangenti televisive non lo farò nemmeno entrare.

Cordialmente (a metà)

Isabella De Nardi Contini

Segue un indirizzo di Roma, piazza Perin del Vaga, zona Flaminio, tra il lungotevere, l'Auditorium e il Museo d'arte contemporanea.

E ora Carlo Monterossi archivia le sue sudate carte e comincia a pensare ciò che pensa di solito. Che in quel pasticcio non doveva finirci, e che se la risposta è un no, anzi un «divertito se lo scordi», lui che ci va a fare fino a Roma? E poi però pensa anche che la spontanea franchezza della vedova Campana merita – come dicono le guide turistiche – una deviazione; e da quanto tempo non va a Roma?

Così risponde solo:

«Grazie, a domani», e apre il sito delle Ferrovie dello Stato per procurarsi un biglietto.

Venticinque

Il sovrintendente di Polizia Pasquale Carella cammina col suo passo nervoso per corso di Porta Romana, e intanto pensa al vicesovrintendente Ghezzi, al suo fiuto per le indagini, ma soprattutto a quello che gli ha detto di Gregori. Si tratta di politica, in fondo, e lui quelle cose non le ha mai capite, o meglio, non le ha mai volute capire. Però è vero: messo in difficoltà o nel frangente di doversi salvare il culo, Gregori non esiterebbe a vendersi come suoi i progressi della squadra clandestina, a far bella figura col ministro, e loro dovrebbero pure andarlo a ringraziare perché gli ha coperto le spalle. Che situazione di merda. E ora che è seduto nel solito bar della mattina presto, ecco che lo vede entrare, ordinare il suo cappuccino, fare la solita piccola meditazione davanti alla vetrina delle paste. Carella ha già il suo caffè, è seduto a un tavolino e fa un piccolo cenno che dice: sono qui. Quindi Gregori si siede anche lui. Ha la faccia scura.

«Allora l'hanno preso, è il tunisino, giusto? Possiamo tornare dalle vacanze, capo, caso risolto». Non voleva essere aggressivo, forse solo un po' sarcastico, ma vede che quelle parole fanno su Gregori l'effetto dell'acquaragia su una ferita.

«Vaffanculo, Carella, te lo dico col cuore».

«Ah, non è stato lui?», voce da angioletto, questa volta. Gregori gli darebbe una sberla.

«Che razza di cretini. Ma dico io, bastava guardarlo in faccia, quello là, una specie di minus habens con precedenti per furto, ma poi vai a vedere... aveva rubato un deodorante in un supermercato. Dentro e fuori dai manicomi, come si dice adesso... centri di igiene mentale, un disadattato al cento per cento. Convocati i genitori, anzi, andati a prenderli con le sirene, quelli si sono fatti una risata: ma chi, nostro figlio? Non si sa allacciare le scarpe, figuratevi sparare a tre persone. Comunque alla fine quasi quasi erano dispiaciuti che non ce lo tenevamo, tanto è scemo».

«Figura di merda».

Gregori non dice niente, addenta la sua brioche come fosse la giugulare del profiler israeliano. Poi si fa serio, mette su un tono grave e guarda Carella.

«Avete una settimana, non di più».

«Cazzo, capo, una settimana è poco».

«Carella, la cosa comincia a diventare ridicola, io vi ho coperto dicendo che la squadra che indagava, vedendosi così espropriata, si è offesa e ha messo giù un casino, e allora io l'ho mandata in ferie, ma in questura cominciano a chiedersi come mai quattro uomini validi non sono pancia a terra sul caso dell'anno...».

«E dovremmo tornare a fare cosa, capo, a eseguire gli ordini di chi ferma un minorato che dice sono stato io? andiamo...».

«Una settimana, Carella».

«Abbiamo qualcosa in mano, capo, qualche filo che stiamo tirando, se ci interrompe a metà...».

«Una settimana, poi tornate coi vostri fili in tasca e vediamo se c'è attaccato qualcosa... che poi mi piacerebbe conoscerli questi sviluppi...».

«Sì, capo, un paio di giorni e poi le dico tutto... non voglio illuderla».

«Non vuoi illudermi, Carella? Non sono mica una ragazzina da limonare al cinema, cazzo!».

«Lasci fare, capo, non si fida?».

Questa del «non si fida» è l'arma della disperazione, Carella lo sa. Quello lì è un lavoro difficile, la fiducia non c'entra un cazzo, servono prove, riscontri, teorie che si possono controllare...

«Levati dai coglioni, Carella. Una settimana, poi rientrate tutti alla base, anzi, abbronzatevi un po', così reggono meglio le mie balle».

Mentre Carella si alza dal tavolino e se ne va senza salutare, Tarcisio Ghezzi, nelle vesti del signor Franco, sale piano le scale dell'interno C. Il caffè dalla signora Antonia sta diventando una tradizione, e in più il bar che sta lì fuori non gli piace per niente. E poi, se lo confessa sui gradini tra il secondo e il terzo piano, quella donna gli piace, è una specie di memoria storica. Dei palazzi, del quartiere, forse anche della città e del mondo. Pensa che il suo modo di accettare le sconfitte della vita, non arreso ma nemmeno astioso, dovrebbe insegnare qualcosa a tutti.

Quando entra nel piccolo appartamento – «Si

può?» – si accorge che in qualche maniera quella lo sta aspettando, e sorride.

Oggi l'argomento sono i morti dei sassi, tanto per cambiare. È la giornata dei funerali della terza vittima, Giorgio Campana, e i giornali hanno già ricamato a lungo sul fatto che la bella vedova non sarà presente. «Troppo stress», dice un comunicato del suo avvocato, anche se Ghezzi conosce la storia e sa che il motivo è un altro: con quello là la vedova voleva averci poco a che fare da vivo, figurarsi da morto ammazzato. La signora Antonia, che i giornali non li legge, sa tutto dalla tivù, anche del giovane arabo preso e rilasciato.

«Povero ragazzo», dice.

Ghezzi annuisce e mette un cucchiaino di zucchero in un bicchiere con il caffè.

«Che poi», continua quella, «io dico che gli arabi non c'entrano niente, quelli non sono gente da un colpo alla testa, quelli si fanno saltare o sparano col mitra, se no col cazzo che si guadagnano le ventisette vergini... che poi che gusto ci sarà con le vergini, che bisogna insegnargli tutto...».

«Io dico che è una cosa che viene dal passato», dice Ghezzi, «una specie di vendetta... però vai a sapere, la gente ammazza per tanti motivi, anche i più cretini...».

«Sì, i motivi saranno cretini, ma quello che ammazza no, se no lo avevano già preso».

Non fa una piega, pensa Ghezzi.

Poi, mentre sono a questo punto della chiacchierata, dalla porta entra un ragazzo, un giovane uomo, a dirla tutta, perché Ghezzi non sopporta questo vezzo moderno di chiamare «ragazzo» uno che ha più di trent'anni, che scemenza sarebbe? E lui, a cinquanta-tré suonati, allora cos'è, un giovanotto?

«Ciao Francesco», dice la signora Antonia. Poi fa le presentazioni, a suo modo, e rivolgendosi a Ghezzi spiega: «Lui è il fidanzato di quella là coi capelli viola, Chiara, stanno dall'altra parte del cortile, scala A». Lo dice come se recitasse nome, cognome e numero di matricola.

«Lui è il signor Franco, quello della carrozzella», dice battendo i palmi delle mani sulle ruote della sedia a rotelle.

Francesco fa un cenno al nuovo arrivato e dice:

«Sì, Chiara mi ha detto, bel colpo... hanno le tele-camere al pronto soccorso, lo sa, vero?».

«Lo so, ma non credo che ci sguinzaglieranno die-tro la polizia per una vecchia carrozzella, probabil-mente ne hanno decine in deposito... la gente paga le tasse per quello, no?».

«Sì, credo di sì».

Ora Ghezzi lo guarda meglio, il ragazzo è scontro-so, pare seccato che lui sia lì, ma è solo un'intuizione vaga, anche perché quello non ha l'aria di andarci vo-lentieri, dalla signora Antonia.

Poi apre un cassetto della cucina, come se fosse a ca-sa sua, e tira fuori delle scatole di medicinali. Le appog-gia sul tavolo e comincia a cavare pasticche dai blister.

«Questa qui subito dopo pranzo», dice mostrando una pasticca bianca, molto piccola, «e un'altra uguale su-bito dopo cena».

Ghezzi annuisce come se la lezione fosse per lui, e forse...

«Questa qui rosa, invece, prima di andare a letto, serve per le gambe, e anche per dormire, roba del neurologo... Io gliele metto su un piattino, ma magari se non dovessi passare può farlo lei», questa volta si è rivolto direttamente a Ghezzi.

«Va bene, le piccole bianche dopo i pasti e quell'altra per dormire, prima di andare a letto».

«Versati il caffè, Francesco, che è ancora caldo», dice la signora Antonia. Così quello prende un bicchiere dallo scolapiatti, si versa il fondo della moka e si siede con loro.

«Arrivato da poco, allora», dice a Ghezzi. Non è una domanda.

«Sì».

«E da dove?».

«Da dove stavo prima», dice Ghezzi. Il ragazzo merita una regolata, pensa, non è che essere gentile con la signora ti rende automaticamente una persona perbene. Ma quello non insiste.

«Stavamo parlando dei sassi», dice la signora Antonia accendendo una sigaretta

«Non devi fumare, Antonia, lo sai».

«Non rompere le palle, Francesco. Prima schiatto prima si libera 'sto posto, diciamo che è il mio regalo ai calabresi... magari nel testamento dico di darlo a voi ragazzi del collettivo, il mio contributo alla causa».

Quello fa una smorfia e dice:

«Che sassi?».

«Quelli dei morti, non li leggi i giornali?».

Ghezzi guarda il battibeccare calmo di quei due, potrebbero essere madre e figlio, hanno una loro familiarità quasi affettuosa, per quanto apparentemente quel Francesco di affettuoso non ha niente.

«Sì, ogni tanto li leggo. Abbastanza per capire che se abbattevano a pistolettate tre pensionati con la minima bastava un trafiletto, e non tutta 'sta roba che esce da giorni».

«A noi pensionati con la minima non c'è bisogno di spararci», dice la signora Antonia, «ci leviamo di mezzo da soli».

Ora Ghezzi si sente legittimato a intervenire, e dice la cosa più da poliziotto che può in quella circostanza.

«Comunque ammazzare la gente non è mai una cosa troppo intelligente, di solito porta solo rogne, sia a quelli sparati, sia a quelli che sparano».

Però deve averlo detto con un tono meno neutro di quanto voleva, perché ha dato l'impressione di saperlo per conoscenza diretta, e vede che il ragazzo lo guarda in un modo strano. E infatti chiede:

«Se ne intende?».

È stato un errore, pensa Ghezzi. Quella domanda gli fa capire che in questo momento non è parte del paesaggio, non è invisibile… e allora tenta di cavarsela:

«Ho letto qualche libro… e qualcuno che è stato in galera lo conosco… non è che è uscito contento».

«Comunque mi sa che erano tutti un po' stronzi, i morti, a quello che si legge», dice Francesco.

È una notazione strana, pensa Ghezzi, perché che i morti fossero cattive persone non l'ha scritto nessuno, e del terzo cadavere, il Campana, che fosse molto stronzo non è uscito, sui giornali. Però non dice niente, vuole tornare invisibile appena possibile. La signora Antonia no, invece, lei non ha questi problemi.

«Sì, magari stronzi, ma non c'è mica la pena di morte per gli stronzi, se no saremmo in pochi», e ride della sua battuta.

Ghezzi pensa che lì dentro, attorno a quel tavolo, c'è qualcosa che somiglia alla rabbia. Ma non una rabbia furente, fumantina, non ira, no. C'è la sorda rabbia dei vinti, di quelli che non hanno niente da perdere, di quelli che hanno capito come va il mondo e che quasi sempre va contro di loro.

«E tu cosa fai, Francesco?», chiede ora, un po' per cambiare discorso, perché vede che quello è a disagio, e un po' perché pensa che un inquilino che va lì a bere il caffè e a fare due chiacchiere lo chiederebbe.

«Lavori di grafica».

«È un artista», dice la signora Antonia che si è voltata verso il lavello con un'agile giravolta della carrozzella e si è messa a lavare i bicchieri.

Per la prima volta il ragazzo ride. È un bell'uomo, forse un po' nervoso, ma si vede che quando è rilassato ha un suo fascino selvatico, dev'essere uno che piace alle ragazze, la sua Chiara se lo dovrà tenere stretto.

«Vabbè, io vado», dice Francesco. Si alza e si rivolge alla donna: «Non fare casino con le pastiglie».

312

Poi esce dalla cucina. Ghezzi sente che non va diretto alla porta d'ingresso. Prima apre un'altra porta e la richiude subito, poi esce sulle scale.

«Beh, vado anch'io, Antonia», dice ora Ghezzi.

«Me lo fai un piacere, Franco?».

«Se posso...».

«Se passi davanti al minimarket, giù, o da qualche altra parte, prendi un pacchetto di caffè... tieni», e gli allunga una banconota da cinque euro.

Lui fa per rifiutare i soldi, ma lei lo fulmina con un'occhiata:

«Non ci provare nemmeno, Franco, a casa mia il caffè lo offro io. Un conto è poveri, un conto è pezzenti, prendi».

Lui prende i soldi e scende per le scale.

In cortile c'è il piccolo Diego che traffica intorno a una biciclettina per bambini.

«E questa?», dice Ghezzi.

«Me l'ha data uno degli africani nuovi», dice quello, che sta scartavetrando la ruggine dal manubrio, «hanno svuotato una cantina e stavano per buttarla».

Ghezzi guarda la catena della bici, secca come il Sahara d'estate.

«Ti servirà dell'olio».

Il ragazzino indica una tazzina:

«Ce l'ho già, l'ho rubato a mamma, non fare la spia».

«Io?», e se ne va ridendo. Non è un brutto posto, 'sta Caserma.

Ora sono a casa Ghezzi e i musi sono lunghi.

Carella ha detto dell'ultimatum di Gregori: una settimana. Ghezzi se lo aspettava, sa come funzionano le chiacchiere dei colleghi, sa il tam-tam dei corridoi: Dov'è Carella? In ferie. E Ghezzi? Pure. E Selvi? Sannucci? Vacanza. Eccheccazzo.

Selvi è il primo a cambiare argomento, parla a tutti ma guarda Carella.

«Il tuo professore non è un tipo preciso. La rapina all'armeria non è stata nel '79-80, ma nell'81, undici gennaio. La denuncia non l'abbiamo più, ai tempi non avevamo i computer e l'archivio... lasciamo perdere... Ma ho cercato qualcosa sui giornali dell'epoca...».

Tira fuori due fotocopie scurissime, sporche d'inchiostro.

«Qui c'è scritto che hanno portato via sei pistole e un po' di munizioni. Sono entrati dal retro, dal cortile, non c'era l'allarme, una cosa facile. Sul *Corriere d'Informazione*, invece, il pezzo era un po' più lungo, dice che le pistole erano sette, e c'è la foto della scritta che hanno lasciato sul muro». Strizza gli occhi per leggere da quei fogli sbavati e recita: «"Abbiamo P38 / e munizioni / ora siamo pronti / a parlare coi padroni"».

«Che poeti», dice Ghezzi.

«Che poi farebbe rima anche con coglioni, eh», dice Sannucci.

Carella non è in vena di battute.

«E allora?».

«E allora ho rintracciato i parenti... cioè, quello che aveva l'armeria è morto... sono passati trentasei anni... il figlio abita vicino a Brescia e dice che sì, in cantina ha delle vecchie carte del padre, non sa dire se c'è anche copia della denuncia, se vado lì a vedere magari salta fuori, ma lui non sa dire... Della rapina si ricorda vagamente, aveva sei anni e se n'è parlato a lungo, in casa...».

«Sì, vacci, proviamole tutte», dice Carella, che poi fa una domanda con gli occhi a Sannucci.

«Siamo un po' indietro, capo, con la lista siamo nemmeno a metà... la Senesi aveva il giorno libero e... ma Gregori le ha fatto un po' il culo, credo, perché mi ha chiamato e mi ha detto che è a disposizione... d'altronde se non lo fa lei, insomma, per l'archivio bisogna stare là... per stasera dovrei avere tutto... comunque gli stranieri li ho separati anche solo guardando i nomi, gli italiani sono novantasette... Certo, se quello che cerchiamo è morto prima del 2002 ce l'abbiamo nel culo... scusi, signora».

La signora Rosa sorride.

E ora sono fermi.

Selvi dice che ha fatto un gruppo WhatsApp che si chiama «sassi», ha inserito tutti in modo che possano scambiarsi informazioni senza attraversare la città o fare la catena di telefonate. Tutti maneggiano il proprio cellulare, poi parla ancora Carella:

«Allora qui domani mattina, a meno che non succeda qualcosa e dobbiamo vederci prima».

«Faccio la pasta o ve ne andate subito?», chiede la signora Rosa.

«Ma sì, mangiamo qualcosa», dice Ghezzi.

Carella apre il balconcino del salotto e si accende una sigaretta mentre fa una telefonata. Sannucci chiama in questura per sentire gli aggiornamenti dalla Senesi, Selvi apre la copia del *Corriere* che sta lì sul tavolo e si mette a leggere le pagine della cronaca, scuote la testa, poi gli viene un'idea.

«Ghezzi, ma tu che vai sempre in giro travestito, ce l'hai una barba, o qualcosa del genere?».

«Sì, l'ho usata per fare il frate», dice quello.

«Prestamela, dai, che vado a dare un'occhiata al funerale del Campana, è alle tre là in piazza del Rosario, in via Solari... ci sarà mezza questura, meglio andare in incognito... tanto il tizio di Brescia non è a casa fino all'ora di cena».

Ghezzi sparisce nell'altra camera e dopo due minuti Selvi ha una barba folta e curatissima, quasi del colore dei capelli, abbastanza credibile, se uno non lo guarda da vicino. Tutti ridono, anche lui. Il Ghezzi no, però:

«Adesso levala e mangia la pasta, se no me la sporchi col sugo», dice.

La signora Rosa entra con la solita zuppiera:

«Ravioli burro e salvia!», proclama.

I suoi quattro uomini battono le mani.

Ventisei

«Si accomodi, la signora arriva subito».

Carlo Monterossi non si è ancora ripreso dall'esterno e già è alle prese con quell'interno vagamente intraducibile.

Il treno, come previsto, un inferno di chiacchiere e rumori, tanto che si era risolto a un sonno leggero, una specie di coma vigile che non gli aveva impedito di conoscere nel dettaglio tutti i cazzi della signora due poltrone più in là. Gli studi dei nipoti, la prostata del consuocero, e poi la casa al mare da sistemare, che seccatura, e quella faccenda della macchina, poi, com'era finita? Ettore se l'era presa molto? Povero Ettore... E questo nella carrozza «silenzio», tanto che Carlo si era chiesto se per caso nelle altre carrozze, quelle «non silenzio», stessero ballando il merengue sui tavoli, ubriachi come in un romanzo di Erofeev.

Poi la stazione, la coda per i taxi e la macchina bianca di età indefinibile. Tutti hanno un aneddoto sui tassisti romani, e quello di Carlo è questo: comunicato l'indirizzo, l'autista non ha più aperto bocca fino a destinazione, quando gli ha detto «Quattordici», lui ha pagato ed è sceso. Nemmeno un «dottò» buttato lì, niente, solo cortesia e silenzio, un po' poco, no? Che delusione, la letteratura.

Il palazzo invece no.

Piazza Perin del Vaga è una piccola ellisse perfetta, le case dalla facciata concava hanno aperture, logge, paraste, lesene, alzane, guardate a vista da due fontanelle con quattro delfini, tutto simmetrico e perfetto, un po' decolorato dal tempo, l'antica scritta Istituto Case Popolari, cose degli anni Venti. Il barocchetto romano, insomma, una cosa magnifica, e il cortile, poi, bellissimo, un po' fané, mezzo selvatico e mezzo urbano.

Dentro, tanta luce e nulla di studiato, mobili antichi e pezzi moderni mischiati con finta nonchalance, libri e carte appoggiati qui e là, questo almeno nell'ingresso e nel grande salone dove Carlo viene accompagnato. La signora che lo accoglie è una donna elegante di mezza età, nessuna inflessione dialettale, una gentilezza da castellana, niente cerimonie. Il signore era atteso e lei lo attendeva, tutto qui.

Nel salone, Carlo non si siede.

Fa qualche passo su un bel tappeto posato sul parquet antico che scricchiola, confortevole, caldo. Anche lì librerie strapiene, carte poggiate su una scrivania antica, poltrone in pelle da luogo vissuto, forse persino amato. A una parete c'è un Morandi, come al solito Carlo non ricorda il titolo, anche se sa di saperlo.

«Ecco il nostro doppio uomo», dice una voce.

Isabella De Nardi Contini ha un portamento di quelli che ti fanno alzare anche se sei già in piedi, ha una blusa beige in cachemire scollata e morbida, una gonna in flanella leggera, calze di un grigio leggermente più chiaro, scarpe con tacchi bassi. Si stringono la mano, lei sorride come se la visita fosse gradita.

«Le mie condoglianze», dice Carlo.

«Non dica sciocchezze», dice lei con una piccola risata, «posso offrirle da bere?».

«Quello che prende lei».

«Ah, se ne pentirà».

Qualche minuto dopo hanno in mano un centrifugato misterioso, ghiacciato, buonissimo, in bicchieri di cristallo affusolati, che la signora di prima ha posato con un vassoio d'argento sul tavolino davanti alle poltrone. Carlo è lì dentro da cinque minuti e si sente come se fosse un habitué, nessun imbarazzo, nessun balbettìo, un'aria di casa, di salotto d'altri tempi dove la signora riceve amici e conoscenti, perfetta e distante.

«Allora, mi dica, dottor... Monterossi, giusto? La chiamerò Carlo, si offende?».

«Mi spiace deluderla, ma sa già tutto. Il mio incarico è invitarla a quella trasmissione che sa, e questa sarebbe la mia missione segreta. Poi c'è una missione privata, personale, direi inconfessabile: non lo faccia... Isabella, non si offende, vero?».

Lei ride, una risata aperta, naturale, niente di artefatto. Carlo pensa con un brivido che mentre sono lì a fare quella piccola scherma tra sconosciuti, il marito della signora sta per essere seppellito. O forse lei si aspettava un banale funzionario, una specie di impiegato te-

319

levisivo, e si trova di fronte un tizio che... ma forse questa è solo una speranza di lui. Vanitoso.

«La prima parte la immagino così bene da conoscerla, Carlo, e non mi interessa per niente. Ho seguito quella vicenda dei sassi finché non è diventata stucchevole... ho visto quel vostro capolavoro, la prima moglie del secondo morto, la seconda figlia del primo morto... capisco che possa essere una droga per molte persone... io preferisco... emozioni più sincere, diciamo...».

«Ho visto anch'io», dice Carlo, «per quanto possa sembrarle assurdo, declino ogni responsabilità».

Ora lei accavalla le gambe, un gesto naturalissimo, niente di seduttivo, anche se Carlo pensa che c'è un catalogo intero di fantasie per maschi, in un gesto così fluido, e anche che non dev'essere il primo uomo a notarlo.

«Bene, passiamo alla seconda parte».

«Temo che troverà banale anche questa...».

E così Carlo spiega a grandi linee, per timore di risultare noioso, la sua odissea sulla zattera disperante di *Crazy Love*, l'intuizione che fu sincera, la trasformazione di quella piccola idea romantica, quasi gozzaniana, nella porcheria che si vede ora e che, come se non bastasse, è passata dalle vicende sentimentali alla cronaca nera, dalle lacrime d'amore – per quanto ammaestrate e «pettinate» – alle lacrime dei parenti delle vittime.

«Il resto sono prosaiche questioni di soldi», conclude con un sorriso amaro, «e la scommessa un po' disonesta che è meglio vivere bene con qualche peccato che male... con altri peccati, magari...».

«Lei lo sa, Carlo, che la distanza tra un cinico che finge di non esserlo e un non cinico che si sforza di sembrarlo è inesistente, vero?».

Lui annuisce, e lei continua:

«Credo che sia un po' disonesto anche con me... ma io l'aiuterò. Potrà portare alla sua regina Flora De Pisis due notizie, le solite, quella buona e quella cattiva. La cattiva è che non mi vedrà in quello studio nemmeno dipinta, quella buona è che non andrò mai, nemmeno in catene, da nessun altro, niente concorrenza, niente avversari... Credo che se insisterà su questo secondo punto presentandolo come una vittoria non verrà fucilato. Menta pure, dica che mi ha dissuaso dall'andare su qualche altra rete, in qualche altro programma umido di lacrime, e vedrà che sarà assolto. Non la smentirò, sarà un nostro segreto».

Ora Carlo piega un po' la testa di lato. Finora l'ha guardata, anche con una certa aperta ammirazione. Ora invece la studia.

«Colpito e affondato dalla mia stessa sincerità... Trovo che sia sempre una buona arma tra persone intelligenti. Ma... supponiamo che mi rimanga qualche curiosità... molto umana, ecco. Che ci sia qualcosa che mi sfugge, che volessi osare qualche domanda indiscreta...».

«Posso fidarmi di lei, Carlo?».

«Sa benissimo che se non potesse fidarsi le direi di sì comunque... è una domanda che non ha risposta... ma sì, per quel che vale, oppure vuole quelle cose novecentesche tipo: ha la mia parola?».

«Non tutte le cose novecentesche sono così meschine, sa?».

Ora tocca a Carlo fare la risatina dell'uomo di mondo.

«Bene, allora mi dica, e mi scusi la brutalità... com'è possibile che una donna come lei», fa un gesto intorno come per dire: lei, la sua storia, i suoi libri, questi mobili, questo parlare sincero e piacevole, «... che una come lei fosse sposata con quel... con quell'uomo così... diciamo diverso?».

Ora lei fa di nuovo quella risata.

«Ma che indiscreto!... E che mancanza di tatto, nel giorno del funerale del caro estinto!». Ora ride apertamente, di gusto. «Ma certo, Carlo, glielo dico. Ognuno mette sul tavolo le sue briscole, giusto? Lei il suo odiato programma, io il mio odiato marito...».

E così la signora Isabella De Nardi Contini vedova Campana racconta. Dice. Mette in fila parole che suonano eleganti come una bella calligrafia. Lei aveva tutto e avrebbe avuto ancora di più. La famiglia quasi nobile, gli studi, la sua bohème parigina, le passerelle, le feste, le piccole trasgressioni di chi sa di essere prezioso e considera la noia un accessorio indispensabile, come una borsa di Hermès, una cintura di Gucci. Lui – lo aveva conosciuto del tutto casualmente – era un arrampicatore da romanzo russo, un piccolo borghese ignorante e scalpitante, uno che guardava al futuro unicamente come a un'opportunità... uno che voleva tutto e lo voleva subito. Le raccontava le sue piccole truffe, i suoi successi da bottegaio della finanza, il disprezzo per chi era cascato nelle sue trappole.

«Era... così disdicevole, così privo di principi... ma divertente, sa?».

«Divertente da pensare di dividerci la vita?».

«In famiglia impazzirono. Mio padre minacciò di farmi interdire, di diseredarmi, di disconoscermi. Mia madre ne fece una malattia. Io avevo ventotto anni, mi sembrava di avere tutto, mi mancava solo quello: buttarmi un po' via... Non lo trova a suo modo... sublime?».

«Un po' contorto», dice Carlo, «o forse un modo contorto per dire che lo amava...».

«Ah! Come osa, villano!», dice lei. Piega indietro la testa e ride.

Poi si alza e gli dà le spalle, si china su una libreria, scorre l'indice sulle coste dei volumi, pesca un piccolo Adelphi giallo e si rimette in poltrona, sedendosi su una gamba ripiegata. Trova subito il punto, perché c'è un segno, e legge, scandendo bene le parole:

«Per amore, noi siamo induriti criminali nei riguardi della verità, ricettatori e ladri incalliti, i quali fanno essere vero più di quel che ci appare vero...».

«Ora farò la figura di quello che non riconosce l'autore e lei mi caccerà come uno stalliere dalla tenuta di campagna», dice Carlo.

«Nietzsche, *Aurora*... forse l'avrei tradotto meglio, ma accontentiamoci».

«E poi tutto quel... sublime, si è sciolto, non è così?».

«Non piano piano, sa? Quasi subito e quasi di colpo. Era un gioco, e poi non lo era più. Dieci anni, Carlo, dieci anni per una specie di capriccio, eppure stare lì, anche se raramente stavamo insieme... stare lì mi sembrava un'espiazione, una punizione autoinflitta... in qualche modo sublime anche questa, non crede?».

«Ha uno strano rapporto con il sublime».

«Non sia volgare, Carlo, è l'unica cosa che non permetto».

«Mi scusi se abuso della nostra... intimità si potrà dire? Ma violentare e picchiare ragazzine minorenni è parecchio volgare».

Perché lo ha detto così? Forse perché quel suo squadernare la sua vita davanti a un estraneo l'ha in qualche modo irritato? Perché quella sincerità da principessa che non ha nulla da temere, da niente e da nessuno, lo ha messo a disagio? Ma lei non batte ciglio, non si adombra, non accusa il colpo. La sensazione, semplicemente, è che non esista un colpo che può scalfirla.

«Che delusione, Carlo, e che rabbia. Con quelle faccende schifose... sì, violente e schifose, andava in frantumi anche quel minimo di spiegazione che mi ero data... Era un abbaglio, e di colpo diventava un errore. Il furfante piccolo borghese da romanzo russo, quello che festeggiava le sue truffe comprando un nuovo appezzamento a vigna, si rivelava un banale, ridicolo animale. La stessa differenza tra l'oscenità dichiarata di un quadro di Schiele e un porno amatoriale... Ma c'era un'altra cosa...».

Carlo sta zitto. Ora che quella è partita non intende fermarla, nemmeno con altre domande.

«E l'altra cosa erano quelle ragazzine, Carlo. Per tutta la vita non mi sono curata degli altri, mai. Sorridevo all'idea della solidarietà, della carità, dell'impegno sociale come davanti alle piccole pezzuole bagnate con cui un tempo si curava la febbre... Sufficienza, superiorità... Ma quelle famiglie che chiedevano soldi, quel tremare di Giorgio all'idea di una denuncia... Ho visto una di quelle... bambine... l'ho voluta vedere, sì, di nascosto, all'ospedale. Ho deciso che finalmente ci sarebbe stato qualcosa di intenso tra me e lui, e quel qualcosa sarebbe stato solo odio. Puro. Cristallino».

«Sublime?».

«Vedo che ha capito».

«Poteva lasciarlo... e anche con ottimi motivi, un divorzio in discesa, gli avrebbe fatto male...».

«Ci ho pensato, sì... ma mi dica: sarebbe bastato?».

Che strana risposta, pensa Carlo, ma è un attimo.

«E nonostante questo quando le hanno dato la notizia è corsa a Milano».

«Un riflesso condizionato. Non ero nella mia stanza, tornavo da... una passeggiata, e mi è corso incontro quel bell'uomo, il capo della sicurezza dell'albergo. Mi ha fatto sedere nella hall, mi ha dato un bicchier d'acqua, mi ha riferito la notizia e mi ha detto che mi avrebbe accompagnata sul posto... Ho chiesto soltanto il tempo di cambiarmi, come se volessi vestirmi a festa... ed eccomi qui, come mi trova nei panni di vedova?».

«La troverei perfetta in qualsiasi tipo di panni, Isabella, grazie della sua sincerità, non speravo tanto, so benissimo di non avere il diritto...».

«Oh, i diritti! È lei quello novecentesco! Ah, piuttosto, confidenza per confidenza... ora tocca a lei».

«Io cosa?», Carlo sorride. «... Io non ho niente di... sublime da raccontare».

«Mi dica delle indagini. Lo prendono, questo killer dei sassi? Non mi dispiacerebbe se la facesse franca, sa? Eppure in un certo senso vorrei che si chiudesse il cerchio. I morti, l'assassino, un bel feuillleton, io la supero, vede? Io sono addirittura ottocentesca!».

«Credo che stiano... come si dice nei romanzi? brancolando nel buio? La famosa pista islamica è una cretinata per i giornali, si vede lontano un miglio... la cosa dei sassi non l'ha capita nessuno e credo che a meno di un colpo di fortuna...».

«È chiaro che dev'esserci un collegamento tra i tre morti... Giorgio aveva più nemici che capelli in testa, basta incrociarli con i nemici degli altri due, no?».

«Si vede che è un incrocio che non riescono a fare».

«Già».

Ora Isabella De Nardi Contini sembra pensierosa, si morde piano un labbro, si rialza e rimette il libro giallo nello scaffale, ma questa volta non torna alla poltrona.

«Lei mi scuserà... non voglio essere scortese, ma...».

È un commiato, ovvio. Lui si alza e si avvicina. Le porge la mano.

«È stata molto gentile a ricevermi e a sopportarmi», dice lui.

Lei ignora la mano, si alza in punta di piedi e gli dà due piccoli baci sulle guance, quei baci da ricevimento, da party a bordo piscina, quelli che non si negano nemmeno agli estranei.

«Me lo fa un favore, Carlo?».

«Se posso...».

«Avrete qualche contatto con gli inquirenti, là in quel... quel programma di cronaca nera, giusto?».

«A volte capita».

«Indaghi un po' per me... mi tenga al corrente... so che prima o poi quella cosa terribile delle ragazzine verrà fuori, ne ho parlato al sostituto procuratore, mi ha promesso che non uscirà sui giornali, ma non mi faccio illusioni. Però qualche curiosità ce l'ho, e se ci fossero sviluppi... ecco, mi piacerebbe conoscerli prima di vedere ancora il mio nome stampato accanto a quello di mio marito».

Questa gli sembra una cosa ragionevole, uno spiraglio di normalità in quella donna così distante da tutto.

«Domani torno a Milano, qualcosa mi dice che ci rivedremo, Carlo. Presto».

«Sì, mi farebbe piacere».

«Lo so».

Irritante, pensa lui. Troppo sicura. No... troppo abituata alla sicurezza per curarsene.

Esce dalla casa, attraversa il cortile che ora, con la luce del pomeriggio inoltrato, è ancora più bello, come se anche le ombre fossero un po' barocche. C'è quell'aria che c'è a Roma prima dell'estate, che è come se la chiamasse, la trascinasse giù lungo il fiume, perché quella primavera ha un profumo insostenibile.

Non c'è niente di più fuori posto di un milanese a Roma, del resto, e niente di più ridicolo di chi cala dalla capitale dei soldi a quella dei papi, e si sorprende di restare a bocca aperta a ogni angolo, anche attraversando distratto la strada, come fa ora Carlo. Così che uno gli frena accanto, lo sfiora con la fiancata della macchina e gli urla dal finestrino aperto:

«Oh, che stai a porta' a caca' er morto?», e poi sgomma via, gridandogli altre cose che lui non capisce.

Carlo chiama un taxi dal lungotevere e prima delle undici è a Milano. Ha cercato di leggere, in treno, ma non c'è riuscito per niente, nemmeno una riga. Isabella De Nardi Contini ha riempito ogni suo pensiero, ma che tipo di pensieri non saprebbe dirlo.

Quando entra in casa apre il frigorifero e porta del cibo nel salone, accende lo stereo e lascia che la musica scivoli via pianissimo.

She's got everything she needs
She's an artist, she don't look back
She can take the dark out of the nighttime
*And paint the daytime black.**

* Bob Dylan, *She belongs to me*: «Lei possiede tutto quello di cui ha bisogno / È un'artista, non guarda indietro / Può prendere il buio dalla notte / E dipingere il giorno di nero».

Ventisette

Il vicesovrintendente Tarcisio Ghezzi ha spento la luce della sua stanza, ha portato la sedia vicino alla finestra e ora guarda giù, in cortile, il suo cinema personale. È buio, ma qualche movimento si vede. Vicino al cancello ci sono i soliti due ragazzotti, gente di Mafuz, gli africani non ci sono, forse si sono messi d'accordo e hanno razionalizzato i turni. Sono più efficienti di noi, pensa Ghezzi.

Poi, all'improvviso, un movimento. Un signore anziano si avvicina ai due e parla con loro, la postura è quella del capo, persino da lì, da una finestra del quarto piano, Ghezzi vede che non parla per parlare: dà ordini. Dev'essere Mafuz, Ghezzi non l'ha mai visto ma se l'immagina così. Quindi il signore anziano e i due ragazzi partono decisi e attraversano il cortile, vanno verso una delle scale delle cantine, quella da cui l'altra sera Ghezzi ha visto andare e venire gli africani. Sembrano guardinghi. Mafuz, se è lui, e uno dei giovanotti scendono le scale, l'altro si siede fuori, è evidente che fa la guardia. Sono le undici passate e non c'è nessuno che attraversa il cortile.

Ghezzi pensa che ha tutta l'aria di un'invasione di campo: che ci vanno a fare quelli nelle cantine di quegli altri? Però si dice anche: «illazione», perché è abituato a non fidarsi troppo delle intuizioni, le lascia lì a scavare. Certo che però... da quanto ha capito nelle sue osservazioni notturne le cantine della banda di Mafuz sono altre, dall'altra parte. Li vede uscire dopo pochi minuti, quasi di corsa. I ragazzi tornano al cancello e si siedono lì come se fossero due che tirano tardi, e il vecchio scompare. Tutto strano, veloce, silenzioso. Ghezzi pensa che giù in quelle cantine dovrebbe dare un'occhiata anche lui.

Poi suona il telefono. Carella.

«Eccomi».

«Novità», dice quello. Ha la voce affannata.

«Dai!».

«Hanno trovato la pistola, la terza, quella che ha ammazzato il Campana».

«Non mi dire, dove?».

«Fuori Milano, dalle parti di Lainate, nel canale Villoresi. Non proprio nel canale, nei cespugli accanto, sulla riva, impossibile da trovare».

«E come l'hanno trovata, allora?».

«Oggi pomeriggio... ragazzini che vanno lì a tirare i sassi alle nutrie... non è tutto, sei seduto?».

«Dai, Carella!». Ghezzi si sta spazientendo.

«La pistola era sua... sua del Campana, una Glock Issc M22, praticamente nuova, mai usata, mancava un solo colpo, niente impronte, ovvio».

«E quelli non lo sapevano che il Campana aveva un'arma?».

«No, risultava il porto d'armi, ma la pistola non era dichiarata... hanno contattato la bella vedova, che stava in treno per Milano, e quella è caduta dal pero. Mio marito? Una pistola? Ma non si è stupita più di tanto... comunque non gliene aveva mai parlato, sono andati a prenderla al treno per portarla in questura e sentirla un po' meglio, ma niente, se quello si era comprato un cannone alla moglie non l'aveva detto».

Ghezzi pensa un momento prima di parlare. Poi:

«Il canale Villoresi... ci porta parecchio lontano da qui, è un'altra cosa che non si incastra».

«Sì, ma è anche vero che uno che fa sparire una pistola non se la porta vicino a casa, eh, Ghezzi!».

«Sì, però, vediamo... la prima, quella che ha ammazzato il Gotti, non l'abbiamo trovata, e va bene. La seconda era in una fontana in centro a Milano, nemmeno nascosta... Questa qui invece buttata in un posto dove magari non l'avremmo mai trovata, giusto?».

«Sì, vai avanti».

«Allora mettiamo che sia andata così. Quello entra nel garage scavalcando là dove ci ha detto Selvi, entra in qualche modo nella macchina del Campana e aspetta. Mentre aspetta fruga in macchina e trova la pistola... magari quello era così scemo da lasciarla nel cassettino del cruscotto... allora decide di sparargli con quella. Forse pensa che è piccola e farà meno rumore... forse si è portato un'altra pistola delle sue, vecchia, quasi ruggine, ha sempre paura che gli scoppi in mano e dice, uh, ma guarda che culo».

«Sì, ci sta...».

«Però, Carella, se gli spara con la sua pistola, perché non la lascia lì? O non la butta lì vicino... perché nasconderla? Dai, dimmelo».

«Hai ragione, Ghezzi... però non fai i conti con la tensione, il momento, l'agitazione... uno che spara in testa a un altro ha un contraccolpo emotivo, lo sai benissimo, e sappiamo che non è un professionista...».

«D'accordo, non hai tutti i torti... però sarebbe la prima cosa irrazionale che fa. Se aspetti uno sdraiato nella sua macchina, stai calmo mentre quello entra, gli appoggi la pistola alla nuca e spari... insomma, diciamo che dimostri una certa razionalità, no? E poi la perdi di colpo nel momento in cui devi mollare l'arma? E poi... quanto ci vuole ad andare da via Solari a Lainate alle sette e mezza del mattino? Mezz'ora? Ti tieni in tasca l'arma del delitto... e anche quella che ti sei portato tu, per mezz'ora? Di giorno? A Milano?».

«E quindi?».

«E quindi niente, sto mettendo in fila le cose, penso solo che... niente, il terzo delitto non si incastra con gli altri due».

«Può essere, ma ti fidi troppo del killer... intendo... non l'ha mica detto il dottore che deve fare sempre tutto allo stesso modo, magari improvvisa».

«Sì, ci sta anche questo...».

Poi si salutano. Ghezzi torna alla finestra e pensa. C'è un'altra cosa che non gli torna... Ma se il Campana era davvero lo stronzo grosso che sanno... sì, ci sta che si compri una pistola, certo, con tutti quei nemici... Ma si compra una .22? Una specie di scacciacani? Sembrava più il tipo da pistolone. Però, vai a sapere cosa passa per la testa della gente... Di quella gente lì, poi...

Ora è tardi e decide di andare a letto, lui non è come Carella, lui è uno che se la dorme.

Ventotto

«Bella Roma, signor Carlo?».

Katrina attraversa il corridoio con un enorme cesto di panni e va verso la piccola lavanderia di casa Monterossi, anche quella una specie di festival dell'accessorio domestico, e lancia la sua domanda mentre lui è nello studio grande, seduto alla scrivania.

«Come sempre, Katrina, di primavera, poi...».

«Ma a San Pietro non è andato, vero?». Lo ha detto con il tono di chi scuote la testa davanti all'infedele. Lui ride:

«La prossima volta, Katrina... e poi a fare che? Non ho peccati da scontare, io... purtroppo». Ma lei è già sparita verso le sue incombenze di governante perfetta.

Sono le quattro del pomeriggio e Carlo ha già relazionato Flora De Pisis sulla sua missione. Una telefonata abbastanza burrascosa, ma meglio del previsto. Non le ha detto del no senza speranza che la bella vedova gli ha sbattuto in faccia, però ha insufflato con malizia il fatto che era già stata contattata dalla concorrenza. Flora sembrava sull'orlo della crisi di nervi, ma lui l'ha rianimata:

«Devo rivederla... se proprio non vuole venire da noi, spero almeno di riuscire a non farla andare altrove...».

«Quello è il minimo, Carlo... se va da quegli stronzi di *Allarme rosso* facciamo una figura di merda». *Allarme rosso* è il temuto concorrente, due trasmissioni che si fanno i dispetti.

«Aspetta a buttarti dal balcone, Flora, ci penso io».

«Mi raccomando».

Ecco fatto.

E ora è di nuovo lì a sistemare le sue carte. È chiaro che districare Dylan dalle sue giravolte religiose non è facile, ultras cristiano per un paio d'anni, poi vicino agli ultraortodossi ebrei... insomma... e la Bibbia sempre. È chiaro che il Dio buono che perdona tutti non gli piace, crede più a quello vendicativo, quello che manda Abramo a sgozzare il figlio... Ma poi ci crederà davvero? O non sarà Dio che deve decidersi finalmente a credere in Bob Dylan?

È in mezzo a quel delirio di sacro e profano quando suona il telefono, e lui risponde al secondo squillo.

«Un'altra giornata così e scappo a Goa a fare la figlia dei fiori».

È la voce di Isabella De Nardi Contini.

«Ora le tocca risollevare dalla depressione una fresca vedova, Carlo, potrebbe invitarmi a cena».

Carlo sorride. Quelle cose le sa fare, sì.

«Scelga il posto e l'ora e sarò uno chaperon perfetto, Isabella».

«Mah, non saprei... certo, farmi vedere in giro con un uomo il giorno dopo il funerale... è lei l'esperto di gossip, non se li vede i titoli?... Chi è l'uomo misterioso che consola la vedova Campana?...». Ride ancora, sembra nervosa, non è da lei.

«Allora venga qui. Assicuro buon cibo e niente paparazzi, la avverto che non ho un Morandi appeso in salotto».

«Per questo potrei perdonarla... diciamo alle nove?».

«Diciamolo, ma facciamolo anche». Repertorio.

Le dà l'indirizzo e raggiunge Katrina che sta programmando la lavatrice.

«Lei mi dice a quest'ora, signor Carlo?».

«Eh, l'ho saputo ora, Katrina...».

«Quante persone?».

«Saremmo in due, ma magari anche in tre, se capita Oscar...».

Due. Tre se arriva anche l'amico, che quindi non è uno dei due. Katrina è un segugio, per queste cose, non che ci voglia una scienza... Lo guarda come una madre col figlio adulto che ancora caracolla per casa e l'eterna speranza che si sistemi...

«Persona femmina?», chiede.

Carlo ride, non si abituerà mai.

«Sì, sì, femmina, Katrina, ma non farti illusioni, non è successo niente e non succederà, non ti libererai di me così facilmente».

Poi il pomeriggio è scivolato via. Lui ha continuato a non trovare il filo, nelle faccende mistiche di mister

Zimmerman, lei si è chiusa in cucina per le grandi manovre, probabilmente dialogando fitto con la Calamita Santa. Oscar ha detto che non sa, forse deve andare in un posto, può essere che passi per il caffè o l'alcol notturno, ma ora non può dirlo.

«E poi non vorrei disturbare».

«Non fare il cretino, non c'è niente da disturbare».

Alle nove e un quarto la signora De Nardi Contini vedova eccetera eccetera è entrata dalla porta, e Carlo si è stupito che l'avesse annunciata soltanto il citofono, invece di un palafreniere in alta uniforme. Jeans slim un po' corti, sneakers, un maglioncino di cachemire, sotto un trench Burberry slacciato che toglie subito, perfetta. Niente smancerie. Appoggia la borsa sul mobile all'ingresso, insieme alle chiavi della macchina, ed è già nel grande salone.

«Bello», dice, «mi aspettavo un posto più tana del lupo».

Lui sparisce in cucina e torna con una bottiglia di champagne.

«Ha qualcosa contro le bollicine?».

«Se non è gazzosa no di certo».

Il solito balletto, insomma. Lei ha un trucco leggerissimo e nessun gioiello, anzi sì, una catenina d'oro sottilissima, quasi invisibile, che le sparisce sotto il maglioncino, si siede su un divano in quel suo modo strano, con una gamba ripiegata sotto il sedere, e chiude gli occhi.

«Allora, giornata dura?».

«Il treno all'alba delle dieci, una telefonata dalla questura per una convocazione, dalla stazione una macchina con la sirena e un'ora abbondante di interrogatorio, può bastare?».

«Immagino di sì, che volevano ancora gli astuti segugi?».

«Aveva una pistola».

«Chi?».

«Giorgio... non lo sapevo, l'hanno ritrovata in una specie di fiume, canale, non lo so, mi hanno detto il nome, ma non lo ricordo, fuori Milano, a... Lainate, credo».

«Aveva una pistola e l'ha persa dopo che è morto? Strano!».

«L'hanno ammazzato con quella. Volevano sapere se l'avevo mai vista, se la teneva per caso in macchina... ammazzato con la sua pistola, dico, il ridicolo sta superando gli argini».

«E lei non lo sapeva che avesse un'arma?».

«Sinceramente no, ma pensandoci ora mi stupirei del contrario... con quello che ho scoperto di quell'uomo negli ultimi mesi non mi stupisco più di niente».

«Tutto qui?».

«No, non tutto qui!», ha avuto un piccolo scatto, ma si è ripresa subito. «Un milione di domande: sapevo dove teneva le sue cose? Conosco il contenuto delle cassette di sicurezza? Quanto tempo passo a Milano? Quanto a Roma? Lui sapeva che ero sul lago quella notte? Da quanto ci stavo? Ho altri uomini? Alla tenuta di campagna ci andavo spesso? Quasi tutte cose che mi avevano già chiesto...».

338

Carlo pensa. Sa che deve parlare lui, ma non saprebbe bene che dire.

«Beh, quindi alla domanda che ha fatto a me sulle indagini ha già una risposta... se le chiedono di altri uomini vuol dire che stanno cercando a tentoni, giusto?».

«Sì, l'ho pensato anch'io...».

«E ce l'ha un altro uomo, Isabella? Con un marito
così, che vedeva poco e malvolentieri, una donna come lei... difficile pensare che non ci sia qualcun altro».

«Cos'è, Carlo, mi fa l'interrogatorio anche lei? O me
lo chiede per sondare il terreno?».

«Ma se sono un angelo! Non la vede l'aureola? È il
motivo per cui non ho una spider... volerebbe via... ha
fame?».

«Le solite due uova di voi maschi solitari?».

«Più o meno», dice Carlo sparendo in cucina.

Poi fa numerosi viaggi, stende una tovaglia immaco-
lata, piatti e bicchieri, posate, tutto l'armamentario delle grandi occasioni, tante piccole ciotoline e piatti da
portata, si mette un tovagliolo sul braccio e fa un inchino da cameriere a cinque stelle.

«Madame, se vuole accomodarsi... il vino però lo sceglie lei, starei sul bianco».

«Trova troppo cheap continuare con le bollicine?».

«No di certo».

Dopo l'antipasto di gamberi, il branzino al sale,
un'insalata russa leggera come un sospiro e il salmone
norvegese che avvolge piccole ostie di ananas, la conversazione si fa più tranquilla. Tornati sui divani bian-

chi, parlano di tutto e di niente: lei vuole relax e lui non vuole darle altro. Lei gli confida i problemi con la logistica. Nella casa qui, quella di Milano, è ovvio che non vuole tornare, ha preso una stanza in albergo per un paio di notti, forse per qualche giorno tornerà là, al Grand Hotel sul lago, o di nuovo dalla sua amica, che insiste per averla ospite.

«Non le serve per caso una tenuta nell'Oltrepò, quaranta ettari a vigna, casa colonica ristrutturata, maneggio e piscina? Come vado come ereditiera?».

«Dubito che potrei permettermela».

Poi tocca a lui: le dice delle tre puntate, ormai quasi due, perché domani è mercoledì, che mancano alla fine del suo calvario, degli studi su Dylan che lo tengono occupato e dei dettagli di cui non viene a capo, le svolte religiose, il sospetto che quello non cerchi un Dio a cui assomigliare, ma una specie di furente sistema di valori che somigli a lui. Ma insomma, ancora non ha iniziato ed è già bloccato. E poi, lui era partito dalle parole, ma le parole non possono prescindere dalla musica, e poi era tornato alle parole, ma non solo a quelle delle canzoni, perché Dylan ne ha scritte altre, molte altre, persino un simil-romanzo, *Tarantula*... E lì si è davvero impantanato, perché...

«Ma la sto annoiando più di quelli della questura!».

«Per niente», dice lei, e per dimostrare che non è solo cortesia, ride e aggiunge: «Vuol vedere che l'aiuto?... *Tarantula*... è un titolo strano, non trova? Ha una copia dello *Zarathustra*, qui in casa?».

«Oddio, no. Perdo molti punti?».

«Circa un milione», ride ancora, una risata bellissima, le brillano gli occhi, «ma non si preoccupi, ce l'ho io». Sparisce per un attimo nell'ingresso a frugare nella borsa e torna con un iPad, lo accende e cerca qualcosa mentre lui versa altro champagne. «Ecco, senta qui... "Tarantola!... con la vendetta il tuo veleno fa venir le vertigini all'anima!... do uno strattone alla vostra ragnatela, perché la vostra rabbia vi induca a venir fuori dal vostro antro di menzogne, e la vostra vendetta balzi fuori dietro la vostra parola 'giustizia'...". Che ne dice? Il mio Friedrich è abbastanza dylaniano per lei?».

Ora dovreste vederlo, Carlo Monterossi. L'espressione di assoluto sconcerto, un misto di ammirazione e spiazzamento. Una cosa così, no, non se l'aspettava di certo. Gli viene in mente la frase di Dylan sul «mondo pazzo di giustizia» che ha letto qualche giorno prima, glielo dice, e lei sorride:

«Non sarà un po' ladro il suo amico Bob?».

«Ah, su questo non si discute... ma lei non mi aiuta, Isabella. Ora mi toccherà studiare questo tedesco matto, per colpa sua...».

Però poi gli viene un pensiero e decide di dirlo. Perché frenarsi? Sembra che ormai la linea sia tracciata, la complicità acquisita, e Carlo sente che può permettersi tutto.

«Una fresca vedova col marito morto ammazzato, e di cui ancora non si trova l'assassino, non dovrebbe maneggiare in quel modo la parola vendetta, sa?».

341

Ora la risata di lei è aperta, fluida, con un suono sincero.

«Pone un problema irrisolvibile, Carlo. Se la fresca vedova parla di vendetta addensa su di sé le nubi del sospetto... se non ne parla, dando magari l'impressione di aver evitato la parola, ecco che le nubi si addensano comunque. E allora?».

Questa donna ha il potere di complicare le cose, pensa Carlo.

«Ma le dirò di più», continua lei, «quella cosa dei sassi. Non è pensata male, sa? Tutti a dire di complotti e simbologie, firme, significati astrusi, riti e miti della malavita, e nessuno che guarda vicino... ce l'hanno sotto il naso e non lo vedono, accecati».

«Cosa?».

«Un banalissimo modo di dire, Carlo, la lingua del popolo. Una pietra sopra. Una questione da chiudere. Punto. Ci mettiamo una pietra sopra e finita lì, che ne dice, vado meglio del profiler israeliano?».

«Molto meglio... non ci avevo pensato».

«Non ci ha pensato nessuno... molto male... è una specie di rilancio. Non è solo vendetta, credo. È anche liberazione. Come se l'assassino avesse detto: ecco fatto, lavoro finito, non parliamone più e scordiamoci questa faccenda... quello che farò io con mio... marito». Ha detto l'ultima parola con un sorriso che affilava la lama del sarcasmo.

«Ripeto... una fresca vedova...».

«Sì, sì, me lo ha già detto».

Lui vorrebbe insistere sul concetto, ma suona il telefono. Oscar. Passa o disturba? Interrompe qualcosa? Sono ancora vestiti?

Carlo ride:

«Aspetta, chiedo alla signora... Un mio amico, sta qui vicino, chiede se passando a bere un bicchiere risulterebbe importuno».

«È carino, almeno?».

«Abbastanza, più giovane di me».

«Non mi fido di lei, Carlo, devo vederlo di persona. Gli dica di venire, magari ha una cultura generale migliore della sua». Lo ha detto con un sorriso divertito e Carlo lo prende per uno scherzo.

Dieci minuti dopo Oscar è lì, un bicchiere in mano, disposto anche lui a qualche chiacchiera di alleggerimento.

Finché Carlo dice:

«Ecco, lui sì potrebbe aggiornarla sulle indagini, è uno che traffica con la cronaca nera... una specie di investigatore...».

«Il mio amico scherza», dice Oscar.

Però, anche se finge di farlo controvoglia, stila il suo rapportino. È vero, non ci capiscono niente, però non sono scemi del tutto, la pista islamica è una copertura per i giornali, anche se all'inizio ci hanno pensato davvero. Ora sanno che è qualcosa che viene dal passato, che riguarda i legami tra le vittime. Ma c'è un problema, però, perché nel passato recente non si trova niente, quello remoto è troppo remoto per scavare, e poi il Campana... era giovane per un passato troppo lontano, insomma... qualcosa non torna.

Mentre Oscar parla, Carlo non toglie gli occhi di dosso alla donna. Pensa che è molto bella, e ora che la stanchezza le accentua un po' quelle piccole rughe intorno agli occhi, pure di più. Ma anche che lei si è fatta attenta, che ha stretto un po' le palpebre. Non sta solo ascoltando con interesse, sta anche... pensando, sì.

«Oddio», dice ora Oscar con voce allarmata, «ho lasciato il telefono in macchina!».

«Aspetti una telefonata?».

«No... a parte che sì... potrebbe essere, ma non voglio che mi spacchino un finestrino per fregarmi il telefono... non ve ne andate, eh? Torno subito».

Infila la porta ed esce. Citofona dopo pochi minuti e risale, decisamente sollevato, mostrando l'iPhone scampato al furto.

Bevono ancora, parlano ancora. Carlo dedica alla signora una vecchia ballata di Dylan e si offre da maestro di sostegno se lei volesse studiare un po'. Lei risponde che potrebbe fare lo stesso con il tedesco pazzo. Oscar si accerta, questa volta direttamente e a parole, di non aver interrotto un qualche idillio, ma Carlo e Isabella ridono di cuore: non era quella l'aria, né le intenzioni, né il rischio... Non saranno amanti, questo è sicuro, e nemmeno amici... perché definire una cosa così assurda? così... mah, già, perché metterci sopra un'etichetta?

All'una e mezza la signora annuncia che se ne va. No, non vuole essere accompagnata, ha la macchina lì sotto e l'albergo è in centro, molto vicino.

Saluta Oscar con una strizzatina d'occhio e fa una battuta sull'intruso che le ha rovinato la serata, ridendo, poi si avvicina a Carlo e gli dà i suoi soliti baci da cocktail party.

Così, i due restano lì per l'ultimo whisky, Carlo apre la finestra della terrazza e fa entrare un'aria fresca e umida, forse ha piovuto.

«Che te ne pare?».

«Bellissima donna», dice Oscar.

«Tutto qui?».

«Cosa vuoi sentirti dire, Carlo?».

«Quando parlavi del caso dei sassi si è fatta attenta come un gatto che sta per saltare».

Oscar sorride.

«Cosa fai domani, Carlo?».

«Domani è mercoledì e la diva Flora va in onda. Darei qualunque cosa per essere lontano mille chilometri».

«Uhm... mille è un po' troppo, se fossero una cinquantina?».

Cosa significa? Carlo guarda l'amico. Dove vuole andare a parare?

Quello si alza dal divano bianco, appoggia il bicchiere dopo l'ultimo sorso e raccoglie le sue cose:

«Gita al lago. Passo di qui alle nove, ma guidi tu».

«Eh?».

«Alle nove».

Poi esce e chiude la porta. Carlo spegne la musica e le luci e va verso la camera da letto. Si guarda nello specchio mentre si spoglia. L'angolo destro della bocca si piega impercettibilmente verso l'alto in una piccola smorfia di perplessità.

Ventinove

Le cose vanno lente, poi partono a razzo come se qualcuno avesse mollato il freno. E ora nel piccolo salotto di casa Ghezzi c'è un'agitazione speciale, come una febbre.

Sannucci ha finito il lavoro sui morti in galera. Sono andati per esclusione, hanno eliminato quelli dentro per reati comuni, poi quelli che hanno preso pochi anni, poi quelli del sud. Sono rimasti, di Milano e dintorni, quattro nomi. Due di destra, due di sinistra, si sono concentrati su questi. Uno era dentro per una rapina di autofinanziamento finita male, col morto, una guardia giurata, poi processo, sentenza, ventotto anni, galera e cancro. Fine corsa nel 2004. L'altro uguale, aveva ammazzato un caporeparto dell'Alfa di Arese, preso, mai parlato dei complici, processo, trent'anni, galera e cancro anche lui. Fine corsa pure lì, 2007.

«Dobbiamo scavare su questi due», dice Carella. Ghezzi annuisce, sente che si stanno avvicinando.

Poi arriva Selvi, nervoso come un artificiere.

«Novità grosse», dice, e si affretta a spiegare, perché tutti lo guardano, in attesa. «Il tizio di Brescia, il figlio di quello col negozio di armi rapinato nell'81... aveva delle carte in cantina, e sì, c'era la copia della

347

denuncia. Sei pistole, munizioni, numeri di matricola e tutto. Così stamattina presto sono andato a fare i controlli. Di quelle pistole, un paio sono compatibili con quella dell'omicidio Gotti che non abbiamo trovato, una è la Browning 7,65 che ha ammazzato il Crisanti».

Tutti si guardano, ecco il legame. Ecco il filo.

«E ora il colpo di scena», dice Selvi.

«Dai, cazzo». Questo è Carella.

«Tra quelle sei pistole una è stata usata il 9 giugno 1981, ha ammazzato un capoccia dell'Alfa... caporeparto», guarda i suoi appunti, «Franco Rocchini... Per quell'omicidio è stato processato Fulvio Pratti, ventidue anni all'epoca dei fatti, non ha mai parlato, non ha mai denunciato i complici. Zitto. Al processo ha letto un comunicato sulla giustizia proletaria e quelle puttanate lì e poi non ha più aperto bocca. Gli hanno dato trent'anni secchi, è morto nel 2007 nel carcere di Novara. Cancro».

Sannucci dice: «È uno dei nostri due».

Ghezzi: «Però... capisco che dopo un po' di anni si buttano le denunce, ma abbiamo un database delle armi che stanno in giro, no? Perché la Browning non stava in quello?».

«Non lo so», dice Selvi, «magari quando hanno ritrovato quella dell'attentato dell'81 le hanno levate tutte, quelle lì rubate all'armiere...».

Ghezzi allarga le braccia. C'è sempre un errore, c'è sempre qualcosa che non funziona.

Carella sospira anche lui, ma non perde il filo.

«Dove stava 'sto Pratti?».

«Milano, al Giambellino, operaio metalmeccanico».

«Dai adesso! Sapere tutto, parenti, amici, frequentazioni dell'epoca, se al processo è venuto fuori qualcosa. Sannucci, Selvi, via, che cazzo aspettate?».

Quelli escono di corsa. Ghezzi e Carella si guardano, sono agitati come mosche in un bicchiere. La signora Rosa non sa cosa fare, si muove nevrastenica anche lei, contagiata. Allora se ne va in cucina a fare il caffè, una specie di riflesso condizionato.

Carella apre il pc portatile che c'è sul tavolo e si mette a cercare. Dopo due minuti legge vecchi articoli, dicendo ad alta voce solo frasi scelte.

«Franco Rocchini, trentanove anni, moglie, figlio piccolo. Sparato alle gambe alle sei e quaranta del mattino, 9 giugno '81... stava scendendo dalla macchina... qui dice che volevano solo gambizzarlo, arteria femorale e tanti saluti».

Ghezzi, seduto sul divano, ascolta.

«Fulvio Pratti, arrestato due settimane dopo il fatto, ha lasciato un'impronta sulla macchina della vittima... coglione, lo conoscevano già per piccoli precedenti, sempre roba politica... erano in tre, nel commando, uno guidava e due hanno sparato, trovati i bossoli di due pistole, ma quella che ha colpito il Rocchini è stata una sola... Il Pratti si è dichiarato detenuto politico e degli altri due non ha mai parlato».

«L'avranno gonfiato come una zampogna», dice Ghezzi.

«Sicuro, ma non ha parlato lo stesso».

«Bravo compagno».

«Bel coglione, poteva farsi dieci anni e se n'è fatti trenta... un po' meno, visto che è morto dentro».

Ghezzi scuote la testa. Se li ricorda, quei tempi, ma capirli no, a quello non ci è mai arrivato.

«Qui c'è una cronaca del processo... gli hanno dato tutte le aggravanti possibili, giusto... alla lettura della sentenza ha gridato degli slogan, qui non dice quali...».

«Ci provo?», dice Ghezzi.

«Vai».

«In gennaio fanno il colpo all'armeria, si ritrovano in mano sei pistole, come si diceva ai tempi... il salto di qualità, alzare il livello dello scontro, quelle cose lì. Aspettano un po', forse per capire come fare, per individuare la vittima. Poi decidono e vanno all'Alfa di Arese, all'alba, al primo turno. Uno sta in macchina, non so perché ma mi figuro che sia il Gotti. Il Crisanti e il Pratti scendono e sparano, il Pratti lascia l'impronta che lo fregherà. Poi via. Due settimane dopo vanno a prendere il Pratti, con un'impronta di uno già noto agli archivi sulla macchina del morto, beh, non lo salva nemmeno la Madonna. Ma lui non parla. Gli altri due capiscono che la cazzata è troppo grossa, che un conto era giocare alla rivoluzione e un altro conto era beccarsi l'ergastolo... Di colpo gli passa la voglia... come uno che si è fatto un acido e quando si sveglia e capisce cos'ha rischiato dice mai più, mai più...».

Carella ascolta giocando con l'accendino. La signora Rosa sembra ipnotizzata.

«Allora uno ha come un rifiuto di tutto, molla Scien-

350

ze politiche, le assemblee, il movimento... si dice così, no?... Si iscrive alla Bocconi, giura che righerà dritto, sempre con dentro l'angoscia che il Pratti parli, o che lo torturino per bene, ma non succede, e quello va avanti a studiare. Il Crisanti va dal papà industriale e dice: basta, voglio andare in America, e a quello non pare vero, gli trova un'università e ce lo infila anche se è tardi per le iscrizioni... soldi. Il Pratti continua a non parlare e marcisce in galera... letteralmente. Fine della storia. Tutto facile, tutto semplice, va bene... ma non ci dice chi e perché dopo trentasei anni decide di ammazzare i due che l'hanno scampata. E poi non ci dice niente del Campana... Quello nell'81 aveva dodici anni, mica poteva essere là a sparare anche lui».

«Era un traffichino del cazzo, magari ha saputo la storia, o ricattava qualcuno dei due e l'assassino ha deciso di togliere di mezzo anche lui».

«Vuoi troppo, Carella, non sono mica un indovino... aspettiamo».

Aspettano un'ora e mezza.

Poi tornano Selvi e Sannucci. Parla Selvi.

«Fulvio Pratti, nato a Milano, 4 marzo '58. Cresciuto al Giambellino, coi genitori, istituto tecnico industriale, poi operaio alla Borletti, testa calda, scioperi selvaggi. Un fermo per gli scontri alla Scala, 1977, poi per il pestaggio di un caporeparto nell'80. Carceri: prima Milano, isolamento diurno, poi Ascoli, poi Novara, è morto lì. Genitori morti entrambi mentre era in galera, permessi per i funerali negati. Al suo, di funerale, c'era solo la sorella, Caterina Girardi, un figlio, il marito si è dato appena quella è rimasta incinta, poi chi lo sa, tra il cognome di un assassino e quello di uno stronzo ha deciso di tenere quello dello stronzo...».

«E dove sta, 'sta sorella?».

«Dove stava, perché è morta anche lei», Selvi guarda gli appunti, «quattro mesi fa, in novembre, lo stesso cancro del fratello».

«E dove stava, allora, dai, Selvi, cazzo!». Ghezzi sente l'odore.

«Via Abbiati 8, Milano».

Carella, che ha il pc aperto davanti, guarda le mappe, fa una faccia strana, ma non dice niente, sposta il computer sul tavolo in modo che Ghezzi possa vedere. Via Abbiati è una perpendicolare di via Gigante.

Ora dovrebbero essere contenti. Invece piomba una cappa di silenzio. L'unico che esulta è Sannucci, perché è giovane, perché è uno che vede il sangue, sì, ma ne ha visto poco per capire che cos'è veramente. Carella chiude gli occhi: le cose sono sempre così banali.

«Cerchiamo il figlio e andiamo a prenderlo. Sta lì di sicuro», dice Carella.

«No», dice Ghezzi. Tutti lo guardano. «Non ancora. Teniamoci il vantaggio. Io torno là e cerco di capire qualcosa, così andiamo a colpo sicuro e lo prendiamo domattina presto... a Gregori glielo portiamo già impacchettato, perché non ci siano equivoci».

Carella pensa, Ghezzi lo vede bene, e allora dice:

«Non scappa».

«Va bene», annuisce Carella. Poi si rivolge a Selvi e Sannucci: «Voi mi mettete giù bene la faccenda, i riscontri, le matricole delle armi, tutto scritto preciso, così a Gregori gli portiamo l'assassino e tutta la storia... magari comprate della carta da regalo e un fiocco rosa».

I due salutano la signora Rosa ed escono. Carella guarda Ghezzi.

«È un bel rischio».

«Mica tanto... se non è scappato fino adesso...».

«Non per quello... non vorrei che fa qualche cazzata nel frattempo».

«Difficile... e poi resta il fatto del Campana... da qualunque punto guardi la faccenda non si incastra».

«Ce lo dirà lui».

«Speriamo».

Trenta

«Sali, facciamo colazione».

«No, scendi, sbrigati».

Ecco, una giornata che comincia in questo modo è già una maledizione del Signore. Così Carlo scende, sono le nove e cinque, e bevono un caffè al bar. Poi calano nei box, risalgono con il carrarmato lucente e Oscar indica la strada. Passano sotto i grattacieli, di fianco alla stazione di Porta Garibaldi, poi piazza Firenze, girano a sinistra sulla circonvallazione e poi a destra, verso i laghi. Non c'è molto traffico, niente rispetto al flusso lento della direzione opposta, con la fila di quelli che vanno a lavorare a Milano, Carlo può spingere un po'. Oscar gli dice:

«Bene così, forte ma nei limiti, stai sotto la soglia degli Autovelox».

Non parlano, ascoltano la radio, c'è un dibattito sul caso dei sassi. Un sociologo sostiene che la società si è incattivita, che scoperta. C'è un direttore di giornale, di quelli *law and order*, che propone di mettere una taglia, annuncia una sottoscrizione dei lettori che «non vogliono essere ammazzati per la strada». Letterale. Oscar ride: «Sono impazziti tutti», dice.

Carlo non vuole dargli la soddisfazione di chieder-gli cosa stanno facendo, e quello non lo dice. Solo, all'uscita di Como, gli dà altre indicazioni, aggirano la città, prendono il lungolago verso Cernobbio, la riva occidentale. Poi Oscar dice: «Rallenta», e guarda la strada con più attenzione.

«Qui».

Carlo non l'aveva visto perché c'è un cancello lungo un muro rivestito di edera. È un grande albergo degli inizi del Novecento, un liberty maestoso e tirato a lucido, mentre percorrono piano il vialetto d'ingresso vedono i tavolini bianchi su un prato perfetto, camerieri in giacca bianca che portano vassoi con le colazioni. Lasciano la macchina nel piazzale e scendono. Carlo guarda Oscar come dire: e adesso? Ma quello gli fa un cenno e si mette a girellare lì intorno, come se fosse un turista che studia il posto per decidere se è di suo gradimento. Fa qualche passo nel prato rasato all'inglese, gira intorno alla grande struttura, fino al molo privato a cui sono ormeggiati due motoscafi con il nome dell'hotel, poi torna indietro e fa il giro dall'altra parte. C'è una rampa con una sbarra. Il parcheggio.

«Tu stai zitto, lascia parlare me», dice.

La hall è un immenso salotto elegantissimo. Poltrone e divani in pelle, un grande bar sullo sfondo con una specchiera immensa e le bottiglie in fila, qualche vecchio che preferisce far colazione all'interno, all'ombra. I pavimenti sono di marmo, antichi, calpestati da generazioni di milanesi ricchi che amano la tristezza infinita del lago. C'è un'eleganza d'altri tempi, anche se le macchine fuori sono di questi tempi qui, molti Suv tirati a lucido, qualche fuoriserie, anche una Ferrari blu notte.

Oscar e Carlo si avvicinano al bancone dell'accoglienza, non c'è nessuno, ma subito compare una signorina in tailleur blu, con una targhetta appesa al bavero della giacca che dice: Cristina.

«Buongiorno... Cristina», dice Oscar, cordiale, rilassato, «se non è troppo disturbo, avremmo bisogno di parlare con qualcuno che si occupa della sicurezza».

Se Cristina è stupita non lo dà a vedere.

«Posso sapere per cosa? E i signori sono...?».

«Il motivo no, mi spiace, è una cosa riservata. Io sono Oscar Falcone, ho un incarico da parte della signora De Nardi Contini, lui è l'avvocato della signora, dottor Monterossi».

Cristina prende un telefono e parla per qualche secondo. Poi:

«Il signor Veraldi, il responsabile della sicurezza, è assente, in questo momento... c'è la sua vice, la signora Trezzi».

Non ha finito di parlare e compare nella hall, alle loro spalle, una donna sui cinquanta, bassina, un po' in carne, anche lei in tailleur, ma non quello d'ordinanza. Si presenta. Beatrice Trezzi, viceresponsabile della sicurezza, vogliono seguirla nel suo ufficio? Certo che vogliono, sono lì apposta.

Quando sono tutti seduti, lei dietro una scrivania e loro su due comode poltroncine di fronte, la signora sistema qualche carta, per prendere tempo, e poi parla.

«La signora De Nardi è nostra affezionata cliente, e noi siamo affezionati a lei, vogliate porgerle le mie condoglianze. Una storia terribile, una tragedia... è stato il mio capo a darle la notizia... In cosa posso esservi utile?».

«La signora ama questo posto», dice Oscar, «il vostro calore nella triste occasione è stato molto apprezzato, mi creda... siamo qui per una faccenda... La signora ha perso una collana, abbastanza preziosa. Ricorda vagamente di averla lasciata in macchina la sera... la sera prima del delitto, ecco, e ci ha chiesto di dare un'occhiata, ma può essere che l'abbia scordata in camera... insomma, è solo un tentativo».

«La signora teme che qualcuno possa aver aperto la sua vettura, qui, nel nostro garage?».

«No, la signora ci ha detto di cercare questa collana, e ricorda di averla lasciata in macchina, ma in quello stato di confusione... non stiamo accusando nessuno, signora, stiamo cercando una cosa che la signora ha lasciato in giro...».

«Non è tanto per il valore», dice Carlo, «ma è un gioiello di famiglia...».

«Capisco», dice la signora Trezzi, «vediamo...», e muove il mouse, gli occhi sullo schermo di un computer acceso che ha sulla scrivania. «Il nostro garage ha molte telecamere, quindi escluderei il furto, però controlleremo le registrazioni... la sera prima della tragedia mi ha detto, giusto? Ci vorrà un po' di tempo... Intanto... La sbarra ha una fotocellula che registra ingressi e uscite, cerchiamo di circoscrivere il lasso di tempo...». Efficiente, veloce.

Poi aggrotta un po' le sopracciglia, come sorpresa.

«La signora è uscita con la macchina il pomeriggio di giovedì... alle 17 e 41... la macchina non è più rientrata nel parcheggio... Quindi la notte di giovedì la macchina non è stata in garage... una Range Rover Evoque bianca, giusto?».

«Giusto», dice Oscar, «la targa è EF 459 GR».

Carlo guarda Oscar, ma come...

«Però... aspetti... il giorno... della tragedia del marito della signora De Nardi Contini abbiamo riportato noi la macchina a Milano... una cortesia per un'ospite così... una buona cliente, ecco». Quindi alza la cornetta del telefono: «Cristina? Mi manda Saverio, per favore?».

Poi rivolta ancora ai due:

«Potreste descrivermi la collana smarrita dalla signora? Se dovessimo trovarla...».

«Certo», dice Oscar, «pietre dure verdi montate su oro bianco... non un grande valore, come le dicevo, ma...».

In quel momento entra un uomo sui quaranta, bussa piano sullo stipite della porta aperta.

«Vieni, vieni, Saverio... hai portato tu la macchina della signora De Nardi a Milano... quando, venerdì scorso?».

«Sì, nel pomeriggio... un'amica della signora ci ha chiesto se potevamo fare la cortesia, prendere i bagagli in camera e riportarglieli insieme alla macchina».

«E te ne sei occupato tu?».

«Sì, insieme alla cameriera della suite».

«E dov'era la macchina? Non qui in garage, vero?».

«No, era al parcheggio in paese, si vede che la sera prima la signora l'ha lasciata lì».

«In effetti c'è da fare qualche manovra per posteggiare in garage», dice la signora Trezzi rivolta a Carlo e Oscar, «forse la signora non voleva... o ha fatto una passeggiata... di certo lei era qui la notte di giovedì, perché era una serata un po'... particolare, abbiamo ospitato il concerto di un bravo pianista tedesco e la signora ci ha aiutato... ha tradotto un po' per noi, ecco».

Poi si rivolge di nuovo all'uomo, Saverio:

«Non hai visto se in macchina c'era una collana, sul sedile, o sui tappetini?».

«No, niente di simile, sono sicuro perché prima di riportarla a Milano l'ho fatta lavare, dentro e fuori... me presente, s'intende».

Quell'albergo ha delle attenzioni notevoli per i suoi clienti, pensa Carlo. Ma pensa anche che una notte lì deve costare come una buona utilitaria, quindi...

«Mi spiace, signori... la suite è a disposizione della signora De Nardi fino alla fine del mese, ma ovviamente è stata riordinata, se volete dare comunque un'occhiata...».

Carlo sta per dire: no, grazie, ma Oscar lo precede.

«Mah, per scrupolo, se per voi non è un problema...». Poi scuote la testa come il dipendente che critica amabilmente il padrone: «Chissà dove l'ha lasciata, la collana, in quei momenti...».

«Vi accompagno».

La suite «Renzo e Lucia» è un appartamento di due stanze, un grande salotto e una camera da letto principesca, un bagno con idromassaggio, una vetrata che dà sul retro dell'albergo, su un prato all'inglese. Oscar e Carlo danno solo un'occhiata veloce, poi Oscar si rivolge alla signora:

«Ci scusi moltissimo per il disturbo, signora, come le ho detto era un tentativo... la collana verrà fuori da qualche parte... sa, sono momenti difficili per la signora... Ci scusi di nuovo».

«Ci mancherebbe, la signora è nostra ospite, e noi siamo sempre a disposizione... dopo quel colpo, poi... come sta, se posso chiedere?».

«Molto prostrata...».

«Sì, è stato terribile darle la notizia, ma... tra l'altro l'abbiamo cercata al telefono appena avvertiti da Milano, ma l'aveva lasciato in camera... tornava a piedi dalla sua passeggiata mattutina, prima di colazione, e l'abbiamo accompagnata in un angolo discreto nella hall...».

Carlo e Oscar annuiscono con comprensione, con un ringraziamento negli occhi. Cordoglio leggero, cordialità, la piccola complicità di chi ha a che fare con le mattane dei ricchi. Poi arrivano le strette di mano, i saluti, e infine se ne vanno. Prima di risalire in macchina, Oscar fa un nuovo giro dell'albergo, arriva sul retro e guarda, da fuori, la porta finestra della suite che hanno appena visto da dentro. Poi raggiunge Carlo sul piazzale.

«Andiamo», dice, e si mette comodo sul sedile del passeggero. Ora non deve dare indicazioni. Però fa una cosa strana: stacca la scatoletta del Telepass dal parabrezza, dove stava attaccata con un adesivo di plastica sotto lo specchietto retrovisore, e la mette nel cassetto del cruscotto.

«Che cazzo fai?», chiede Carlo.

«Esperimento scientifico», dice Oscar. «Ora prendiamo il biglietto, ok?».

«Ma così facciamo la fila, che cazzata è?».

Oscar non risponde e accende la radio. C'è un dibattito sul killer dei sassi e un giornalista economico dice che la Borsa ne risente, che quegli omicidi hanno già bruciato diversi miliardi a Piazza Affari.

Sì, certo, un bel falò.

Nessuno parla più. Ora Carlo una mezza idea di quello che voleva fare Oscar se l'è fatta, ma ancora non vuole dargli la soddisfazione. Poi quando sono quasi arrivati, nell'ultimo tratto di autostrada, Oscar gli dice di tenere la corsia di destra e rallentare.

Un autoarticolato lungo un chilometro suona e lampeggia perché quel carrarmato che va così piano in autostrada, insomma... ma Oscar non fa una piega e dopo qualche centinaio di metri indica qualcosa alla sua destra.

«Guarda lì, Carlo, bello, eh?».

«Ma cosa? Il fiume?».

«Mamma mia che ignoranza! Non è un fiume, Carlo, è un canale. Ti piace? Il canale Villoresi... ok, puoi andare, volevo solo farti vedere le bellezze della Lombardia».

Carlo schiaccia l'acceleratore, il carrarmato fa un

fluido balzo in avanti e un ruggito gentile, e lui lo fa
tornare nella corsia di sorpasso.

Intanto pensa. Occazzo. Occazzo. Occazzo.

Monotono, eh?

Trentuno

Il vicesovrintendente Tarcisio Ghezzi scende dalla metropolitana in piazzale Segesta, la linea cinque, quella viola che è stata finita prima della linea quattro, misteri della metropoli. Percorre viale Mar Jonio, poi la piazza con la grande ciminiera. Intanto pensa a tante cose insieme, senza metterle in ordine. Sì, quelle faccende lì sono sempre tristi, ma questa di più.

Pensa anche alla Rosa, che lo ha visto al lavoro, e ora che sa quanto schifo maneggia, e dolore, e vite sprecate, forse non si lamenterà più se lui torna tardi alla sera, o se ha dei pensieri e non fa i complimenti al polpettone.

Poi pensa che hanno tutti torto. Sì, è una storia in cui hanno tutti torto marcio. Il Pratti là, che sparava alla gente per fare la rivoluzione, e lasciava una vedova con un bambino piccolo. Colpire il capitale? Ma va là, coglione, lasciava un orfano che con il capitale avrebbe fatto a testate anche lui, pure peggio, senza lo stipendio di papà.

E però poi, non era forse una favoletta morale perfetta? Il proletario, operaio alla Borletti, che si fa trent'anni di galera e muore solo come un cane, e gli altri due, il figlio del bottegaio e quello dell'industriale, che vanno avanti nella vita come se niente fosse, anzi facendo carriera, comprandosi le ville, mandando i figli a studiare all'estero... Detta così avrebbe ragione il Pratti, e i cretini come lui, ci vuole una rivoluzione, sì. Ma cosa vuol dire? Ammazzare altri padri di famiglia, e fare quella fine? C'è tutto, lì dentro, le ingiustizie dei secoli e le ingiustizie di quegli anni folli. Non che questi di adesso...

E lui lo sa, come finisce. Un altro poveraccio che si farà trent'anni, pure di più, ergastolo sicuro come l'oro. E per cosa? Per fare giustizia? Per vendetta? Per chiudere i conti? Che cazzata. Certi conti non si chiudono mai...

Ora è arrivato al cancello. Fa un cenno ai ragazzotti che stanno lì fingendo di bighellonare e di fumarsi una canna – no, quella se la fumano davvero – in realtà stanno di guardia, e quelli non lo vedono nemmeno. Alla fine ci è riuscito a diventare parte del paesaggio... Ora deve fare una cosa e non sa se è giusto farla. È sempre così, anche quando le cose scorrono per il verso giusto ci sono sempre delle decisioni da prendere.

Quando arriva all'altezza della scala C decide di salire. Sono le dieci passate da poco, può darsi che non sia tardi. Fa i quattro piani di scale lentamente, masticando piano quello che deve dire, ma senza costruire un discorso.

«Si può?».

La signora Antonia è sulla sua sedia a rotelle, sembra contenta di vederlo.

«Niente colazione stamattina, eh? Battiamo la fiacca?».

Ghezzi mette sul tavolo una busta da due etti di caffè e settanta centesimi di resto.

«Scusa, Antonia, ho avuto da fare... è tardi?».

Lei ringrazia del caffè, mette via le monetine e dice:

«Ma che tardi! Io sto su fino a mezzanotte, come minimo... su quel letto ci sto fin troppo».

«Ricordati la pastiglia».

«Ma sì, ma sì, tra mezz'oretta».

Ora lui è seduto al tavolo della cucina, tamburella con le dita sulla fòrmica azzurra.

«Sono stanco», dice.

«Franco, che ci vuoi fare, siamo tutti stanchi». Fa un gesto largo con una mano che dice: siamo stanchi di questi muri, delle finestre, siamo stanchi delle nostre gambe che non ci reggono più, siamo stanchi di vedere questi ragazzi che non fanno un cazzo dalla mattina alla sera, perché non c'è niente da fare. Siamo stanchi da secoli, Franco, da millenni, siamo stanchi da quando hanno inventato il mondo. Ha gli occhi lucidi.

Non mi stai aiutando, pensa Ghezzi. Ma che può saperne, lei?

«Quel Francesco... è un bravo ragazzo, vero?».

Lei non sembra sorpresa che si parli di quello.

«Sì... un po' scorbutico... ha perso la madre da poco, sarà stato... ottobre? novembre? Si vede che si sforza di non cambiare, di sembrare lo stesso di prima, ma noi che ci siamo passati, da quelle cose lì, lo sappiamo che ci cambiano. È solo un ragazzo, quella Chiara se

365

lo mangia con gli occhi. La cosa della madre è stata lunga, coi soldi sarebbe stato diverso, ma così...».

Ghezzi annuisce.

«Ogni tanto lascia qui qualcosa, vero?».

«Sì, l'ultima volta dei televisori... sei, mi pare. Poi li hanno portati via uno a uno. Mi ha dato trecento euro, per il deposito ha detto. A me non me ne frega un cazzo, Franco, devono pur vivere, no?».

«Lo so», dice lui. Non riesce a decidersi, e allora tira fuori tutto in un colpo solo.

«No, Antonia, dico se lascia qui qualcosa di suo, non roba da vendere».

«C'è una scatola bianca nel ripostiglio. Non l'ho mai aperta. Ho pensato che fosse roba che non vuole far vedere a Chiara».

«Posso?».

Lei non dice niente. Si passa le mani sulla faccia, ma non ha più negli occhi l'acqua che aveva prima.

Così Ghezzi si alza, va verso l'ingresso. Nel piccolo corridoio che unisce la cucina all'unica stanza e al bagno c'è una porta bianca, di plastica, a soffietto. È quella che ha sentito aprire a Francesco quella volta che erano lì insieme. Ci sono oggetti vecchi, una lucidatrice per pavimenti, Ghezzi non ne vedeva da cinquant'anni, scarpe, delle cornici rotte, cose che non si trova il coraggio, o il tempo, o tutt'e due, di buttare per sempre. C'è una scatola bianca, più grande di una scatola da scarpe, più piccola di uno scatolone, potrebbe essere quella di un paio di stivali.

Ghezzi la apre. Dentro non c'è quasi niente. Una cintura con una fibbia di metallo, qualche fotografia, qualche cartolina. Guarda e legge. Le foto sono vecchie, un ragazzo sui vent'anni, capelli lunghi, pantaloni a zampa d'elefante. Una foto che viene dal passato. Le cartoline sono di posti in giro per l'Italia, Venezia, Firenze... indirizzate a Fulvio Pratti, casa circondariale di Ascoli Piceno, o di Novara. Affettuosi saluti firmati Caterina, e una firma infantile, Francesco. Le cartoline sono una decina, la firma di Francesco migliora col tempo, diventa adulta... C'è un quaderno di scuola, Pigna, a quadretti, con la copertina blu, un po' sciupato. Ghezzi lo sfoglia, è scritto fitto fitto, in stampatello, con penne diverse, si vede che è scritto nel tempo, la data all'inizio di ogni paragrafo. La prima è 12 aprile 1998, l'ultima 6 febbraio 2007. Lo piega a metà e se lo infila nella tasca interna della giacca, rimette a posto la scatola, torna in cucina. Antonia non si è mossa.

«Come va con la sedia?», chiede Ghezzi indicando la carrozzella.

«Ah, sono un'esperta!», dice lei. Tenta una risata, ma le viene molto male, è solo una smorfia.

«Beh, io vado, Antonia, stai bene, riguardati, mi raccomando le pastiglie».

Poi fa un gesto che nemmeno lui si aspettava. Fa il giro del tavolo, le mette una mano su una spalla e si china a baciarle una guancia.

«Fai la brava».

Lei non dice niente, prende quel bacio e sta zitta. Solo quando lui sta per uscire dalla cucina lo chiama.

«Franco».

Ghezzi si gira a guardarla. Ha una lacrima che scende su una guancia.

«Non fategli male, è un bravo ragazzo».

Lui esce tirandosi dietro la porta e scende le scale. Tra il secondo e il primo piano, nel buio, si ferma un momento e si appoggia al muro.

«Porca puttana, Ghezzi», dice a mezza voce. «Porca puttana».

Ora è nel suo buco in cima alla scala G. Si sente sporco e si fa una doccia, anche se l'acqua è fredda e la piccola vasca scomodissima, poi non c'è la tenda e bagna dappertutto. Si riveste, si butta sul letto e comincia a leggere.

Legge tutto, piano, con calma, riga per riga, senza perdere una parola.

Quando ha incominciato a scrivere il suo diario, Fulvio Pratti era in galera da diciassette anni, una vita. Però gli anni prima li ricorda bene, perché ne parla lucido e placato, come se fosse la storia di un altro.

Quello da gambizzare l'avevano scelto dopo una riunione interfabbrica dei gruppetti più estremi. I compagni dell'Alfa si lamentavano di quel capetto stronzo e arrogante, uno che se sgarravi anche un minuto sui tempi faceva rapporto. Di dargli una lezione l'aveva proposto il Crisanti, ma lui non aveva contestato quella scelta, anzi, e il suo parere di compagno operaio aveva pesato. Certo, il Crisanti era un borghese del cazzo col culo al caldo, era stato a casa sua, là in via San Marco, la casa con le scritte sui muri e i mobili di lusso. Ma non era un borghese del cazzo anche Lenin? E Che Guevara?

In certi passaggi c'è anche dell'ironia, pensa Ghezzi. Ma il metalmeccanico Pratti, coi suoi studi precari, con la sua ignoranza da povero, usa sempre parole semplici e dirette.

Erano lui, il Gotti e il Crisanti. Il Gotti era rimasto in macchina, ma una pistola di quelle rubate all'armeria l'aveva anche lui, per ogni evenienza.

Si sente che quando ha cominciato a scrivere ha superato il momento della rabbia verso quei due, o forse non l'ha mai avuta. Però nel diario ci sono foglietti volanti, ritagli di giornale ingialliti. Gli articoli dicono della carriera del Crisanti, uno ha la foto di una regata, con quello sorridente, cinquantenne, i riccioli al vento, la costa sullo sfondo. Per uno che stava in galera doveva essere una coltellata. E invece, a leggere, pare di no.

C'è anche una lettera del Crisanti. Ghezzi si stupisce che quello abbia osato scriverla, e si chiede come mai l'amministrazione carceraria non abbia messo le mani su quel quaderno. Nella lettera, ovvio, non c'è niente che possa incriminarlo, solo la domanda se quello avesse bisogno di qualcosa – che domanda da stronzo – e qualche considerazione banale.

«I sassi, Fulvio. Noi dovevamo tirare i sassi, fermarci a quello, alle prime della Scala, ai cortei cattivi. Ecco, fino ai sassi ci potevamo arrivare. Dopo è stato tutto sbagliato...».

E così, pensa Ghezzi, sappiamo anche da dove arrivano i sassi. Aveva avuto ragione. Non è una firma, è uno sberleffo, uno sfregio cattivo, ma questo non gli procura nessuna soddisfazione.

Molto, nel diario, racconta della vita in galera. Gli stranieri, prima una rarità, all'inizio degli Ottanta, poi una cosa normale. Diverse umanità, celle strette, affollamento, violenza. Piccoli traffici, secondini corrotti, botte a chi crea problemi.

Lui racconta tutto con una scrittura elementare, poche parole, un vocabolario ristretto, e lo dice spesso: «Lo so che non so scrivere... lo so che non ho studiato».

Sul Campana nemmeno una parola, non è citato mai, non esiste.

Poi si sentono gli effetti della conversione. Non lo dice mai che è diventato cristiano, ma le frasi fatte della rivoluzione proletaria da straccioni cominciano a sparire e arrivano quelle del Vangelo. I «proletari» diventano «gli ultimi», a volte le parole dicono più di quello che c'è scritto nel vocabolario. Così il silenzio che veniva dalla militanza, non parlare, non tradire i compagni, diventava un silenzio più sacro, quello del perdono, dell'andate in pace, qui pago io, è giusto così. Il grande giudizio rivoluzionario, quello che sperava lui, con le fucilazioni in piazza e i poveri a comandare, il suo Ottobre sperato e vagheggiato, diventava piano piano in quelle note scritte a mano, in stampatello, fitte, quasi senza correzioni, il Grande Giudizio, quello vero e definitivo, dove ognuno verrà chiamato a rispondere.

Non si citano preti, messe, santi... solo un cambio di direzione, ma sempre in una zona estrema. Prima punire tutto, poi perdonare tutto.

Due follie parallele, pensa Ghezzi.

L'ultima parte riguarda la malattia. Alcune note sono di una sola riga.

8 novembre 2006 – Oggi male.
6 dicembre 2006 – Oggi molto male, cagato sangue.

L'ultima pagina porta la data 7 febbraio 2007, è una lettera alla sorella:

Caterina, io non ho tanto tempo. Non venire fino a qui, che non serve. Sono stato uno stronzo per ventidue anni e forse un po' meglio per ventisei, anche se qui non può accorgersene nessuno. Ma chi vede tutto sa, non preoccuparti. Trovi una scatola, se c'è ancora, nelle cantine di via Giambellino, dove stavamo con mamma e papà, quando ci nascondevamo, ti ricordi? Magari in tutti questi anni chissà che fine ha fatto. Se non la trovi fa niente, se la trovi fai sparire quello che c'è dentro. Questo quaderno te lo faccio avere da uno che esce, le guardie chiudono un occhio perché sono un vecchio del carcere, non combino casini e ho pure dato una mano un paio di volte... che bravo fratellino! Ti chiedo solo una cosa: fallo leggere a Francesco, quando sarà ora decidilo tu, che non faccia le cazzate che ho fatto io, ma che sappia perché le ho fatte. Mi dici che è un bravo ragazzo, un bravo ragazzo deve sapere le cose, non vergognarsi.

Adesso ti saluto. Tuo fratello Fulvio.

Ghezzi appoggia il quaderno per terra, vicino al letto. Ha un peso sul petto e se ne stupisce. Ne hai viste tante Ghezzi, su, non fare la verginella. Se lo dice tre volte con parole diverse ma non funziona. Guarda l'orologio, le quattro meno un quarto. Allora prende il telefono e schiaccia un tasto delle chiamate rapide. Carella.

«Dimmi, Ghezzi».

«Non dormivi, eh?».

«No».

«Nemmeno io».

Silenzio.

«So tutto, Carella, ho trovato un diario».

«Bene».

«Vieni qui presto, diciamo alle sei e mezza, lo prendiamo noi due, non è armato... è un bravo ragazzo, Carella».

«Bravo ragazzo un cazzo, Ghezzi, ha ammazzato tre persone».

«Sì, è vero... so dove sta, ti aspetto al cancello, sei e mezza... dormi un po', io ci provo».

«Io no, Ghezzi, dopo».

Il vicesovrintendente Tarcisio Ghezzi si alza dal letto, spegne la luce e torna a sdraiarsi. La finestra la lascia aperta, si gira su un fianco e chiude gli occhi.

Trentadue

Carlo Monterossi ha scelto la serata solitaria. Troppe cose insieme, troppe domande. Stancamente, con un piccolo senso di nausea, si è sdraiato su uno dei divani bianchi della sua reggia e ha guardato il programma, la sua punizione divina del mercoledì sera. Flora De Pisis ha calcato la mano: cosa fanno gli inquirenti? Perché non risolvono il caso? E soprattutto, perché non ci tengono aggiornati sugli sviluppi delle indagini? Questo le pare più grave dei morti, dei sassi, di tutto.

Gli ospiti sono la governante di casa Gotti, che dipinge il macellaio come una specie di santo che pensava solo ai figli e all'azienda, più all'azienda, a dire il vero. Era gentilissimo e – ora che è morto si può dire, da vivo lui non voleva – faceva pure del bene, borse di studio, donazioni, cose così. La signora versa anche qualche lacrima, ma il pathos vero, quello che Flora pretende, non arriva mai.

Certo, con la bella vedova sarebbe stata un'altra cosa.

A parlare del terzo morto, Giorgio Campana, invece, ci sono solo detrattori: due truffati che dicono di come sembrava svelto, dinamico e convincente, e loro ci avevano rimesso tutto. Di commozione per il morto non c'è nemmeno l'ombra, ma tutti i tentativi di Flora per strappare a quei due qualche dettaglio – si sono stupiti di quella fine? Ne sono in qualche modo contenti? Pensano che la sua morte sia collegata a quelle truffe? – cadono nel vuoto. Puntata fiacca, insomma, ravvivata solo da un'intervista registrata: un esperto del ministero che spiega che il paese non può permettersi un ritorno del terrorismo. Che è come dire: progressi zero, novità zero, e un non detto che rimbomba come un tuono nella notte: aspettiamo un altro morto. Non lo dice nessuno, ovviamente, ma è un'eventualità che aleggia. Flora forse ci spera un po'.

Verso le undici ha chiamato Oscar Falcone.

«Hai letto la mail?».

«No».

«Che palle, Carlo, leggila, ti richiamo».

Così Carlo si è trasferito nello studio, ha acceso il Mac e ha letto. Poi ha aperto l'allegato e ha letto anche quello. Gli tremano un po' le mani e sta lì a guardare lo schermo senza riuscire a staccarsi. Ora capisce quel gesto di Oscar con la sua scatoletta del Telepass, là, prima del casello di Como. E anche perché l'altra sera è sceso un minuto, dicendo che aveva dimenticato il telefono in macchina. Non è andato alla sua, di macchina.

Quando si riscuote prende il telefono e richiama.

«Ho letto».

«Che ne dici?».

«Non lo so, Oscar, non lo so davvero... che facciamo?».

«Come, che facciamo? Niente».

Carlo è tornato nel grande salone, con addosso un senso di vuoto, poi è tornato nello studio e ha stampato l'allegato, un foglietto di poche righe. È andato in cucina, ha preso la bottiglia del whisky e se l'è portata in salotto, insieme a due bicchieri e a una bottiglia di acqua ghiacciata. Mettersi a bere non sarà la soluzione migliore, ma si sa com'è: non c'è problema che non sia solubile in alcol. Chi l'ha detto? Non se lo ricorda, il gioco delle citazioni non è divertente se lo fai da solo.

Apre il piccolo Mac che sta sopra lo stereo e sceglie una playlist, quella dei momenti difficili. La porta finestra della terrazza è aperta, piove piano dopo una giornata di sole incerto, pensa che hanno tutti torto, persino lui che non sa che fare, persino Oscar, così sicuro che non bisogna fare niente.

Aspetta che l'Oban 14 faccia il suo lavoro, prima una leggera euforia, poi la pesantezza delle palpebre, poi il sonno.

La musica e le parole sono come un soffio lontano:

In Scarlet Town, the end is near
The Seven Wonders of the World are here
The evil and the good, livin' side by side
All human forms seem glorified
*Put your heart on a platter and see who will bite.**

* Bob Dylan, *Scarlet town*: «A Scarlet Town, la fine è vicina / Le sette meraviglie del mondo sono qui / Il male e il bene vivono fianco a fianco / Tutte le forme umane sembrano glorificate / Metti il tuo cuore su un vassoio ed osserva chi lo morderà».

Trentatré

Il vicesovrintendente Tarcisio Ghezzi scende le scale piano. Ha dormito quasi due ore, anche se dormito non è la parola giusta. Ora sono le sei e venti e lui è giù al cancello, Carella è già lì che lo aspetta.

«Andiamo?».

«Prima beviamo un caffè, Carella, potrebbe essere una cosa lunga, non facciamola a stomaco vuoto».

Il bar che non gli piace è a poche centinaia di metri, apre prestissimo, questo lo sa, lo raggiungono senza dirsi una parola. Ghezzi pensa che questa cosa di bere un caffè somiglia a un piccolo rinvio, la dilazione di una faccenda che si chiuderà in ogni caso, non c'è tutta questa fretta. E poi, dopo una notte così, di mandar giù qualcosa ha davvero bisogno.

È una di quelle albe che non dice come sarà la giornata. Nella notte ha piovuto, ma ora si vedono piccoli squarci di azzurro, le nuvole sono quasi rosa, il quartiere si sta svegliando e nel bar c'è già qualche perdigiorno che ha deciso di perderlo proprio dall'inizio, da prima che nasca.

Poi tornano al cancello. Carella è impaziente e non lo nasconde. Ghezzi pensa che è giovane, che la sua rabbia può ancora tenerlo in piedi senza sonno e senza cibo, ma che non durerà in eterno, prima o poi si placherà, come è successo a lui. Vedrà le cose in un modo... più malinconico, ecco, più umano.

Non questa mattina.

«Andiamo, dai!».

Salgono a due a due i gradini della scala A, fino al terzo piano. Bussano.

«Chi è?».

«Polizia».

Sentono le voci all'interno, la porta si apre dopo meno di un minuto. È Francesco, in mutande, con una maglietta blu. Dall'ingresso vedono l'altra stanza, Chiara si sta mettendo addosso qualcosa, e arriva anche lei.

«Che c'è, che volete?».

Ghezzi la guarda e forse lei capisce qualcosa, ma lui distoglie subito lo sguardo.

«Vestiti, Francesco, vieni con noi».

Il ragazzo non dice niente, si mette dei jeans e un paio di vecchie Adidas consunte, infila un giubbotto. Poi dà un bacio a Chiara e le dice: «Torno subito, saranno le solite cazzate degli sbirri», ma lo dice con una voce incerta. Lei accenna una piccola protesta, ma l'occhiata di Carella la fa desistere subito.

Lo scortano semplicemente giù per le scale, Ghezzi davanti, il ragazzo in mezzo, Carella che chiude il gruppo.

«Dove hai la macchina?», chiede Ghezzi.

«Qui fuori».

Ma quando arrivano in cortile c'è qualcosa che non torna. Movimenti strani, due uomini vicino al cancello, uno ha una radio trasmittente alla cintura, si sente quel gracchiare che Ghezzi e Carella conoscono bene. Poliziotti. Poi vedono anche che fuori dal cancello c'è un blindato blu, con il lampeggiante che gira.

Qualcosa non va.

Carella prende Francesco per il giubbotto e lo spinge di nuovo dentro la porta della scala A, Ghezzi va a vedere. Uno dei due vicini al cancello è Carlo Perini, il vicesovrintendente del commissariato San Siro, quello a cui erano andati a chiedere notizie sul quartiere.

«Che cazzo succede, Perini?», chiede Ghezzi.

Ora che è sul cancello anche lui, vede che i blindati sono sei, quattro della polizia, due della finanza. Scendono agenti, tanti, in tenuta antisommossa, silenziosi, i caschi agganciati alle cinture.

«Che cazzo ci fai qui, Ghezzi?».

«Un lavoro. Cos'è 'sto circo?».

«Ti avevo detto che in caso di guai grossi Mafuz ci avrebbe avvisato... Ci ha chiamato ieri notte, dice che quel gruppo nuovo di africani tiene delle cose in cantina, pare armi, roba grossa».

«E venite qui a fare la guerra?».

«Ordine del questore. Cercare 'ste armi, se ci sono davvero, e prendere gli africani nuovi, il capo ce l'abbiamo già, fermato stanotte. Poi fare pulizia, via gli abusivi... quelli dell'Aler stanno arrivando con la lista degli appartamenti che dovrebbero essere vuoti e invece sono pieni».

«È povera gente, Perini».

«Non rompermi il cazzo, Ghezzi, lo sai come la penso, ma ci sono gli ordini, e gli ordini dicono pulizia, senza guardare in faccia a nessuno. Con 'sta storia dei sassi sono tutti nervosi, lasciami in pace, fammi lavorare, da bravo».

Fuori dal cancello i colleghi con le tute fumano e chiacchierano piano, si stanno mettendo in formazione, due file a bloccare la strada, un gruppetto che si raccoglie in mezzo a quelle due barriere di uomini, saranno i primi a entrare.

Ghezzi volta le spalle e cammina veloce. Torna alla porta della scala A, Carella è lì dove cominciano le scale, tiene Francesco per un braccio, il ragazzo sembra stordito.

«Non possiamo uscire adesso, ci vedono tutti, facciamo un casino con Gregori», dice Ghezzi. Carella pensa, sta valutando la situazione, ma Ghezzi è più veloce: «Andiamo su da me».

Percorrono il cortile fino all'interno G, saranno cinquanta metri, poi le scale, Ghezzi davanti, Carella dietro, il ragazzo in mezzo che ubbidisce come un automa, non c'è bisogno di spingerlo. Entrano nel buco al quarto piano, Carella fa sedere Francesco sull'unica sedia, in modo brusco.

«Tu stai buono».

Ghezzi apre la finestra e si affaccia. Sono entrati, una

dozzina, vanno dritti, di corsa, giù per le scale delle cantine, quelle dove è andato a curiosare Mafuz l'altra sera. Ghezzi vede i capi, in borghese, col casco, che parlano alla radio.

«Ci vorrà un po'», dice Ghezzi, «aspettiamo», poi si siede sul letto.

Carella sta in piedi, appoggiato alla porta del bagno. Fuori si aprono molte finestre, la gente si affaccia a guardare cosa succede, il cortile è pieno di divise.

Ora Ghezzi si rivolge a Francesco.

«Perché hai fatto una cazzata simile?».

Quello sta zitto, è pallido, trema un po'.

«Ho letto tutto... il diario di tuo zio... sappiamo tutta la storia. Perché una cazzata simile trentasei anni dopo, Francesco?».

Il ragazzo non parla, ha solo avuto un piccolo sussulto quando ha sentito del diario.

«Quelli là lo facevano per la rivoluzione, era una scemenza anche quella, ma i tempi... va bene... ma tu, perché?».

Carella accende una sigaretta e parla per la prima volta.

«Dove hai messo la pistola? Quella che non abbiamo trovato, quella che ha ammazzato il Gotti».

«In un tombino lì vicino, quasi all'angolo con via Giovio».

Carella prende il telefono dalla tasca della giacca e schiaccia un tasto, aspetta.

«Selvi, un tombino in via Mauri angolo Giovio. La

pistola... lo so che abbiamo guardato, guardiamo meglio, chiama quelli del Comune».

Ghezzi è alla finestra. Uomini in divisa salgono e scendono dalle cantine, hanno portato fuori delle casse di legno che ora stanno appoggiate per terra, chiuse. A gruppi di due scortano verso il cancello delle persone ammanettate, due sono neri, gli africani, uno è il calabrese basso, li radunano in un gruppetto, circondati da divise blu, guardati a vista.

Dalla finestra non si vedono i blindati fuori dal cancello, ma si intuisce il blu dei lampeggianti, si sentono delle grida, slogan. Forse quelli del collettivo sono arrivati dagli altri caseggiati, dagli altri cortili, probabile che un cordone di poliziotti li tenga a distanza.

«Le pistole dove le hai prese? La scatola dello zio? Quante erano? Parlami, Francesco», dice Ghezzi. Voleva essere un ordine, ma è quasi una preghiera.

Carella sta zitto, ma si vede che si trattiene, lo prenderebbe a sberle, quello stronzetto.

Invece Ghezzi sente il peso di tutta quella situazione. Un mondo che va in pezzi. In cortile sono cominciati i rastrellamenti, dalla scala A e dalla B, che sono una di fronte all'altra, c'è una famiglia che sta già portando giù le sue cose, i bambini girano intorno, sembrano sperduti, ma da lì non si vede benissimo, è pur sempre il quarto piano. Gli slogan ritmati che vengono da via Gigante si fanno un po' più forti, probabile che sia arrivata altra gente. Poi torna a guardare nella stanza.

«Lui aveva fatto una cazzata grossa, l'ha scritto per te, quel diario, perché tu non ci cascassi come ci è cascato lui, Francesco. E tu hai fatto pure peggio... Non si fa così la giustizia, se si fa in questo modo non è più giustizia, cazzo, te l'ha detto in tutte le lingue anche se era semianalfabeta, porca puttana, e tu non hai capito un cazzo».

Carella spegne la sigaretta buttandola per terra e schiacciandola con un piede, ne accende un'altra.

Francesco ha gli occhi lucidi. Quasi grida.

«Era un coglione, solo un povero coglione. Lui in galera e quegli altri due fuori a diventare sempre più ricchi... un coglione prima, perché non ha parlato, un coglione dopo, perché li perdonava. È morto come un cane... lo sa che se ne sono accorti dopo un giorno? Non è un bel modo di crepare, io lo so, ho visto mamma...».

Ora fa un singhiozzo.

«Così non si cambiano le cose, Francesco, così si fa solo peggio, così si peggiora tutto anche per quelli che vengono dopo... ma cosa cazzo credevi di fare?».

Il ragazzo sta zitto. Tira su col naso. Poi riprende a parlare, con foga, questa volta, come se volesse rispondere alla domanda:

«Non farmi la predica, che cazzo ne sai, tu? Guarda, porca puttana, guarda dove cazzo viviamo, guarda cosa dobbiamo fare per campare... quei due erano assassini come lo zio, forse peggio, facevano la bella vita. Cristo, ho visto la casa di quello là, in via Sofocle, l'ho vista da fuori, poi sono tornato qui e ho guardato la mia... vaffanculo sbirro, dovevate prenderli voi trent'anni fa, e non succedeva niente. Se non la fate voi, giustizia, che siete pagati apposta, qualcuno deve farla, no? Ma figurati, cazzo, voi siete i cani da guardia di quelli là...».

«Tu lo sai che non è vero, Francesco, è una semplificazione, stai facendo la caricatura... io prendo milledue al mese, ci ho messo trent'anni a comprarmi un buco come il tuo, ho cagato vetro, ma non mi viene in mente di ammazzare la gente perché ha la villa».

«Ma non è quello... non capisci», dice il ragazzo. Ora sta pensando. La voce si calma, il respiro si fa meno affannoso.

Da fuori vengono i passi pesanti dei poliziotti in divisa e qualche urlo dalla strada. Le famiglie che portano la loro roba in cortile adesso sono due. Quando ricomincia a parlare lo fa pianissimo, lento, con un filo di voce:

«Non c'entra un cazzo lo zio... non l'ho nemmeno mai visto, io sono dell'84, lui era già in galera... Mamma non mi diceva niente, poi dopo ho capito, ho fatto delle ricerche, ma non mi interessa quella storia là, il comunismo fatto dai fighetti... Era un poveraccio, uno finito alla pena di morte senza saperlo perché aveva ammazzato un kapò, che magari era un morto di fame pure lui. L'hai vista la signora Antonia, no? Lei dice che le piaci, sai? Che sei una brava persona. Io lo sapevo che non eri chi dicevi di essere. Puzzi di sbirro lontano un chilometro...».

Lo lasciano parlare, capiscono che è uno sfogo, che poi crollerà.

«Ha lavorato una vita, pure lei, una schiava del cazzo, e guardala lì com'è messa, che aspetta di morire e basta. Il lavoro, il merito, farsi strada nella vita... ma quante puttanate devo ancora sentire, eh? Ti faccio vedere le fatture che non mi pagano da mesi... ci vorrà qualche tempo, signor Girardi...».

«Hai ammazzato tre persone perché non ti pagano le fatture?». Carella sa essere proprio stronzo, quando vuole.

Il ragazzo scuote la testa e fa una risatina.

«A parte che sarebbe un buon motivo... no, non per quello... ma sì, anche per quello. E per come è morta mamma, e perché per campare sono finito a smerciare televisori al plasma per due calabresi ignoranti come la merda... perché da qui non si esce, cazzo, non si esce in nessun modo... E intanto quello là andava a studiare in America, poi tornava qua a fare gli affari dei palazzinari, servito e riverito, come dite voi? Un pilastro della società civile... l'ho letto sul giornale, lo stesso giornale che diceva di cercare gli arabi... Qui c'è la società incivile, invece, c'è uno su alla scala A, sopra di noi, al quarto piano, che si è beccato l'epatite perché mangiava la roba presa dai rifiuti... l'avete mai letto sul giornale, questo? Non ve ne frega un cazzo, tutto qui. E sapete una cosa? Nemmeno a me. Non l'ho fatto per lo zio, e nemmeno per mamma, e nemmeno per l'Antonia e le sue cazzo di pastiglie. L'ho fatto per me, per fare qualcosa, per...».

«Dai», dice Carella, «finisci il pianto greco che andiamo. Ce n'è tanti di sfigati in giro, ci sono sempre stati e ci saranno sempre, e nessuno è mai stato meno sfigato perché si è messo a sparare alla gente. Stai dicendo le solite cazzate, mi sembravi più intelligente... parliamo di cose serie: per quanto tempo li hai seguiti?... Il Gotti?».

Ora Francesco Girardi non geme più, non trema più, ha ripreso un po' di colore.

«È stato facile, faceva sempre la stessa strada, gli stessi orari, volevo farlo la sera prima ma c'era una stronza col cane che girava lì attorno».

«E il Crisanti?».

«L'ho seguito, ho studiato un po' le telecamere».

«Come hai fatto ad aprire la macchina del Campana, là in via Solari?... E la sua pistola l'hai trovata nel cruscotto?».

«Quello non l'ho ammazzato io».

Ghezzi e Carella si guardano. Francesco non se ne accorge, perché tiene gli occhi bassi e continua a parlare.

«Da quello che ho letto sui giornali se lo meritava pure lui, le truffe, la finanza... la tenuta con le vigne, ma vaffanculo, uno di meno... Se vi fa piacere posso prendermi la colpa anche per quello lì, che cazzo me ne frega... se esistesse quella cosa che chiamate giustizia dovreste darmi una medaglia».

Ghezzi sospira e guarda ancora giù in cortile. Le famiglie coi materassi e le valigie adesso sono tre, un'altra esce dal portone della scala D, una signora velata urla contro i poliziotti, ha in braccio un bambino piccolo. Le grida dalla strada sono più forti, si sente una sirena. Tra un po' arriva il botto dei lacrimogeni, pensa Ghezzi, che follia, è tutto folle. È tutto sbagliato. Gli viene in mente quello che pensava la sera prima, sceso dalla metropolitana... hanno tutti torto. Tutti.

Carella scalpita.

«Prima ce ne andiamo di qua e meglio è».

Ora Ghezzi si alza dal letto e si avvicina alla sedia dove sta il ragazzo. Sembra rimpicciolito, è bianco in faccia, il naso che cola, gli occhi lucidi.

«Come stai?».

«Ho sete... devo vomitare».

Ghezzi dà uno sguardo a Carella, poi prende per un braccio il ragazzo, gentile, senza strattonarlo, e lo fa alzare per guidarlo verso il bagno. Quello fa un passo, docile, arreso, ma poi fa uno scatto da tigre e si divincola dalla stretta leggera di Ghezzi. Il tempo di un passo, due, fulmineo, felino, poi salta e si tuffa dalla finestra. Proprio così, di testa, come un ragazzo felice che si butta dalla scogliera. Era lì un secondo fa, e ora non lo vedono più. Ghezzi si affaccia e sta mettendo fuori la testa quando arriva il rumore. È un rumore che gli resterà dentro per sempre, lo sa nel momento stesso in cui lo sente. Quando guarda giù, Francesco Girardi è sul cemento del cortile, le gambe piegate in una posizione assurda, il corpo ritorto, una chiazza rossa che si allarga sotto la testa.

Carella è sbiancato di colpo. È rimasto come paralizzato, ma solo per un attimo, sta aprendo la porta e si butta per le scale. Ghezzi lo segue, ma quello, sempre scendendo, gli urla:

«Tu no, cazzo! Fai sparire la tua roba. Subito!».

Ghezzi non capisce, ci mette qualche secondo. Poi torna dentro e butta tutto alla rinfusa nella valigia vecchia, il quaderno lo mette nella tasca interna della giacca, ripiegato come aveva fatto la sera prima, in casa di Antonia. Poi scende con la valigia in mano e quando arriva in cortile la getta in un angolo, dietro i bidoni della spazzatura, probabile che non l'abbia visto nessuno.

Carella è chino sul cadavere, le mani nei capelli, la faccia bianca, trema un po'. Ghezzi si china anche lui. Arrivano di corsa due in divisa e uno in borghese.

«Che cazzo succede...».

Poi vedono il ragazzo a terra, la pozza di sangue, le gambe piegate a quel modo.

«Siamo colleghi», dice Carella mostrando il tesserino, «sovrintendente Carella, vicesovrintendente Ghezzi».

Ora sono in cinque attorno al cadavere, in piedi, non dicono niente, ne arrivano altri, più lentamente. Anche il vicesovrintendente Perini, che lancia un'occhiata lunga a Ghezzi. Contiene rimprovero e fatalismo.

Poi si sente un urlo acuto, disumano, la gola che raschia. È Chiara. Si infila tra quegli uomini grossi in divisa, li spintona, sgomita, non la fermerebbe nessuno, e nessuno ci prova. Piomba con le ginocchia sul cemento e prende la testa del ragazzo tra le mani.

«Francesco! Francesco! Rispondi, cazzo! Sono Chiara, dai, non fare lo stronzo, rispondi!».

Poi alza gli occhi senza guardare nessuno, ha le mani sporche di sangue, le lacrime che scendono, trema, si china ancora sul corpo e lo bacia, lo stringe, gli alza la testa. Poi un urlo straziante, feroce, cattivo, ancora più disumano di quello di prima.

«Me lo avete ammazzato, bastardi, figli di puttana! Me lo avete ammazzato, merde!».

Si alza e batte i pugni, forte, rabbiosa, sul petto di uno che sta lì, uno di quelli in divisa. Carella la prende da dietro, per le spalle, la circonda con le braccia, e la porta qualche metro più in là, continua a stringerla da dietro, forte.

Ghezzi non riesce a togliere gli occhi dal ragazzo, è incapace di muoversi, di fare un passo, anche di respirare.

È colpa mia, pensa, è colpa mia. E anche: hanno tutti torto, torto marcio.

Dieci minuti dopo arriva un'ambulanza, inutile, ma i medici si occupano di Chiara, che si è accovacciata vicino a un muro, per terra, come accartocciata, gli occhi fissi nel vuoto.

Carella ha telefonato a Gregori, che gli ha ordinato di andare subito da lui, immediatamente. Lo ha urlato con tutta la voce che ha, e quella di Gregori è parecchia.

Intanto si è sparsa la notizia. C'è un morto. Chi? Un compagno. Uno dei nostri. Sì, ma chi? Come? Contro il cordone dei poliziotti volano degli oggetti, le sedie del bar lì vicino, sassi, un cartello stradale divelto dal marciapiede. Si sentono le grida: «A-ssa-ssi-ni! A-ssa-ssi-ni», parte una carica, poi i lacrimogeni, Ghezzi sente i botti rotondi e vede il fumo bianco.

«Dobbiamo andare dal capo, in questura», dice Carella al vicequestore in giacca e cravatta con il casco in testa.

«Vi faccio portare con una macchina», dice quello, e sta per dare l'ordine.

«No, facci uscire con la mia».

«Va bene».

Ora Ghezzi e Carella corrono attraverso il cortile. Ci sono materassi per terra, bambini che piangono, donne che urlano verso gli agenti. Non alzano gli occhi, ma sanno che sono tutti alle finestre a guardare la guerra.

Carella mette in moto, appoggia il lampeggiante sul tetto e accende la sirena, il tutto mentre sgomma. Un blindato della finanza fa appena in tempo a spostarsi.

Poi guida come un pazzo.

«Lo abbiamo inseguito fino su al quarto piano, la porta era aperta e lui si è buttato, va bene?».

«Non lo so se ce la faccio, Carella».

«Ce la fai, Ghezzi, credimi, ringrazia la Madonna che non aveva le manette».

Il vicesovrintendente Ghezzi chiude gli occhi. Sente solo la sirena, non pensa a niente, ah, sì, pensa che hanno tutti torto. Tutti. Lui più di tutti. Sente quel rumore del ragazzo che si schianta a terra, sente i botti dei lacrimogeni, le grida, «A-ssa-ssi-ni», il risucchio che ha fatto Chiara col naso.

Pensa alla Rosa che lo aspetta a casa.

Sono le dieci e mezza del mattino.

Trentaquattro

Carlo Monterossi è uscito poco dopo le sette, non è da lui, quasi si stupisce che fuori ci sia già movimento. Ma non è da lui nemmeno rigirarsi nel letto, cedere al sonno e risvegliarsi di colpo, rigirarsi ancora.

Si è fatto una doccia bollente, lunga, si è rasato, la radio accesa, le notizie, poi uno speciale sul killer dei sassi. La città è spaventata, dicono, la gente vuole vivere tranquilla.

Ha guardato fuori per decidere come vestirsi, ma non ha capito bene, solo che non pioveva, per il momento. Così ha messo una giacca blu, comoda, sportiva, un maglione a V sopra la camicia azzurra, scarpe buone per camminare.

Ha preso il caffè in un bar di via Turati, in piedi accanto a gente assonnata, poi ha solo passeggiato, pensando senza pensare, lasciando che la mente andasse dove voleva lei, ma rendendosi conto che andava sempre lì.

Via Turati, via Manzoni, l'ingresso della Galleria. Ha comprato il giornale e si è seduto al tavolino in un bar di quelli eleganti, quelli dove i turisti tedeschi bevono il cappuccino dopo gli spaghetti. Ha preso un altro caffè e ha sfogliato distrattamente le pagine della cronaca. Ancora i sassi. Si vede che non sanno più chi intervistare, chi sentire, gli inquirenti non parlano, i parenti delle vittime sono stati esauriti, restano le due categorie più pericolose: i politici e l'uomo della strada. Il ministro dell'Interno dice che a Milano è stata rafforzata la presenza dell'esercito per l'operazione «strade sicure». Che ridere, pensa Carlo, sono quei ragazzini in mimetica, col mitra in mano accanto alle jeep, che non sembrano sicuri nemmeno loro, terrorizzati che gli parta una raffica.

La prima e la seconda moglie di Cesare Crisanti litigano per l'eredità, ci sono i nomi di grossi avvocati, si adombra la presenza di conti esteri su cui la prima moglie vuole vederci chiaro, e anche la barca, dice che l'aveva comprata per lei. In Galleria cominciano ad aprire i negozi, le commesse di Prada rifanno la vetrina. Macché commesse, saranno visual merchandiser, come minimo.

Carlo si alza e continua la sua passeggiata, sembra un flâneur che si è alzato presto, si è vestito bene, si guarda intorno assaporando lo stupore di un nuovo giorno, ma lui non sta assaporando niente. Il Duomo se ne sta lì come sempre, ricoperto su un lato da cartelloni pubblicitari che ne finanziano la sempiterna manutenzione. C'è qualche turista mattiniero che si sta chiedendo perché non ha dormito un'ora in più.

Allora Carlo si decide, torna indietro, attraversa piazza della Scala e risale via Manzoni. Quando è davanti al grande albergo, uno dei più eleganti di Milano, roba da nobili e guidatori di Maserati, fa la telefonata che aveva in mente dall'inizio. Gli risponde una voce assonnata:

«Buongiorno, Carlo. Le sembra l'ora di svegliare una signora?».

Lui guarda l'orologio, sono le nove e venti.

«Mi spiace, Isabella. Devo parlarle».

«All'alba?».

«Sì, all'alba».

«Mi faccia almeno vestire, o vuole che scenda come sono?».

«La aspetto qui fuori».

«Ma che dice! Entri e mi aspetti in sala breakfast, sarò giù tra qualche minuto».

«No, faccia con comodo, anche la colazione, preferisco aspettarla fuori».

«Come vuole», dice lei, e mette giù. Sembra seccata, non per quella sveglia inattesa, e nemmeno per l'ora, ma perché lui non ha ubbidito alle sue richieste, non deve capitarle spesso di ricevere un no, grazie.

Ora si siede sui gradini del monumento a Pertini, che è una specie di scalinata, e guarda la gente che passa, le serrande dei negozi che si alzano, i travet delle banche della zona che entrano ed escono dai bar, frettolosi, in gruppetti vestiti uguali, giacche grigie e brutte cravatte.

I pochi minuti diventano mezz'ora, lui passeggia lì davanti, guarda le vetrine. Poi la vede uscire con il portiere in livrea che le apre la porta e fa un piccolo inchino. Lei attraversa la strada e lo raggiunge sorridendo.

«Non riesce a stare troppo senza vedermi, eh?».

Ha pantaloni stretti, scarpe coi lacci, eleganti, un maglioncino azzurro pallido con sotto niente, una borsa piccola con la tracolla lunga e un giaccone blu navy appena appoggiato sulle spalle, con quella nonchalance che le donne di quel tipo hanno studiato per millenni, da quando quelli come Carlo imparavano ad accendere il fuoco con le pietre. Lui si sorprende a notare i seni piccoli che danzano liberi sotto quel cachemire morbidissimo.

«Facciamo due passi, vuole?», ma non aspetta che lei risponda, si incammina per via Manzoni verso l'arco di piazza Cavour, sul marciapiede dal lato del teatro. Non dicono niente, attraversano la piazza, entrano nei giardini dove c'è quell'albero maestoso che si sta rivestendo di piccole foglie timide.

«È una passeggiata romantica?», chiede lei.

Un bracco grigio con gli occhi tristi li guarda da un'aiuola, il padrone lo richiama e quello trotta via, indolente e magnifico. Carlo non sa da dove cominciare. Lei capisce che non è un incontro normale, un corteggiamento inusuale, che l'invito sembrava più una convocazione, ma non chiede, non indaga su quella sveglia e su quella passeggiata, gli lascia il suo tempo.

«Lei è una donna bellissima, Isabella. Ha tutto, appare semplicemente perfetta... come ha potuto?».

«Potuto cosa?».

Carlo capisce che sarà difficile. Si chiede anche perché lo sta facendo, ma è una cosa che ha pensato per tutta la notte, e si è detto che avrebbe avuto una risposta solo facendolo. E ora non la trova. Come le parole, non trova nemmeno quelle.

«Ha commesso molti errori, lo sa?».

«Dice il matrimonio? Sì, bello grosso, ma ora è finita... se si tratta di un corteggiamento, Carlo, se lo lasci dire, non è capace. Per quanto la cosa sia decadente e démodé, con me funzionano di più le rose. Baccarat, potendo scegliere il kitsch».

Lui sorride. La distanza di quella donna da tutto lo impressiona. È una che si aspetta che il mondo si apra al suo passaggio come il Mar Rosso davanti a Mosè, ammirevole, ma anche irritante.

Poi lei si ferma di colpo. Sono sulle scale che portano ai bastioni.

«Lei deve dirmi qualcosa, Carlo, e al tempo stesso non vuole dirmela. Io sono una donna libera, non ho impegni, ho tutto il tempo che voglio. Ma non abusi della mia pazienza, lo considero un reato grave».

«Ha fatto colazione?».

«No, un uomo infelice e misterioso mi ha consentito solo un caffè dopo la doccia... un tipo strano, aveva una gran fretta, ma non si sa perché».

Carlo indica l'altro lato di piazza della Repubblica.

«Salga, parleremo mangiando qualcosa».

Katrina spalanca gli occhi. Già non trovare in casa «signor Carlo» al suo arrivo era una stranezza, sa che lui non ama dormire fuori, ma il letto era stato usato – solo da lui, cose che lei nota al volo – e si è stranita ancora di più. Ma ora che lo vede entrare con quella donna elegantissima, si trasforma nella discrezione fatta persona, sparisce in cucina. Dopo dieci minuti Carlo Monterossi e Isabella De Nardi Contini sono seduti al tavolo del salotto tirato a lucido, una tovaglia perfetta, una colazione da Grand Hotel. Lei ride.

«Se dormirò ancora in quella catapecchia di via Manzoni verrò a fare colazione qui».

Ma lui ora non ha più voglia di quella schermaglia.

«Un colpo alla nuca, Isabella. Un'esecuzione. Come i nazisti».

Lei non piega nemmeno un labbro, non ha il minimo sussulto. Niente.

«Oh, no, Carlo, qui si sbaglia. Come i bolscevichi, come i vietcong, come i khmer rossi, come tutti quelli che pensano di far giustizia, e che la loro giustizia sia... inevitabile, quasi divina».

«Stava per dire sublime?».

«Sì, stavo per dirlo, ma temo che lei non capirebbe».

«Ho capito fin troppo».

Lei si versa la spremuta d'arancia da una brocca in cristallo. Ha un controllo di sé spaventoso, pensa Carlo. Ora si guardano, uno sguardo lungo, lei sorride. Non è truccata, solo un filo di rossetto, non abbassa gli occhi.

«Mi spieghi», dice lui.

«No, mi spieghi lei. Le sue illazioni sono divertenti, come le ho detto ho tutto il giorno, ma la trama è un po' lenta... vogliamo accelerare?».

«Le racconto una storia, Isabella. Una storia banale».

396

«Uh, non è da lei... sentiamo».

«Una bellissima donna, ricca, elegante, colta... una mannequin che sa tradurre i filosofi tedeschi e le chiacchiere di un pianista, fa una mattana che non è nel suo stile e sposa un poco di buono...».

Se lei ha colto il riferimento al pianista che si è esibito là, sul lago, non lo dà a vedere.

«... Lui è affascinato da quel mondo che non toccherà mai nemmeno con un dito, lei forse trova divertente scendere qualche gradino della scala su cui è nata e cresciuta... degradarsi un po', ecco. Conosco il tema, è una di quelle sfumature che... beh, lasciamo perdere, le forme che può prendere l'amore sono infinite, e tutte lecite, non è vero?...».

Lei lo guarda divertita, ora.

«Questo muesli è biologico, vero?».

«... Ma il divertimento dura poco. Le loro vite sono intermittenti... si staccano ma non del tutto, lui cerca disperatamente di salire quella scala, ma non può, è solo un borghesuccio, come ha detto? Un farabutto da romanzo russo, sì, ne conosco un paio, li evito come la peste... ma insomma, in qualche modo si punisce, resta con lui, almeno... tecnicamente, diciamo. Vive un po' a Roma, un po' a Parigi, credo, nei grandi alberghi è trattata come una regina...».

«Qui si sbaglia, Carlo. È una regina...».

«Benissimo. Poi il fastidio cresce, diventa insofferenza. E infine, quando scopre che il piccolo furfante non è solo quello, ma è un uomo violento, che picchia le bambine, le compra, le violenta... vede finalmente nascere uno di quei sentimenti assoluti che ama tanto... astio, odio... come ha detto? Vorrei usare le sue parole: cristallino».

«La storia comincia a decollare, Carlo, sta andando benissimo, continui».

«Immagino che abbia fantasticato per mesi. Buttarlo dalla barca? Che banalità. Veleno? Uff, troppo letterario. Poi legge sui giornali quella brutta storia dei sassi. Le piace la metafora, il messaggio... una pietra sopra. Archiviare e passare oltre... Così un giovedì di marzo si sente pronta...».

«Uh, arriva il bello», dice lei senza levare gli occhi da quelli di Carlo. Fa una risata sottile.

«Partecipa a una serata mondana, traduce le parole di ringraziamento di un pianista tedesco, immagino che la platea di milionari sfollati sul lago di Como abbia applaudito più lei che lui... a proposito, cos'ha suonato?».

«Chopin e Brahms, una noia mortale».

«Già, immagino che lei sia più wagneriana, o l'ultimo Beethoven...».

«No, io penso che uno non dovrebbe maneggiare un pianoforte, se non è Glenn Gould».

«Perfetta, come sempre... Quindi anticipa la sua passeggiata mattutina, è ancora buio, è abbastanza certa che non la vedrà nessuno, ma anche fosse? Chi può discutere i movimenti di una regina? Il telefono lo ha lasciato in camera, sa che quella delle cellule telefoniche è una scienza esatta. Esce dalla porta finestra che dà sul prato, cammina fino alla macchina che ha lasciato in paese e va a Milano. A quell'ora quanto può metterci? Mezz'ora? Quaranta minuti? Entra nel palazzo, ha le chiavi, è casa sua, poi con l'ascensore scende nel garage ed entra nella macchina del marito... aveva le seconde chiavi, vero?».

«Ovvio, se no che piano perfetto sarebbe?».

«Aspetta un po'. Conosce gli orari, alle nove aprono i mercati e sa che lui vuole trovarsi davanti ai suoi schermi pronto e reattivo per quell'ora, quindi quando lui scende per prendere la macchina sono... diciamo le sette e un quarto?».

Lei beve un sorso di caffè. Sul tavolo avanza piano un raggio di sole pallido che entra dalla porta finestra della terrazza.

«Nessuna esitazione, nemmeno un secondo, mentre lui si china per avviare il motore, gli appoggia la pistola alla nuca e fa fuoco. Immagino avesse dei guanti, e anche che abbia controllato di non essersi sporcata... a proposito... con un piano così millimetrico escludo che abbia trovato la pistola in macchina, no?».

«Ma no, certo. Era un suo regalo... anniversario di matrimonio, perfettamente nel suo stile, ma glielo perdonai... non è un brutto oggetto da tenere in mano, sa?».

«Bene... sì... nemmeno un cretino simile tiene una pistola nel cruscotto... Poi esce... no. Prima prende il sasso dalla borsetta... un sasso di lago, suppongo... e lo posa in grembo a quell'errore di percorso che è durato dieci anni... E poi esce, ora sì, sempre passando dal palazzo, raggiunge la macchina e riparte. Sono... diciamo le sette e mezza, giusto?».

Lei non dice niente.

«Non c'è ancora il traffico delle scuole e degli uffici, quindi torna verso Como... all'altezza del canale Villoresi rallenta, o si ferma proprio, questo non lo so, e getta la pistola giù dal cavalcavia dell'autostrada. Credo che abbia solo rallentato molto, perché se fosse scesa dalla macchina la pistola sarebbe finita in acqua, non sugli argini... un piccolo errore».

Ora lei si alza dal tavolo e si siede su uno dei divani bianchi. Carlo la raggiunge e le si siede di fronte, sull'altro divano. Non vuole perdere quegli occhi.

Lei mette una mano nella borsetta e lui ha un piccolo tremito. Paura? Lei gliela legge negli occhi e scoppia in una risata fragorosa. Persino così, ridendo apertamente, anche con gli occhi, riesce ad essere impeccabile. Dalla borsa cava un piccolo specchio e si guarda le labbra, si sistema i capelli, poi glielo punta contro e fa: «Bum!».

Ride anche lui, forse è sollievo.

«... Poi corre verso il suo Grand Hotel liberty, lascia la macchina in paese e torna dalla sua passeggiata, anzi, no, la fa sul serio, questa volta... si prende un'oretta... tranquilla, rilassata, la regina in villeggiatura. Poi rientra all'albergo. Sul vialetto... o era già nella hall?... comunque, le corre incontro il capo della sicurezza, la fa sedere, le dà un bicchier d'acqua. Dice che hanno chiamato da Milano, la polizia... suo marito... un brutto incidente... Che ne dice Isabella, è una bella trama? Ho scordato qualcosa?».

«Solo piccoli dettagli, Carlo... oh, niente di che... ecco... le prove, diciamo».

«Già, le prove, che cose meschine, vero?».

«Sì, ma si dice che servano...».

«Uffa, Isabella, mi tocca raccontarle un'altra storia, anche se la tecnologia è una cosa arida... Vede, Isabella... il Telepass fa scattare la sbarra di apertura dei caselli autostradali... si sente un piccolo bip. Uno pensa che togliendo la scatoletta dal parabrezza e mettendola che so, sul sedile del passeggero, o nel cassetto del cruscotto, la si renda cieca e sorda, ma non è sempre così. Ho provato ieri. Ho staccato il mio Telepass dal vetro e l'ho messo nel portaoggetti... ho fatto la fila e preso il biglietto, ma quel bip leggero l'ho sentito lo stesso... Ho telefonato al centro informazioni... sono molto gentili, sa? Ho protestato, un cittadino deluso dal servizio. Mi hanno detto che a volte succede, che se leggo bene le istruzioni c'è scritto che quando lo si toglie è meglio metterlo nella sua scatolina... altrimenti può essere che scatti lo stesso... è seccante, uno finisce per pagare il pedaggio due volte...».

C'è davvero quella piccola crepa nella sicurezza di lei che gli sembra di vedere? O è solo perché ha sferrato il colpo del ko e si aspetta di vederla barcollare?

Ora Carlo mette una mano nella tasca interna della giacca e le porge un foglio ripiegato in quattro.

«Dia un'occhiata, Isabella. È una schermata del sito Telepass... dovrebbe essere più fantasiosa con le password, se c'è arrivato il mio amico, credo che... beh, dice che lei è entrata in autostrada a Como alle 5 e 43 di quel venerdì ed è uscita a Milano alle 6 e 22... Poi ha fatto il percorso inverso, alle 7 e 46, barriera di Milano, la Milano-laghi, l'A8, quella che passa sul canale Villoresi, ed è uscita a Como alle 8 e 21».

Isabella De Nardi Contini non muove un muscolo, pare rilassata come quando è entrata lì dentro, fluida, morbida, per niente tesa. Fa solo un leggero sospiro come quando ci si accorge di un piccolo errore, un acquisto sbagliato, una misura troppo piccola o troppo grande di un vestito. Svista, disattenzione, ma dove ho la testa?

Cose che si archiviano con una piccola risata.

Cosa che fa, in effetti: una piccola risata.

Ora si alza ed esce sulla terrazza, lui dietro.

«Bello qui», dice lei.

«Sì».

Sono le undici passate e Carlo è stanchissimo. Non ha dormito, e quella... ricostruzione, quella requisitoria da pubblico ministero, lo ha spossato. Lei sembra fresca, fragrante.

«Bene, e ora?», chiede.

Lui non dice niente.

«Cosa vorrebbe, Carlo, la scena madre? Che la regina così maldestra si metta a offrirle soldi... o cos'altro?», questo lo dice con uno sguardo di finta malizia che esclude ogni malizia vera.

Poi quella faccia bellissima diventa dura. Sembra lei, ora, l'avvocato dell'accusa.

«Lei non ha capito niente, Carlo... lei si attesta sui fatti, i dati, le prove... la banalità del reale. Ma non vede il disegno?... la giustizia, Carlo, solo quella conta. Non quella ufficiale, i tribunali, i verbali, le sentenze, che noia. No. Giorgio se la meritava tutta, quella fine. Perfetta, pulita, direi... in scala uno a uno... simmetrica alla sua vita di merda».

«Prima vittima consenziente, poi giudice, poi boia... non sarà un po' troppo, Isabella?».

«Il concetto di troppo è una stupidaggine, Carlo, non lo sa? Niente è mai troppo. Troppo cosa? Troppa giustizia? Troppa vendetta? Troppa pulizia per una storia così sporca? Non faccia il puro, non faccia il predicatore sulla montagna, non è credibile».

«E lei invece cosa fa, Isabella?».

«Io? Io non faccio niente. Niente di niente. Potrei fare la recita della donna ferita, certo. Oppure parlarle a lungo di quella ragazzina che ho visto in ospedale, il naso spaccato, le fasciature... aveva gli occhi spaventati, sa? Era... vinta, sì, vinta per sempre... forse non dalle botte di quel cretino, forse più dalla consapevolezza che i genitori l'avevano venduta... per cosa, la macchina nuova? Un tinello marròn? Non lo farò, Carlo, trovo la categoria del patetico... così patetica...».

«Lei complica le cose, Isabella. Capisco che fa parte del suo fascino... invece le cose sono semplici, si chiama omicidio. Volontario. Premeditato. Da trent'anni all'ergastolo».

Ora lei sembra pensosa. Guarda fuori dalla terrazza, le macchine in fila sui bastioni. C'è un sole pallido che non riesce a bucare la foschia. Ma non sembra turbata, solo un po' stanca, forse di tutta la storia, forse solo di quelle chiacchiere.

Sono in piedi, fianco a fianco, guardano la cosa più simile all'orizzonte disponibile lì, le cime degli alberi del parco, le case in fondo, dove comincia viale Majno. Lei appoggia la testa a una spalla di lui.

«E tutte quelle belle parole sul mondo pazzo di giustizia dove sono finite, Carlo? È anche lei pazzo di giustizia?».

Lui ha un moto di stizza. Soprattutto per quella sua inscalfibilità, per quella sua calma.

«Non si ammazza la gente, cazzo!».

«Perché?», chiede lei.

Lo guarda negli occhi. Non è una domanda retorica, o difensiva, no, è una vera domanda: perché non si ammazza la gente? È come se aspettasse una risposta, che però non arriva, Carlo non sa cosa dire, nemmeno cosa pensare, in verità.

Quella donna ha il potere di disarmarlo.

Poi un piccolo rumore, come una forchetta che batte su un cristallo, lo richiama nel mondo. Un messaggio. Estrae il telefono dalla tasca dei pantaloni e guarda il display, un sms di Oscar:

«Televisione, subito».

Carlo rientra nel grande salone e aziona il telecomando. Isabella lo segue. C'è una signorina bionda con il microfono in mano, una strada, sembra periferia, alle sue spalle un movimento di divise.

«... dinamica dei fatti. Quel che è certo è che l'omicida, noto finora come il killer dei sassi, ha tentato la fuga per sfuggire alla cattura e, vistosi perduto, si è buttato da una finestra del quarto piano, qui, in un cortile della zona San Siro, a Milano. Dalle prime notizie in nostro possesso si tratterebbe di Francesco Girardi, trentatré anni, residente proprio in queste case popolari dove questa mattina è stata avviata un'operazione di polizia su larga scala...».

Carlo schiaccia due tasti sul telecomando e si sintonizza su un canale *all news*. Sta parlando il sostituto procuratore, davanti a una selva di microfoni.

«... Grazie alla sinergia tra il gruppo inquirente facente capo al ministero, gli esperti internazionali e il gruppo della questura di Milano coordinato dal vicequestore Gregori, l'assassino è stato individuato in mattinata, ma è riuscito a fuggire alla cattura per poi mettere in atto il gesto estremo...».

I giornalisti si danno sulla voce.

«Come sapete che è proprio lui?».

«Abbiamo numerosi riscontri probatori... abbiamo ritrovato la pistola del primo omicidio e documenti che attestano le sue responsabilità oltre ogni dubbio».

«Il Girardi era noto per il suo... diciamo impegno... Si può parlare di matrice politica?».

«No, direi vendetta personale... naturalmente faremo tutti i riscontri del caso».

«Ci sarà un'inchiesta sulla mancata cattura? Un'indagine interna? Qualche difetto di procedura?».

«Assolutamente no, i responsabili dell'indagine, sempre in sinergia con la procura e la task force inviata dal ministero, saranno ricevuti dal ministro che è in volo per Milano, e proposti per una promozione. Finisce un incubo, e di questo dobbiamo ringraziare...».

«Ci può dire qualcosa del movente?».

«Perché i sassi?».

«Aveva dei complici?».

«Non ci risultano complici, del resto potremo parlare quando avremo tutti i dettagli, alla chiusura del fascicolo, non ci vorrà molto perché, ripeto, tutto appare molto chiaro, nessuna zona d'ombra...».

Carlo aziona ancora il telecomando. Su un altro canale c'è un mezzobusto che ringrazia le forze dell'ordine e annuncia anche lui la fine dell'incubo. Carlo torna sul canale dell'inizio, la signorina indica col dito e la telecamera lo segue:

«Ecco la finestra da cui il Girardi si è buttato per sfuggire alla cattura, quarto piano, nessuna possibilità di scampo, non c'è dubbio che si può parlare di suicidio... i tafferugli avvenuti contemporaneamente al tentativo di cattura erano indipendenti dal fatto, era infatti in corso uno sgombero di occupanti abusivi... una decina di famiglie... non si esclude che proprio quella confusione abbia indotto il Girardi...».

Carlo spegne la tivù.

Isabella De Nardi Contini, seduta, si massaggia le tempie, si passa nervosamente le mani sui capelli. Per la prima volta sembra provare... dispiacere? Pena? Carlo non saprebbe dire, ma è meno lontana, questo sì, ecco.

«Trentatré anni...», mormora, «un ragazzo», ha un piccolo brivido.

«Questo dovrebbe cavarla dai guai, no? Un'ingiustizia che copre un'ingiustizia scambiata per giustizia... che casino, vero?».

Ora lei lo guarda con occhi furenti.

«Lei è un cretino, Carlo. Lei non capisce... non ci arriva proprio. Le vite sono questo, sono intrecci incomprensibili, inestricabili, sporchi... la giustizia, la verità, che cose insulse, e vi piacciono tanto, vero? Sa perché? Perché vi danno l'impressione di contare qualcosa, di decidere qualcosa... Stupidaggini, Carlo, cazzate. Ci pensi, ogni tanto. Le cose fanno il loro corso indipendentemente da noi, anzi, spesso contro di noi. Mi vorrebbe in una cella per tutta la vita... questa sarebbe una giustizia soddisfacente? O non sarebbe una vendetta, come la mia, più sporca, più ipocrita della mia... Faccia pure, Monterossi, sa dove trovarmi, non le darò la soddisfazione di confessare, né quella di fuggire. Sarò come sono sempre stata, quando sfilavo, quando studiavo, quando sparavo in testa a un animale, quando flirtavo con lei sentendola parlare di Dylan o di quel suo programma per cerebrolesi... siete così piccoli, con il vostro desiderio di mettere a posto le cose... La giustizia? Un ragazzo morto in quel modo, le ragazzine all'ospedale, la ricca vedova in catene... sarebbe questa la sua idea di giustizia? Non mi riguarda, faccia quello che vuole, prenda le sue decisioni... Addio, Carlo, è stato un piacere».

Poi raccoglie la borsetta, si rimette il giaccone blu navy sulle spalle e fa per andarsene, ma ci ripensa. Bussa leggermente alla porta della cucina e la apre. Vede Katrina che sta trafficando con i piatti.

«Grazie infinite, signora. La colazione era deliziosa».

Katrina si asciuga le mani e sorride felice. Pensa che la signora è bellissima, e che magari stavolta signor Carlo...

Poi, Isabella De Nardi Contini vedova Campana, killer di un sasso solo, attraversa il salone, ma prima gli si avvicina, si alza sulle punte dei piedi e gli dà un bacio su una guancia, uno solo, questa volta, non un bacio da cocktail party, un bacio vero. Infine gli volta le spalle ed esce di scena, chiudendo dolcemente la porta d'ingresso.

«Bella signora, bellissima», dice Katrina, che ora si sporge dal corridoio sul grande salone.

«Sì», dice Carlo.

Trentacinque

Del killer dei sassi si sa tutto. La vita di Francesco Girardi è stata sfilettata con l'abilità dei grandi maestri giapponesi di sushi, tagliata in striscioline sottili, guarnita e servita al gentile pubblico. La morte della madre che ha sicuramente influito sull'instabilità psicologica del ragazzo, la storia dello zio terrorista, la vita precaria, la perenne insoddisfazione e lo spirito ribelle, il quartiere popolare invaso dagli stranieri – come se questo contasse.

Un invisibile rammendo politico ha messo d'accordo il ministro, il prefetto e il vicequestore Gregori: lui si è tenuta stretta la sua vittoria senza pretendere che diventasse pubblica e conclamata, e la risoluzione del caso è stata prospettata come il frutto di una perfetta collaborazione. Carella e Ghezzi sono stati pregati di non fare i difficili col terzo morto, almeno per il momento la priorità è riportare la calma. Ma nella trionfale conferenza stampa il ministro ha mentito, dicendo che qualche legame dell'assassino con il Campana è emerso, che approfondiranno, che metteranno tutti i puntini sulle i. Vago ma assertivo.

Flora De Pisis ha imbandito l'ultima puntata di *Crazy Love* come una grande festa di liberazione dalla paura, ma senza rinunciare ai toni accorati. Le ombre calate sul passato dei primi due morti si sono dissolte in fretta. Amici, conoscenti, politici vicini – questo per il Crisanti – hanno glissato sull'argomento, un po' «per chiudere e dimenticare questa bruttissima storia», un po' facendosi schermo dietro «quei tempi bui, quegli anni di piombo che ci siamo per fortuna lasciati alle spalle per sempre». Isabella De Nardi Contini vedova Campana, alla richiesta di un commento, ha declinato gentilmente lasciando fare ai suoi avvocati: «La signora non intende rilasciare dichiarazioni».

Qualche giornale ha parlato delle ragazzine picchiate, e questo ha automaticamente tolto al Campana l'abito della vittima per fargli indossare quello del maiale che non bisogna perder tempo a piangere, e spiegato, secondo qualcuno, l'assoluto riserbo della moglie, altra vittima di tutta la storia.

Di quasi duecento detenuti morti in carcere in dieci anni per malattia non ha parlato nessuno.

I giornali hanno dedicato pochissime righe alle proteste, anche violente, di alcuni «estremisti» del collettivo per il diritto alla casa, a cui si sono uniti alcuni centri sociali. I comunicati che parlano di «omicidio di Stato», «polizia assassina» e «Francesco Girardi come Giuseppe Pinelli» sono stati definiti «deliranti» e archiviati nelle ultime righe degli articoli di cronaca, laggiù, in fondo, dove arrivano in pochissimi. In via Gigante è comparsa una scritta, vernice rossa su muro grigio: «Francesco vive».

Flora, in preparazione dell'ultima puntata, ha chiesto a Carlo di portare in trasmissione quella ragazza carina, Chiara, la fidanzata del killer dei sassi. Lui le ha detto: «No», ed è uscito dall'ufficio di Nostra Madonna delle Lacrime per l'ultima volta, senza nemmeno darle la soddisfazione di sbattere la porta. Ha fatto un velocissimo passaggio alla festa di fine produzione, per salutare le poche persone che lo meritavano.

«Allora te ne vai davvero», ha detto Bianca Ballesi.

«Sì».

«Un po' mi dispiace».

«A me no».

«Se fai un programma e ti serve una brava produttrice chiamami, sai com'è coi movimenti di liberazione, no? Uno tira l'altro».

Carlo ha riso e le ha dato un bacio, girandole le spalle e lasciando lo studio televisivo trasformato per l'occasione in salone delle feste. I fotografi erano tutti per Flora, raggiante per la conclusione di una stagione dagli ascolti memorabili.

Oscar Falcone si è presentato qualche sera dopo. Non hanno parlato del caso dei sassi, né di Flora, né di morti ammazzati e belle signore assassine. Hanno bevuto troppo e Oscar è crollato su uno dei divani bianchi. La mattina dopo, quando Carlo si è svegliato, rianimato dalle cure di Katrina, non era più lì.

Katrina non ha chiesto nulla dell'umore di signor Carlo in quegli strani giorni. Si è limitata alle chiacchiere con la Madonna formato calamita, senza nascondere la delusione: «Ma se non va bene nemmeno signora elegante come quella... così bellissima, cosa vuole, signor Carlo?».

Lui ha sentito, ma l'ha lasciata fare.

Una domenica pomeriggio di inizio aprile ha telefonato al vicesovrintendente Ghezzi.

«Ghezzi, vorrei parlarle, perché non viene a cena? Con la signora, naturalmente».

«Non sono dell'umore, Monterossi, lasci stare».

«Posso passare io?».

«Quando vuole, sono a casa per qualche giorno, l'indirizzo lo sa».

La sera dopo, lunedì, sfidando un monsone tropicale che allagava la città, Carlo Monterossi ha suonato al citofono di casa Ghezzi, ha preso l'ascensore traballante e si è presentato alla porta. Un mazzo di fiori per la signora Rosa – sette rose, non Baccarat – e una bottiglia di Oban 14 per l'amico poliziotto.

«So che le piace, Ghezzi».

Quello ha sorriso, ha aperto subito la bottiglia e ne ha versato due dosi abbondanti, si sono seduti sul divano del piccolo salotto. La signora ha capito che volevano stare soli e si è chiusa in cucina.

All'inizio c'è stato solo silenzio, poi Carlo ha parlato.

«Ghezzi, lei è l'ultima persona con cui pensavo di confidarmi».

Quello l'ha guardato con un'occhiata stanca. Sembra più vecchio – ha pensato Carlo – anche se l'ultima volta che l'ha visto pareva un barbone.

«Una specie... di dilemma etico, Ghezzi».

«No, Monterossi, non lo faccia».

«Ma...».

«Mi bastano i miei, di dilemmi etici, grazie, non voglio quelli degli altri e soprattutto i suoi, che portano solo rogne».

Mentre parlava ha indicato con il mento un foglio sul tavolino del salotto, vicino ai bicchieri. La signora Rosa è tornata dalla cucina e si è seduta su una sedia vicino al tavolo, le mani in grembo, come una che assiste a una veglia funebre e non sa cosa dire.

Carlo ha preso il foglio e ha cominciato a leggere:

«Io sottoscritto, sovrintendente di Polizia di Stato Tarcisio Ghezzi...».

Ha alzato gli occhi dal foglio con un grande sorriso.

«Sovrintendente! Ghezzi, e dai e dai ce l'ha fatta! Se sapevo portavo lo champagne, invece del whisky!».

«Vada avanti, Monterossi».

Carlo continua a leggere e arriva fino in fondo.

È una lettera di dimissioni.

Ghezzi lascia la polizia, trent'anni esatti, cinque anni prima della pensione. Manca solo la firma. È una stupidaggine immensa, Carlo lo sa, lo sente. Non sa cosa dire, guarda la signora Rosa che ha gli occhi lucidi, ma tace anche lei.

Ora stanno tutti zitti.

Carlo versa altre due dosi abbondanti di whisky. La signora Rosa si alza e torna dalla cucina con un bicchiere.

«Forse serve anche a me», dice, e prova una risata forzata che non le riesce.

Carlo gliene versa meno di un dito e quella già fa segno con la mano: basta, basta!

Bevono in silenzio.

Poi Carlo prende il foglio dal tavolino dove l'ha appena posato, lo rilegge, lo strappa in due, poi in quattro, poi in otto, poi in sedici pezzi. Lo rimette sul tavolino che sono solo coriandoli. Finisce il suo drink in un colpo solo, fa un cenno alla signora, un piccolo inchino con la testa, e si rivolge al sovrintendente di polizia Tarcisio Ghezzi:

«Ci vediamo, sov».

Prende il soprabito che non si è ancora asciugato, apre la porta ed esce. Scende le scale a piedi, piano, fluido, misurato, i passi decisi.

Non è più un diluvio, ora, solo una pioggia tranquilla di primavera.

Carlo sale in macchina, mette in moto, il carrarmato fa un fruscìo gentile nelle pozzanghere e parte, morbido come un gatto che fa le fusa.

Lo stereo dell'auto si avvia da solo, gliel'ha detto il telefono, quei due sono proprio amici.

Most of the time
I'm halfway content

Most of the time
I know exactly where it all went
I don't cheat on myself
I don't run and hide
Hide from the feelings,
that are buried inside
I don't compromise
and I don't pretend
I don't even care
if I ever see her again
*Most of the time.**

* Bob Dylan, *Most of the time*: «Il più delle volte / Sono contento a metà / Il più delle volte / So esattamente dove sono stato / Non mi prendo in giro / Non corro a nascondermi / A nascondermi dai miei sentimenti, / che sono sepolti dentro / Non faccio compromessi / e non fingo / E non mi importa neanche / Se la vedrò mai di nuovo / Il più delle volte».

Indice

Torto marcio

Questo volume è stato stampato
su carta Palatina
delle Cartiere di Fabriano
nel mese di luglio 2017
presso la Leva srl - Milano
e confezionato
presso IGF s.p.a. - Aldeno (TN)

La memoria